古代闺恋诗词三百首

中华好诗词主题阅读

马俊芬 编著

中国国际广播出版社

开启鸿蒙，谁为情种？

——古代闺恋诗词三百首新编导读

闺恋，顾名思义当指以女性为描写对象或以闺中物事、闺中情思和恋爱情感为主要表现内容的诗词。基于此，本书闺恋诗词的主要内容包括以下几点：

其一，传统意义上的爱情诗词，即古代诗词中直接以爱情为表现内容的诗词（如相思诗词、悼亡诗词）以及由爱情而引发的心绪描写类诗词（如宫怨诗词、闺怨诗词）。其中，闺怨诗词占有一大半，专门用来表现妇女的生活和情感，大致可分为三种：一种是描写离别相思，一种是描写美人迟暮，一种是描写闺中寂寞。古人"闺怨"之作，一般是写少女的青春寂寞，或少妇的离别相思之情。闺怨诗词中还有特殊的一个群体——宫怨诗。在中国封建社会，宫廷的婚姻制度颇为畸形而不合理。皇帝一人拥有配偶成百上千，所谓"三宫、六院、七十二妃"，"后宫佳丽三千"。而有幸承皇恩得宠的宫女则少得可怜，绝大多数的宫女只能在深宫之中虚度光阴，浪费青春，于是，便有了为数众多的宫怨诗。汉代班婕妤的《怨歌行》是现存最早的宫怨诗。唐宋是宫怨诗的鼎盛时期，不少诗词大家，如李白、杜甫、白居易、陆游等，都写过宫怨诗，像白居易的《上阳白发人》，刘方平的《春怨》，顾况、刘禹锡、朱庆

徐的《宫词》，王维的《秋夜曲》，杜牧的《秋夕》，李白的《玉阶怨》等等，不胜枚举。绝句圣手王昌龄则更写了著名的《西宫春怨》、《长信秋词》。唐代宫怨诗一般以绝句体裁写就，篇幅短小，借宫人生活的一个侧面，展现宫人命运的悲惨。

其二，闺房诗词，这包括描写少女情怀的闺房诗词（如宫体诗）和以女性饰物等为描写对象的诗词。

从诗词所表现的情感来分，闺恋诗词大致有爱、怨、思、悼、艳五类，我们在选读时，以前四种为主。

闺恋诗词一直贯穿于中国古代文学史始终，历朝历代都有数不清的痴男怨女伤春悲秋，相思悼亡，因此历代都有优秀的爱情诗词留世。从宏观角度而言，古代闺恋诗词有四个比较集中的创作高峰期，即先秦的《诗经》、《楚辞》时期，汉末至魏晋南北朝时期，中晚唐及五代时期和两宋时期。在这四个高峰期中，前三个时期以闺恋诗为主；自五代开始，诗词分工，"词为艳科"的特点决定了词开始挑起闺恋诗词的大梁，这一时期闺恋诗词主要以闺恋词为主。

《诗经》是我国古代诗歌的源头，其中的爱情诗篇所涉及的内容已经十分广泛，所运用的赋比兴手法也已十分娴熟。这对后代诗歌的创作都有着巨大的影响。从内容看，闺恋诗词的大部分题材，如游子思妇，青年男女热恋，妇女被弃等，《诗经》都有涉及，且艺术成就不凡。

以屈原作品为代表的"骚体诗"的出现，标志着诗歌从集体歌唱到个人独创的转变。屈原的爱情诗歌，由于多是神人合一的恋爱主角，诗歌的浪漫主义色彩十分明显。就爱情诗而言，《诗经》表现出一种朴素的现实主义之美，而骚体诗则以它的神奇色彩和流动变幻的诗境表现出绮靡缠绵之美。

汉代到魏晋南北朝时期出现了爱情诗歌创作的第二次高潮。首先是民间创作。在汉魏六朝乐府诗中，表现爱情婚姻的作品居多，其中南朝乐府民歌几乎是清一色的爱情歌曲。南朝的爱情诗色泽浓艳，特别注重辞藻的繁饰和声律的和谐，特别赏心悦目于女子的容貌美。因此与《诗经》质朴健朗的美相比，这个时期的闺恋诗浮艳柔弱而含蓄。

唐诗是中国古代诗歌的高峰，闺恋诗也成就斐然。初唐时期，齐梁诗风笼罩诗坛，闺恋诗价值不高。自张若虚《春江花月夜》一出，迎来唐代闺恋诗的新局面。在张若虚笔下，爱情意识与更为深广的宇宙意识融为一体。因而闺恋诗歌终于摆脱了痴男怨女只会卿卿我我的"小家子气"而具有了"大家风范"。这也预示了盛唐气象的到来。盛唐优秀的闺恋诗篇集中在大诗人李白那里。李白在闺恋诗词中也属于高产作家，几乎每一首诗词都脍炙人口，千古传诵。这期间，也产生了宫怨诗、离妇诗、弃妇诗和别离相思诗（以杜甫为代表）几种题材的闺恋诗。闺恋诗的创作高潮到了中晚唐才出现。白居易的《长恨歌》、元稹的悼亡诗，刘禹锡的竹枝词，张仲素的闺情诗，杜牧的绝情诗都各有特色，李商隐的"无题"诗则将爱的歌唱推向高潮。

晚唐五代的"香奁"诗和"花间"词可算作这个时期爱情诗词高潮的一个组成部分，而它们的出现也表明爱情诗词的创作开始走向绮靡而香艳，柔弱而纤细。

宋代文人治天下，文人社会地位较高，这使得他们有时间和能力听曲观舞，纵情声色。宋代大多数人，如一代名相寇准、太平宰相晏殊、政坛文坛元老欧阳修、一代文豪苏轼都在纵情声色、浅斟低唱之中留下了歌咏爱情的词篇。白衣卿相柳永也用市井语言唱出世俗的爱情心理和露骨的情欲，一时轰动词坛。这一时期，闺恋词在艺术上更加趋于成熟。同样是写爱情，词人个性已经十分鲜明，苏轼的多情、秦观的深挚、贺铸的凝重、晏几道的迷情、周邦彦的老成都各有特色。金人入主中原，宋室南迁的大灾难打破了词人们温柔乡中的美梦。但是爱情的歌唱并未在词坛绝迹，李清照自不必说，连辛弃疾也在慷慨悲歌之余创制缠绵婉约的情歌。姜夔、吴文英、史达祖等人在南宋后期也创作了大量闺恋词。宋代闺恋词大致经过了三个阶段，即北宋前期是闺恋词的少年期，多的是少年情事风流潇洒；北宋后期是闺恋词的中年期，词中或多或少地融进了身世坎坷和人生况味；南宋以后，词开始进入老年。与北宋闺恋词

相比，南宋情词已显出"老态"，逐步雅化。

元明清时代，爱情在戏曲小说中大放异彩，当然无论是散曲、诗词，还是民间的歌谣，都有着大量的爱情歌唱。但除了元代散曲之外，元代的诗词、明清的诗词和散曲乃至民间歌谣对闺恋的描写，从整体看都停留在模仿前代的水平上，没有形成自己的风格。在传统题材词中，唯有清代纳兰性德的词引人注目。纳兰之词宗法李煜，直攀北宋，形成自己清新俊逸、朴素自然的独特风格，为一代之冠。

古代闺恋诗词浩如烟海，我们的三百首只选择了其中很小的一部分，到底为什么这些诗词会成为我们的选读对象呢？基于的标准有：

其一，历代被广为传诵的爱情诗词是我们优先考虑的，比如有些诗词本身可能并不能确切定义为闺恋诗词，但是其中一句或几句在当下被作为爱情诗句（词句）广为引用，我们也将其作为选读对象，比如辛弃疾的《摸鱼儿》，这种情况，我们在题解部分都会加以说明。

其二，爱情的灵魂是人。基于此，有本事可依的诗词我们也会则优选读，比如乔知之的《绿珠篇》等，这一类诗词在题解部分会以主要篇幅演绎其本事。

其三，女性作家的作品优先选读。闺恋词主要是以描写闺房生活和情爱为主，这两类词都离不开女性。男性作家写闺恋词，都是从男性立场写女性，多少带有男性色彩。女性作家则是我手写我心，能够更好地反映闺恋词的本质。

另外，鉴于篇幅，在诗歌选择中，没有选《楚辞》作品。

中国古代诗词硕果累累，闺恋词的优秀作品也是不胜枚举，我们只是基于自己的标准选择其中的一部分以飨诸君，其余的精彩还待大家一起去吟咏传唱。鉴于学识和精力的关系，选读中难免有错误和疏漏，还请方家指正。以上，是为序。

马俊芬

2014 年 1 月

目 录

目 录

目 录

目 录

目 录

目 录

目 录

目 录

目录

目 录

目 录

目 录

目 录

目 录

关　雎

先秦·《诗经·国风》

关关雎鸠①，在河之洲。
窈窕②淑女，君子好逑③。
参差荇菜④，左右流⑤之。
窈窕淑女，寤寐求之。
求之不得，寤寐思服⑥。
悠哉悠哉⑦，辗转反侧。
参差荇菜，左右采之。
窈窕淑女，琴瑟友⑧之。
参差荇菜，左右芼⑨之。
窈窕淑女，钟鼓乐之。

【题解】

《关雎》是《风》之始篇，也是《诗经》第一篇。古人把它冠于
三百篇之首，对它评价很高。《史记·外戚世家》曾经记述说："《易》
基乾坤，《诗》始《关雎》，《书》美厘降……夫妇之际，人道之大伦
也。"这首诗是一首婚歌，写主人公对一位少女追求、相思并同她完婚
的全过程。它所歌颂的，是一种感情克制、行为谨慎、以婚姻和谐为目
标的爱情，为古代爱情诗词奠定了赞美纯情真爱的基调。其声、情、文、
义俱佳，足可为《风》之始，三百篇之冠。

【注释】

① 关关：水鸟鸣叫的声音。雎（jū）鸠：一种水鸟。
② 窈窕（yǎo tiǎo）：内心和外貌皆美好的样子。《毛传》："窈窕，

　　幽闲也。"

③ 逑（qiú）：配偶。

④ 参差（cēn cī）：长短不齐的样子。荇（xìng）菜：一种多年生的水草，叶子可以食用。

⑤ 流：《尔雅·释言》释作求，意思是求取，择取。

⑥ 思：语气助词，没有实义。服：思念。《庄子·田子方》有"吾服女也甚忘"，郭象注："'服'者，思存之谓也。"

⑦ 悠：长也。悠哉悠哉：思念之深长。

⑧ 友：友好交往，亲近。

⑨ 芼：拔取。

【名句】

　　窈窕淑女，君子好逑。

子　衿

先秦·《诗经·郑风》

青青子衿①，悠悠②我心。
纵③我不往，子宁不嗣音④？
青青子佩，悠悠我思。
纵我不往，子宁不来？
挑兮达兮⑤，在城阙兮。
一日不见，如三月兮。

【题 解】

　　这首诗通过一个处于相思中的女子的内心独白，表达了主人公对所恋之人度日如年的思念。那个衣领青青的形象，刻骨铭心，忧思难忘，一刻不停地萦绕在她眼前和脑海里。她爬到那高高的城楼上眺望，徘徊，心情迫切。可望穿秋水，不见人影儿，浓浓的爱意不由转化为幽怨：纵然我没有去找你，你为何就不能捎个音信？纵然我没有去找你，你为何就不能主动前来？诗文的高潮在最后一句"一日不见，如三月兮"，原来如此焦虑等待，竟然只是一天没有见到心中那个人。全诗宕开一笔却又戛然结束，真是余味袅袅，让人体会什么才是难耐的相思。

【注 释】

　　① 子：古代对男子的美称。衿：衣领。
　　② 悠悠：此处指忧思深长不断。
　　③ 纵：即使。
　　④ 宁：难道。嗣（sì）：原意为诸侯传位嫡长子，此处意为继续。嗣音：
　　　　指使音讯不断绝。
　　⑤ 挑、达：跳跃往来的样子。

【名 句】

　　一日不见，如三月兮。

蒹 葭

先秦·《诗经·秦风》

蒹葭苍苍①，白露为霜②。
所谓伊人③，在水一方④。
溯洄从之⑤，道阻⑥且长。
溯游⑦从之，宛在水中央⑧。

蒹葭凄凄，白露未晞⑨。
所谓伊人，在水之湄⑩。
溯洄从之，道阻且跻⑪。
溯游从之，宛在水中坻⑫。

蒹葭采采，白露未已⑬。
所谓伊人，在水之涘⑭。
溯洄从之，道阻且右⑮。
溯游从之，宛在水中沚⑯。

【题 解】

　　这首诗描写了主人公对一位美丽女子的执著追求和追求不得的惆怅心情。诗篇用比兴起笔，以水、芦苇、霜、露等意象营造了一种蒙眬神秘的意境。茂盛的芦苇长在水边，早晨的露珠已凝成白霜，一位美丽的少女在河对面茕然而立。顺着河流去追寻她，她却飘飘忽忽，一会出现在水边，一会又出现在水中的绿岛上。可望而不可及的焦躁让这位青年极度惆怅。这首诗之所以千百年来被广为吟诵，一方面是因为它所表现的那种对爱情的执著是恋爱中宝贵的品质。推而广之，对除了爱人之外的所有心心念念的东西，这种一心追求的精神都会引起共鸣。此外，这首诗还创造出了"在水一方"可望难即这一具有普遍意义的艺术意境，这一境界蒙眬又迷人，令人向往。

【注 释】

① 蒹葭（jiān jiā）：一种植物，指芦荻，芦苇。蒹：没有长穗的芦苇。葭：初生的芦苇。苍苍：茂盛的样子。下文的"凄凄"、"采采"都是同样的意思。

② 白露为霜：晶莹的露水变成霜。为：凝结成。

③ 所谓：所说，这里指所怀念的。伊人：这个人或那个人。此处指诗人所思念追寻的人。

④ 在水一方：在水的另一边，即水的对岸。方：边。

⑤ 溯洄（sù huí）从之：沿着弯曲的河边道路到上游去找伊人。溯洄：逆流而上。溯：在水中逆流而行或在岸上向上游走，这里指陆行。洄：曲折盘旋的水道。从：跟随，追赶，这里指追求，寻找。之：这里指伊人。

⑥ 道阻：道路上障碍多，很难走。阻：险阻，道路难走。

⑦ 溯游：顺流而下。"游"通"流"，指直流的水道。

⑧ 宛在水中央：（那个人）仿佛在河的中间。意思是相距不远却无法到达。宛：宛然，好像。

⑨ 晞（xī）：晒干。

⑩ 湄（méi）：水和草交接的地方，指岸边。

⑪ 跻（jī）：升高，意思是地势越来越高，行走费力。

⑫ 坻（chí）：水中的小洲或小岛。

⑬ 未已：指露水尚未被蒸发完毕。

⑭ 涘（sì）：水边。

⑮ 右：迂回曲折。

⑯ 沚（zhǐ）：水中的沙滩。

【名 句】

所谓伊人，在水一方。

汉 广

先秦·《诗经·周南》

南有乔木，不可休思[①]。
汉有游女[②]，不可求思。
汉之广矣，不可泳思。
江之永矣，不可方思[③]。
翘翘错薪，言刈其楚[④]。
之子于归，言秣[⑤] 其马。
汉之广矣，不可泳思。
江之永矣，不可方思。
翘翘错薪，言刈其蒌[⑥]。
之子于归，言秣其驹。
汉之广矣，不可泳思。
江之永矣，不可方思。

【题解】

　　这首闺恋诗是一个青年樵夫"求女不得"而发出的惆怅感叹。情思缠绕，无以解脱，面对浩渺的江水，他唱出了这首动人的诗歌，倾吐了满怀惆怅的愁绪。全诗三章的起兴之句，传神地暗示了作为抒情主人公的青年樵夫伐木刈薪的劳动过程。第一章写他喜欢上了汉江上的一个女子，想去追求，可惜汉江又宽又长，想到可能追不到，只能暗自忧伤。第二章写设想，如果她嫁给我，我一定把马儿喂饱去接她，然后又回到现实中，叹一声：唉，可惜汉江又宽又长，还是只能空惆怅。第三章再次想象，如果她嫁给我，我就喂饱马儿去迎接她，然后第三次陷入惆怅。在这反复的咏叹中，可见男青年面对喜欢的姑娘心情起起伏伏的不甘和无奈。

【注 释】

①休：休息，在树下休息。思：语气助词，没有实际意义。

②汉：指汉水。游女：在汉水岸上出游的女子。

③江：指长江。永：水流很长。方：渡河的木排。这里指乘筏渡河。

④翘翘：树枝伸出的样子。错薪：杂乱的柴草。刈（yì）：割（草或稻类）。楚：灌木的名称，即荆条。

⑤秣（mò）：喂马。

⑥蒌（lóu）：草名，即蒌蒿。

摽有梅

先秦·《诗经·召南》

摽有梅，其实七兮①！
求我庶士，迨其吉兮②！
摽有梅，其实三兮！
求我庶士，迨其今③兮！
摽有梅，顷筐塈④之！
求我庶士，迨其谓⑤之！

【题 解】

周朝，仲春时节即农历二月份，允许男女相会，不受处罚。龚橙《诗本义》说："《摽有梅》，急婚也。"一个"急"字，抓住了此篇的情感基调，也揭示了全诗的旋律节奏。通俗来讲，这首诗是一个大龄剩女勇敢发出的爱的呼唤。树上梅子从七成到三成，到纷纷落地，可以看出时间的流逝，而这位女主人公仍然没有夫婿，所以她希望看上她的小伙子不要迟疑了，大胆来追求吧！女主人公密切关注梅子的多少，透露出她急切的心情。年华无情，抛人而去，而自己青春流逝，却嫁娶无期，真是情急意迫。《摽有梅》作为先民的首唱之作，质朴而清新，明朗而深情，开启了后世闺恋诗词伤春题材的新篇章。

【注 释】

① 摽（biào）：一说坠落，一说掷，抛。有：语助词。七：非实数，古人以七到十表示多，三以下表示少。
② 庶：众多。士：未婚男子。迨（dài）：及，趁。吉：好日子。
③ 今：现在。
④ 顷筐：斜口浅筐，犹今之簸箕。墍（jì）：一说取，一说给。
⑤ 谓：一说聚会，一说开口说话，一说归，嫁。

溱 洧

先秦·《诗经·郑风》

溱与洧①，方涣涣②兮。
士与女，方秉蕳③兮。
女曰观乎？士曰既且④，且⑤往观乎？
洧之外，洵訏⑥且乐。
维⑦士与女，伊⑧其相谑，赠之以勺药⑨。
溱与洧，浏⑩其清矣。
士与女，殷其盈兮⑪。
女曰观乎？士曰既且，且往观乎？

洧之外，洵訏且乐。
维士与女，伊其将谑^⑫，赠之以勺药。

【题 解】

这首诗写的是三月三日民间上巳节溱洧河畔男女青年游春相戏，互结情好的动人情景。溱和洧是两条河的名称，诗中写青年男女到河边春游，相互谈笑并赠送香草表达爱慕。农历三月三日即上巳节，在古代是个很特别的日子，类似于现在的情人节。上巳节的风俗，是在春天聚会，祭祀高媒和祓禊于水滨，《诗经》中有许多恋歌是在这个节日里唱出的。杜甫《丽人行》："三月三日天气新，长安水边多丽人"，也是写三月三这天年轻的姑娘们到水边去游玩。

【注 释】

①溱：古水名。溱头河，在河南驻马店，今作"臻头河"。源出河南密县东北，东南流，会洧水为双洎（jì）河，又东流贾鲁河。
洧（wěi）：古水名，源出河南登封县阳城山。
②涣涣：冰河解冻，春水满涨的样子。
③秉：拿，此处意为身上插着。蕑（jiān）：香草名。生在水边的泽兰。这里为兰草之意。当地当时习俗，以手持兰草，可被除不祥。《诗·陈风·泽陂》："彼泽之陂，有蒲与蕑。"
④既且：已经去过了。
⑤且：姑且。
⑥訏（xū）：广大无边。
⑦维：语助词，无意义。
⑧伊：嬉笑貌。
⑨勺药：这里指的是草勺药，不是花如牡丹的木勺药。勺药又名江蓠，古时候情人在将离时互赠此草，寄托即将离别的情怀。又，古时"勺"

与"约"同音，"芍药"即"约邀"，情人借此表达爱和结良的意思。

⑩ 浏：水深的样子。

⑪ 殷：众多。盈：满。

⑫ 将谑：相互逗弄玩笑。

出其东门

先秦·《诗经·郑风》

出其东门，有女如云①。

虽则如云，匪我思存②。

缟衣綦巾，聊乐我员③。

出其闉阇，有女如荼④。

虽则如荼，匪我思且⑤。

缟衣茹藘⑥，聊可与娱。

【题 解】

　　这首诗写一个男子对一个女子情有独钟。男子刚刚走出城门，突然见到众多美女，她们体态轻盈，衣饰鲜丽，笑靥灿然而生气蓬勃，男子感到惊叹，但是他并没有心动，因为他心中已经有了一位姑娘。是什么样的姑娘能让男子如此忠心耿耿，面对众多美丽女子而无动于衷呢？她穿戴着"缟衣綦巾"，身份不高，但是在男子心中，这位姑娘一出现，眼前众多美女便黯然失色了。这位对恋人一心一意的小伙子，这种情有独钟的爱情是每个姑娘梦寐以求的。

【注释】

① 东门：城东门。如云：形容众多。

② 匪：通"非"，不是的意思。思存：想念。思：语助词。

③ 缟（gǎo）：白色的绢。綦（qí）巾：暗绿色的头巾。聊：愿。员（yún）：同"云"，语助词。

④ 闉阇（yīn dū）：外城门。荼：茅花。茅花开时一片皆白，此处形容女子众多。

⑤ 且（jū）：语助词。一说慰藉。

⑥ 茹藘（rú lú）：茜草，其根可制作绛红色染料，此处指绛红色蔽膝。"缟衣"、"綦巾"、"茹藘"之服，均显示此女身份贫贱。

风 雨

先秦·《诗经·郑风》

风雨凄凄，鸡鸣喈喈^①。
既见君子，云胡不夷^②。
风雨潇潇，鸡鸣胶胶^③。
既见君子，云胡不瘳^④。
风雨如晦^⑤，鸡鸣不已。
既见君子，云胡不喜。

【题解】

这是一首风雨怀人的名作。在一个风雨交加的晚上，这位苦苦怀人的女子见到思念的人时，那种喜出望外之情溢于言表。风雨之夜，冷清孤寂，女子一遍遍听着鸡鸣叫声，等待着思念的人儿。等待是一个女子苍老的开始，但是如果等的那个人在这种风雨如晦的夜晚都如约前来，那样的惊喜是不是这个女子一生中最幸福的时刻？他来了，带着满身的风雨，也带来了她的慰藉。一切都值得！诗篇三章叠咏，诗境单纯，写就了一个女子刹那间的幸福与满足。诗篇不写未见之前的相思之苦，也不写相见之后载笑载言的欢聚之乐，而是抓住刚见这一时刻，重章渲染"既见"之时的喜出望外之情。透过这一刻，见之前的相思之苦和欢聚时的情意绵绵，一切都在不言中了。

【注 释】

① 喈（jiē）喈：鸡鸣声。
② 云：语助词。胡：何。夷：平，指心中平静。
③ 胶胶：一作"嘐嘐"，鸡鸣声。
④ 瘳（chōu）：病愈，此处指愁思萦怀的心病消除。
⑤ 晦：昏暗。

泽 陂

先秦·《诗经·陈风》

彼泽之陂，有蒲与荷①。
有美一人，伤②如之何？
寤寐无为，涕泗③滂沱。
彼泽之陂，有蒲与蕑。
有美一人，硕大且卷④。
寤寐无为，中心悁悁⑤。
彼泽之陂，有蒲菡萏⑥。

有美一人，硕大且俨^⑦。
寤寐无为，辗转伏枕。

【题 解】

这首诗写的是女子思念意中人的情怀。全诗三章，都用生于水泽边的植物起兴，蓬蓬勃勃的植物，波光潋滟的池水，预示着生命的旺盛发展。女子目睹心感，想起所思恋的人。这个坠入爱河的女子，被那个男子深深吸引。在她眼中，男子身材高大强壮，神态庄重有威仪，怎能让人不爱？可是，女子目前还没有得到男子爱的回应，不知道男子心意如何。想到此，她睡不着，坐立不安，只能伏在枕头上暗自担心。

【注 释】

① 陂（bēi）：水池的边沿，池塘边。蒲：香蒲，多年生草本植物，多生在水边。
② 伤：因思念而忧伤。
③ 涕泗：眼泪鼻涕。
④ 卷：《毛传》："卷，好貌。"马瑞辰《毛诗传笺通释》："卷即婘之省借。"
⑤ 悁悁：郁郁不乐。
⑥ 菡萏：荷花的别称。
⑦ 俨：端庄的样子。

静 女

先秦 · 《诗经 · 邶风》

静女其姝①，俟我于城隅②。
爱而不见③，搔首踟蹰④。
静女其娈⑤，贻我彤管⑥。
彤管有炜⑦，说怿女美⑧。
自牧归荑⑨，洵美且异⑩。
匪女之为美，美人之贻。

【题 解】

　　这是一首男女幽会的情歌，是一个身陷爱河的老实小伙子记录的自己和活泼美丽的恋人约会的场景。全诗共三章，依次写小伙子赴约而姑娘故意躲而不见、姑娘赠给小伙子信物、约会回来小伙子摆弄姑娘给的信物再次陷入甜蜜回忆，逐层深入，层层透出静女的聪明善良、天真活泼，进而折射出小伙子对静女的爱恋之情。那种沉浸在热恋之中无比幸福满足的情绪十分具有感染力。吟诵此诗，读者也会被初恋时那懵懂却真挚而又浓烈的爱而感染。

【注 释】

①静女：文雅的姑娘。静：娴静。姝：美丽。其：形容词词头。下面"静女其娈"的"其"用法与之相同。

②俟（sì）：等待，等候。城隅（yú）：城上的角楼。一说是城边的角落。

③爱：通"薆"隐藏，遮掩。见（xiàn）：通"现"，出现。一说是看见。

④踟蹰（chí chú）：双声联绵词，亦作"踟躇"，心里迟疑，要走不

　　走的样子。

⑤ 娈（luán）：美好。

⑥ 贻（yí）：赠送。彤（tóng）管：红色的管箫。也有人说是带有红
　　色色泽的茅草根部。

⑦ 炜（wěi）：鲜亮有光的样子。

⑧ 说怿：喜爱。说：通"悦"，和"怿"一样，都是喜爱的意思。
　　女（rǔ）：通"汝"，你。这里指代彤管。

⑨ 牧：野外放牧的地方。归：通"馈"，赠送。荑：初生的茅草。

⑩ 洵（xún）：通"恂"，的确，确实。异：与众不同。

【名句】

　　静女其姝，俟我于城隅。
　　爱而不见，搔首踟蹰。

鸡　鸣

先秦·《诗经·齐风》

鸡既鸣矣，朝① 既盈矣。
匪鸡则鸣②，苍蝇之声。
东方明矣，朝既昌③ 矣。
匪东方则明，月出之光。
虫飞薨薨④，甘⑤ 与子同梦。
会且归矣⑥，无庶予子憎⑦。

【题解】

　　这是一首描写情景的诗歌，所描绘的是夫妻清早在床上的一段对白。全诗以夫妇间对话展开，妻子在劝丈夫早起，不要误了营生；而丈夫却故意耍赖不起床。为什么赖床呢？因为舍不得离开妻子。全诗别开生面，用对话来描写情景，抓住平日生活的一个时刻，描摹了夫妻间温馨恩爱又不失庄重的感情。妻子的温柔体贴，丈夫的撒娇耍赖，读来都是那么温馨有爱。

【注释】

①朝：朝堂。一说早集。
②匪：同"非"。则：之，的。
③昌：盛也。一说日光。
④薨薨（hōng）：象声词，飞虫的振翅声。
⑤甘：愿。
⑥会：会朝，上朝。且：将。
⑦无庶：同"庶无"。庶：幸，希望。予子憎：恨我、你，此句是代词宾语前置。

绿　衣

先秦·《诗经·邶风》

绿兮衣兮，绿衣黄里①。
心之忧矣，曷维其已②？
绿兮衣兮，绿衣黄裳。
心之忧矣，曷维其亡③？

绿兮丝兮，女所治④兮。
我思古人，俾无讹兮⑤。
绤兮绤兮⑥，凄⑦其以风。
我思古人，实获我心⑧。

【题解】

　　这是一首悼亡诗，写一位深情的丈夫对亡妻的悼念，开了古代悼亡诗的先河。绿衣是妻子过去为他所作，而如今衣在人不在，目睹亡妻遗物，倍生伤感。由衣服联想到人，惋惜亡妻的能干和贤德。生离死别是人生最大的痛苦，一人独处的时候看到遗物，那些平日中不能言说的思念和痛苦一下子从心底喷涌而出。《绿衣》中的主人公是这样，后来的潘安、苏轼、贺铸、纳兰性德都无一不是如此。这些深情的男子回忆起离去的妻子，如泣如诉，凄凉哀婉。古代闺恋词中，写思妇怀人的多，似乎丈夫理所当然被思念；可是在悼亡诗中，多是丈夫怀念故去的妻子，大约女人总是沉浸在当前，而男人总要等到失去以后才知道珍惜吧。

【注释】

　　①里：在里面的衣服，似即指下面"黄裳"之"裳"，而不是夹衣的里层。衣在裳外，衣短裳长。从上下说，衣在上，裳在下；从内外说，衣在表，裳在里。

　　②曷（hé）：同"何"，何时。已：止。

　　③亡：通"忘"。

　　④治：理。

　　⑤古人：故人，指亡妻。俾（bǐ）：使。讹（yí）：过失。这句是说故妻能匡正我，使我无过失。

　　⑥绤（chī）：细的葛布。绤（xì）：粗的葛布。丝和绤绤都是做衣裳的材料。

⑦凄：凉意。这句是说绤绤之衣使人穿着感到凉快。

⑧这一句是说实在适合我的心意。

柏 舟

先秦·《诗经·鄘风》

泛彼柏舟，在彼中河。

髧彼两髦^①，实维我仪^②。

之死矢靡它^③。母也天只^④！不谅人只！

泛彼柏舟，在彼河侧。

髧彼两髦，实维我特^⑤。

之死矢靡慝^⑥。母也天只！不谅人只！

【题解】

　　本诗抒发的是一个女子遭受群小欺凌伤害而又无援可助的不幸遭遇，就像顺水漂流的柏舟，徘徊中仍然坚强不屈，展望着奋飞，却又无可奈何。诗人将一番内忧外困的痛楚淋漓尽致地表现出来，深沉强烈，感人至深。诗中又多用比喻，深刻精警，十分贴切。

【注 释】

　　①髧（dàn）：头发下垂状。两髦：男子未成年时剪发齐眉。

　　②仪：配偶。

　　③之：到。矢：誓。靡它：无他心。

　　④只：语助词。

⑤ 特：配偶。

⑥ 慝（tè）：邪恶，恶念，引申为变心。

木 瓜

先秦·《诗经·卫风》

投我以木瓜①，报之以琼琚②。

匪报也，永以为好也③！

投我以木桃④，报之以琼瑶。

匪报也，永以为好也！

投我以木李⑤，报之以琼玖。

匪报也，永以为好也！

【题 解】

这是先秦时期卫国的一首民歌，写男女之间通过赠答表达深厚情意，是现今传诵最广的《诗经》名篇之一。女子看见一位心仪已久的男子走过，便将一只木瓜投给他，委婉表达了自己的心意。男子心领神会，他也早已经爱上了这位女子，连忙把自己随身携带的玉佩赠送给了女子。两个人在收到对方爱的信物后知道双方两情相悦，顿时心花怒放，表示要永远在一起。

【注 释】

① 木瓜：落叶灌木，果似小瓜。古代有以瓜果之类为男女定情信物的风俗。

② 琼琚：佩玉名，古代的饰物。后文"琼瑶"、"琼玖"同此。

③ 此句是说并非只是为了回报，而是表示永远相爱。匪：同"非"。
　好：爱。

④ 木桃：桃子。

⑤ 木李：李子。

击　鼓

先秦·《诗经·邶风》

击鼓其镗①，踊跃用兵②。
土国城漕③，我独南行。
从孙子仲④，平陈与宋⑤。
不我以归⑥，忧心有忡⑦。
爰居爰处⑧？爰丧其马？
于以求之⑨？于林之下。
死生契阔⑩，与子成说⑪。
执子之手，与子偕老。
于嗟⑫阔兮，不我活⑬兮。
于嗟洵⑭兮，不我信⑮兮。

【题解】

　　这是一首卫国远戍陈宋的兵士嗟怨想家的诗。据《左传》载，鲁宣公十二年，宋伐陈，卫穆公出兵救陈。第二年，晋国不满卫国援陈，出师讨卫。卫国屈服。本诗可能和这段历史有关。揣想当时留守在陈宋的军士可能因晋国的干涉和卫国的屈服，处境非常狼狈，所以诗里有"爰

丧其马"这类的话。悲观绝望的主人公想起了自己离家时的誓言，想到可能失信于妻子不禁悲上心头。全诗共五章，前三章是征人自叙出征情景，承接绵密，如怨如慕，如泣如诉。后两章转到夫妻别时信誓，谁料到归期难料，信誓无凭。全诗上下紧扣，词情激烈。

【注 释】

① 镗（tāng）：鼓声。"其镗"即"镗镗"。

② 踊跃：双声联绵词，犹言鼓舞。兵：武器，刀枪之类。

③ 土：挖土。国：指都城。城：修城。漕：卫国的城市。

④ 孙子仲：即公孙文仲，字子仲，邶国将领。

⑤ 平：平定两国纠纷。指救陈以调和陈宋关系。陈、宋：诸侯国名。

⑥ 不我以归：是"不以我归"的倒装，意思是有家不让回。

⑦ 有忡：忧虑不安的样子。

⑧ 爰（yuán）：哪里。丧：丧失，此处言跑失。此句是说哪里可以住。

⑨ 于以：在哪里。

⑩ 契阔：聚散，离合的意思。契：合；阔：离。

⑪ 成说（shuō）：约定，盟约。

⑫ 于嗟：叹词。

⑬ 活：借为"佸"，相会。

⑭ 洵：久远。

⑮ 信：守信，守约。

【名 句】

死生契阔，与子成说。
执子之手，与子偕老。

伯 兮

先秦·《诗经·卫风》

伯兮朅兮①，邦之桀②兮。

伯也执殳③，为王前驱。

自伯之东，首如飞蓬。

岂无膏沐④？谁适⑤为容！

其雨其雨，杲杲⑥出日。

愿言思伯，甘心首疾。

焉得谖草⑦？言树之背⑧。

愿言思伯，使我心痗⑨。

【题解】

《伯兮》是《诗经》中写丈夫出征，妻子怀念最简练、最形象的一首。这首诗从一个思妇的角度写了她丰富的内心活动。最初，她对自己的丈夫能为王效力而感到自豪，然后写她思念丈夫，自从丈夫走后，头发就如飞蓬一样乱糟糟，并不是她没有时间去打理，而是懒得去收拾，即使打扮得漂漂亮亮的，又给谁看呢？一语道破"女为悦己者容"的意念。而后，她的情绪更加低沉，期待一次次落空，时间越长，她的痛苦就越深。"自伯之东，首如飞蓬"是这首诗中最经典的一句，以后历代闺怨诗词中的思妇都会有这类女子的影子。

【注释】

①伯：兄弟姐妹中年长者称伯，此处指其丈夫。朅（qiè）：英武高大。

②桀：同"杰"。

③殳（shū）：古兵器，杖类，长丈二无刃。

④ 膏沐：妇女润发的油脂。

⑤ 适（dí）：悦。

⑥ 杲（gǎo）：明亮的样子。

⑦ 谖（xuān）草：萱草，忘忧草，俗称黄花菜。

⑧ 背：屋子北面。

⑨ 痗（mèi）：忧思成病。

【名句】

自伯之东，首如飞蓬。

岂无膏沐？谁适为容！

氓

先秦·《诗经·卫风》

氓之蚩蚩①，抱布贸丝。匪来贸丝，来即我谋②。送子涉淇，至于顿丘③。匪我愆期，子无良媒④。将子无怒⑤，秋以为期。

乘彼垝垣⑥，以望复关⑦。不见复关，泣涕涟涟。既见复关，载⑧笑载言。尔卜尔筮，体无咎言⑨。以尔车来，以我贿⑩迁。

桑之未落，其叶沃若⑪。于嗟鸠兮⑫，无食桑葚！于嗟女兮，无与士耽⑬！士之耽兮，犹可说⑭也。女之耽兮，不可说也。

桑之落矣，其黄而陨。自我徂尔，三岁食贫⑮。淇水汤汤，渐车帷裳⑯。女也不爽，士贰其行⑰。士也罔极，二三其德⑱。

三岁为妇，靡室劳矣⑲；夙兴夜寐，靡有朝矣⑳。言既遂矣㉑，至于暴矣。兄弟不知，咥其笑矣㉒。静言思之，躬自悼矣㉓。

及尔偕老，老使我怨㉔。淇则有岸，隰则有泮㉕。总角之宴，言笑晏晏㉖。信誓旦旦，不思其反㉗。反是不思，亦已焉哉㉘！

【题 解】

　　这是一首弃妇诗，是一位遭遇丈夫变心的女子对婚姻悲剧的血泪控诉。诗中的女主人公以无比沉痛又冷静的态度，回忆了自己恋爱时对氓的一心一意以及婚后被氓虐待和遗弃的痛苦。在婚前，她怀着对氓炽热的深情，勇敢地冲破了礼法的束缚，毅然和氓同居。没想到，作出这么大牺牲的她却没有得到相应的报答，被氓当牛马般使唤，甚至被打被弃。她虽曾勇敢地冲破过封建的桎梏，但她的命运最终同那些在父母之命、媒妁之言压迫下逆来顺受的妇女命运一样。这首诗难能可贵的是弃妇已经彻底认清了自己婚姻的悲剧，并作出了理智的决定，这种女性的自觉精神在当时具有超前意识。

【注 释】

①氓（méng）：《说文》："氓，民也。"本义为外来的百姓，这里指自彼来此之民，是男子之代称。蚩蚩（chī）：通"嗤嗤"，笑嘻嘻的样子。一说憨厚、老实的样子，一说无知貌，一说戏笑貌。

②贸：交易，以物易物。即：就。谋：商量。这句是说那人并非真来买丝，是找我商量事情来了。所商量的事情就是结婚。

③淇：卫国河名。即今河南淇河。顿丘：地名。即今河南清丰。

④愆（qiān）：过失，过错，这里指延误。这句是说并非我要拖延婚期而不肯嫁，是因为你没有找好媒人。

⑤将（qiāng）：愿，请。无：通"毋"，不要。

⑥乘：登上。垝（guǐ）垣（yuán）：倒塌的墙壁。垝：倒塌。垣：墙壁。

⑦复关：卫国地名，指"氓"所居之地。

⑧载：动词词头，无意义。

⑨ 尔筮（shì）：烧灼龟甲，根据裂纹以判吉凶，叫作"卜"。用蓍（shī）草占卦叫作"筮"。体：指龟兆和卦兆，即卜筮的结果。咎（jiù）：不吉利，灾祸。

⑩ 贿：财物，指嫁妆，妆奁。

⑪ 沃若：犹"沃然"，像水浸润过一样有光泽。这句以桑树的茂盛时期比自己恋爱满足，生活美好的时期。

⑫ 于：通"吁"，本义表示惊怪、不然、感慨等，此处与"嗟"皆表感慨。鸠：斑鸠。传说斑鸠吃桑葚过多会醉。

⑬ 耽（dān）：迷恋，沉溺，贪乐太甚。

⑭ 说：通"脱"，解脱。

⑮ 徂（cú）：往。徂尔：嫁到你家。食贫：过贫穷的生活。

⑯ 汤汤（shāng）：水势浩大的样子。渐（jiān）：浸湿。帷（wéi）裳（cháng）：车旁的布幔。这句是说被弃逐后渡淇水而归。

⑰ 爽：差错。贰："貣（tè）"的误字。"貣"就是"忒（tè）"，和"爽"同义。这里指对爱情不专一。这句是说女方没有过失而是男方行为不对。

⑱ 罔：无，没有。极：标准，准则。二三其德：在品德上三心二意，言行为前后不一致。

⑲ 靡室劳矣：所有的家庭劳作一身担负。靡：无。室劳：家务劳动。

⑳ 夙：早。兴：起来。这句是说起早睡迟，天天如此。

㉑ 言：语助词，无义。既遂：言愿望既然已经实现。

㉒ 咥（xì）：笑的样子。这句是说兄弟还不晓得我的遭遇，见面时都讥笑我。

㉓ 这句是说静下心来好好地想一想，独自伤心。躬：自身。悼：伤心。

㉔ 这句是说当初曾相约和你一起到老，如今偕老之说白白使我怨恨罢了。

㉕ 隰（xí）：低湿的地方；当作"湿"，水名，就是漯河，黄河的支流，流经卫国境内。泮（pàn）：通"畔"水边，边岸。这句承上文，以水流必有畔岸，喻凡事都有边际，而自己愁思无尽。言外之意，如果和这样的男人偕老，那就苦海无边了。

㉖ 总角：古代男女未成年时把头发扎成丫髻，称总角。这里指代少年时代。宴：快乐。晏晏（yàn）：欢乐，和悦的样子。

㉗ 旦旦：诚恳的样子。反：即"返"。不思其反：不想那样的生活再回来。

㉘ 反是不思：违反这些。是：指示代词，指代誓言。这句是重复上句的意思，变换句法为的是和下句叶韵。

桃 夭

先秦·《诗经·周南》

桃之夭夭①，灼灼其华②。
之子于归③，宜④其室家。
桃之夭夭，有蕡⑤其实。
之子于归，宜其家室。
桃之夭夭，其叶蓁蓁⑥。
之子于归，宜其家人。

【题 解】

这是一首女子出嫁的祝颂诗。全诗用桃树比兴，用桃花的怒放象征结婚时喜气洋洋的热闹气氛，用饱满的桃子象征婚后子嗣满堂，用茵茵绿叶祝福女子婚后生活和谐幸福。字数不多，却别出心裁地唱出对女子婚姻生活的希望和憧憬。

【注 释】

① 夭夭：花朵怒放，美丽而繁华的样子。

② 灼灼：花朵色彩鲜艳如火，明亮鲜艳的样子。华：同"花"。

③ 之子：这位姑娘。于归：姑娘出嫁。古代把丈夫家看作女子的归宿，
　故称"归"。于：去，往。

④ 宜：和顺，亲善。

⑤ 蕡（fén）：草木结实很多的样子。此处指桃子肥大的样子。"有蕡"
　即"蕡蕡"。

⑥ 蓁（zhēn）：草木繁密的样子，这里形容桃叶茂盛。

【名 句】

桃之夭夭，灼灼其华。

之子于归，宜其室家。

东门之杨

先秦·《诗经·陈风》

东门之杨，其叶牂牂①。

昏以为期②，明星煌煌③。

东门之杨，其叶肺肺④。

昏以为期，明星晢晢⑤。

【题 解】

《东门之杨》是《诗经·陈风》中的一首，描写男女青年约会而所
等之人久候不至。陈国在当时是一个小国家，《陈风》中很多是关于婚
恋的爱情诗。全诗短小精练而意蕴蒙眬。夏天的黄昏，诗中的主人公和

恋人约好在东门外杨树下见面，可是苦等了一整夜直到启明星出现，仍然不见对方来临。诗人并没有交代等候者的性别，但可以肯定这是个真诚专一的恋人。他心里又是期待又是失望懊恼，却始终没有离开，执著地坚守在约会的地点，听着风吹树叶，看着满天星辰痴痴等待。

【注 释】

① 牂牂（zāng）：风吹树叶的响声。一说茂盛貌。
② 昏：黄昏。期：约定的时间。
③ 明星：启明星，早晨见于东方。煌煌：明亮。
④ 肺肺（pèi）：同"牂牂"。
⑤ 晢晢（zhé）：同"煌煌"。

野有蔓草

先秦·《诗经·郑风》

野有蔓草，零露漙兮①。
有美一人，清扬婉兮②。
邂逅相遇，适③我愿兮。
野有蔓草，零露瀼瀼④。
有美一人，婉如清扬。
邂逅相遇，与子偕臧⑤。

【题 解】

这是一首浪漫的情歌。早晨的郊野，春草葳蕤，枝叶蔓延，嫩绿的

春草上缀满露珠。在这清幽的郊野上，一位男青年遇见了一位大眼睛的美丽姑娘，这姑娘长得很像小伙子的梦中情人。小伙子无限喜悦，马上向她倾吐了爱慕之情。姑娘对小伙子也是一见倾心，二人手牵手一起走进树林深处。姑娘和小伙子的结合如此简单自然又顺理成章。这种求爱方式的原始、直接和大胆，反映了当时的婚姻习俗。这首诗中的"清扬婉兮"在后来的流传中，由原来的描写眼睛大而美逐渐演变为对女子气质的赞美，一位清扬婉兮的姑娘大约是众多男子的梦中情人。

【注释】

① 蔓草：蔓生的草。零：落。漙（tuán）：凝聚成水珠。
② 扬：明。"清"、"扬"都是形容眼睛漂亮。婉：眼睛大。《毛传》："眉目之间婉然美也。"
③ 适：称心，满意。
④ 瀼瀼（ráng）：露珠肥大貌。
⑤ 偕臧（zàng）：一同藏匿。《诗经集传》："偕臧，言各得其所欲也。"

【名句】

有美一人，清扬婉兮。

汝 坟

先秦·《诗经·周南》

遵彼汝坟①，伐其条枚②。
未见君子③，惄如调饥④。

遵彼汝坟，伐其条肄⑤。
既见君子，不我遐⑥弃。
鲂鱼赪⑦尾，王室如燬⑧。
虽则如燬，父母孔迩⑨。

【题 解】

　　这首诗写女子怀念出远门的丈夫，并想象他回家团聚后的喜悦。首章点明丈夫久已行役外出，维持生计的重担，落在女子肩上。她孤苦无依、忍饥挨饿，大清早就采樵伐薪。第二章写女子设想丈夫意外归来，并祈祷丈夫不要再外出远行。第三章则为女主人公见到丈夫后表白的话语。全篇以女子的口吻写女子心声，尤其是女子前后矛盾的心理，凸显出她的善解人意。全诗用语简洁，比喻奇特，思念和哀怨弥漫于字里行间，纯情感人。

【注 释】

　　① 遵：循，沿着。汝：汝河。坟：大堤。
　　② 条：山楸树枝。枚：树干。
　　③ 君子：这里是妻子对丈夫的称呼。
　　④ 怒（nì）：忧愁。调：通"朝"，早晨。
　　⑤ 肄（yì）：嫩枝条。
　　⑥ 遐：远。
　　⑦ 赪（chēng）：赤色。
　　⑧ 燬（huǐ）：火。
　　⑨ 孔：很。迩：近。

草　虫

先秦·《诗经·召南》

喓喓^①草虫，趯趯阜螽^②。

未见君子，忧心忡忡。

亦既见止^③，亦既觏^④止，我心则降^⑤。

陟彼南山，言采其蕨。

未见君子，忧心惙惙^⑥。

亦既见止，亦既觏止，我心则说^⑦。

陟彼南山，言采其薇。

未见君子，我心伤悲。

亦既见止，亦既觏止，我心则夷^⑧。

【题解】

这是一首写思情的诗，首章将思妇置于秋天的背景下，以草虫起兴，思妇的所见所闻触动了心中对情人的相思，激起了她无限的愁思。第二、三章写女子登高远眺，望情人而不见，百无聊赖，相思之情倍增。诗中用"既见"、"既觏"与"未见"相对照，情感变化鲜明，愁苦之情和欢愉之情对比，可见女子对情人所爱之深。诗中虚实相融的写法，别出心裁。女子大胆而率真的感情，感人至深。

【注释】

① 喓喓（yāo）：虫鸣声。

② 趯趯（tì）：跳跃。阜螽（zhōng）：昆虫。

③ 亦：发语词。止：代词"之"。

④ 觏（gòu）：交合。

⑤降（hóng）：平和。
⑥惙惙（chuò）：愁苦貌。
⑦说（yuè）：通"悦"。
⑧夷：平。

【名句】

陟彼南山，言采其薇。
未见君子，我心伤悲。

硕 人

先秦·《诗经·卫风》

硕人其颀①，衣锦褧衣②。
齐侯之子，卫侯之妻。
东宫③之妹，邢侯之姨④，谭公维私⑤。
手如柔荑⑥，肤如凝脂⑦。
领如蝤蛴⑧，齿如瓠犀⑨。
螓首蛾眉⑩，巧笑倩⑪兮，美目盼⑫兮。
硕人敖敖⑬，说于农郊⑭。
四牡有骄⑮，朱幩镳镳⑯。
翟茀以朝⑰。大夫夙退，无使君劳⑱。
河水洋洋，北流活活⑲。
施罛濊濊⑳，鱣鲔发发㉑。
葭菼揭揭㉒，庶姜孽孽㉓，庶士有朅㉔。

【题解】

此诗写齐女庄姜出嫁卫庄公的事情，着力刻画了庄姜高贵、美丽的形象，描写细致，比喻新鲜。第一章写她的高贵出身，第二章写她的美丽容貌，第三章写她初嫁到卫国时礼仪之盛，第四章写她的随从众多而健美。《硕人》为后世的读者描摹了一幅幅妙绝千古的"美人图"，留给人们最鲜活的印象是那倩丽的巧笑，流盼的美目。

【注释】

① 硕：大。硕人：指卫庄公夫人庄姜。颀（qí）：长貌。古代男女以硕大颀长为美。

② 褧（jiǒng）衣：女子出嫁时在途中所穿的外衣，用枲（xǐ）麻之类的材料制成。这句是说在锦衣上加褧衣。第一个"衣"字是动词。

③ 东宫：指齐国太子（名得臣）。东宫是太子所住的宫。这句是说庄姜和得臣同母，表明她是嫡出。

④ 邢：国名，在今河北邢台县。姨：妻子的姊妹。

⑤ 谭：国名，在今山东历城县东南。维：犹"其"。私：女子称姊妹的丈夫为"私"。

⑥ 荑（yí）：初生的茅。嫩茅去皮后洁白细软，此处用来比喻女子的手。

⑦ 凝脂：凝冻着的脂油，既白且滑。

⑧ 领：颈。蝤蛴（qiú qí）：天牛之幼虫，其色白身长。

⑨ 瓠（hù）：葫芦类。犀：瓠中的子叫"犀"，因其洁白整齐，此处用来形容牙齿的美。

⑩ 螓（qín）：虫名，似蝉而小，额宽广而方正。蛾眉：蚕蛾的触角，细长而弯曲。人的眉毛以长为美，所以用蛾眉作比。

⑪ 倩：酒靥之美。口颊含笑的样子。

⑫ 盼：黑白分明。

⑬ 敖敖：高貌。

⑭ 说（shuì）：停息。农郊：近郊。

⑮ 四牡：驾车的四匹牡马。骄：壮貌。

⑯ 朱幩（fén）：马口铁上用红绸缠缚做装饰。镳镳（biāo）：盛多貌。

⑰ 翟茀（dí fú）：山鸡羽饰车。女子所乘的车前后都要遮蔽起来，那遮蔽在车后的东西叫做"茀"，"翟茀"是茀上用雉羽做装饰。朝：指与卫君相会。

⑱ 这句是说今日群臣早退，免使卫君劳于政事。

⑲ 活活（kuò）：水流声。

⑳ 施罛（gā）：撒渔网。濊濊（huò）：拟声词，撒网入水之声。

㉑ 鳣（zhān）：黄鱼。鲔（wěi）：鳝鱼。发发（bō）：鱼碰网时尾动貌。诗意似以水和鱼喻庄姜的随从之盛。

㉒ 葭（jiā）：芦。菼（tǎn）：荻。揭揭：高举貌。这里写芦荻的高长似与"庶姜"、"庶士"的高长作联想。

㉓ 庶姜：指随嫁的侍女。孽孽（niè）：高长貌。

㉔ 庶士：指齐国护送庄姜的诸臣。朅（jié）：武壮高大貌。

【名句】

手如柔荑，肤如凝脂。
领如蝤蛴，齿如瓠犀。
螓首蛾眉，巧笑倩兮，美目盼兮。

君子于役

先秦·《诗经·王风》

君子于役①，不知其期。
曷至哉②？鸡栖于埘③。

日之夕矣，羊牛下来。

君子于役，如之何勿思！

君子于役，不日不月④。

曷其有佸⑤？鸡栖于桀⑥。

日之夕矣，羊牛下括⑦。

君子于役，苟⑧无饥渴？

【题解】

这是一首思妇诗，通过女主人的内心独白，抒发她对丈夫的思念之情。开篇直笔写主题，女主人公发出带着叹息的发问"曷至哉"。接下来宕开一笔，不再写情，而是描摹周边景物，淡淡地描绘出一幅乡村晚景的画面，这是女子生活中最平常也是最富于生活情趣的时刻，可是却缺少了最重要的伴侣，越是在平常的日子里越显得自身的孤独。诗的结局十分有趣，把妻子的期待转变为对丈夫的牵挂和祝愿，这其中表现出的女子的善良和深挚让人感动。

【注释】

① 君子：妻子对丈夫的称谓。于：往。役：指遣戍远地。

② 曷至哉：何时归来。

③ 埘（shí）：凿墙做成的鸡窠叫做"埘"。

④ 不日不月：不能用日月计算。这是"不知其期"的另一种说法。

⑤ 有：读"又"。佸（huó）：会。又佸：就是再会。

⑥ 桀（jié）："榤"的省借，鸡栖息的横木。

⑦ 括：与"佸"字义同。牛羊下来而群聚一处叫做"下括"。

⑧ 苟：且。"且无饥渴"是希望他无饥渴而又不敢确信。

采 葛

先秦·《诗经·王风》

彼采葛兮。一日不见，如三月兮。
彼采萧^①兮。一日不见，如三秋^②兮。
彼采艾^③兮。一日不见，如三岁兮。

【题 解】

　　这是一首著名的怀人诗，写一个女子边劳作边思念情人。热恋中的情人无不希望朝夕厮守，耳鬓厮磨，分离对他们是极大的痛苦，即使是短暂的分别，在他们看来也是度日如年。本诗正是抓住热恋中人的这一心理特征，反复吟诵，重叠中只换了几个字，就把怀念情人愈来愈强烈的情感生动地展现了出来。全诗用语朴素直白，章节间变化简单，却能拨动后世读者的心弦，并将这一情感浓缩为"一日三秋"的成语，审美价值永不消退。

【注 释】

　　① 萧：植物名，即香蒿。萧有香气，古人用它祭祀。
　　② 三秋：通常以一秋为一年。谷熟为秋，谷类多一年一熟。古人说"今秋"、"来秋"就是今年、来年。在这首诗里"三秋"该长于"三月"，短于"三岁"，义同"三季"，就是九个月。又有以"三秋"专指秋季三月的，那是后代的用法。
　　③ 艾：即香艾，菊科植物。烧艾叶可以灸病。

【名 句】

　　一日不见，如三秋兮。

葛　生

先秦·《诗经·唐风》

葛生蒙楚①，蔹②蔓于野。
予美亡此③，谁与独处！
葛生蒙棘④，蔹蔓于域⑤。
予美亡此，谁与独息！
角枕粲⑥兮，锦衾烂⑦兮。
予美亡此，谁与独旦⑧！
夏之日，冬之夜⑨。
百岁之后，归于其居⑩！
冬之夜，夏之日。
百岁之后，归于其室！

【题解】

　　这是一首悼亡之作，奠祭死去的爱人。诗从葛藤写起，先写亡人的孤独，无人陪伴，实则反映出活着的人也是一样的孤寂无伴。自亡人走后，抒情主人公度日如年，在她感觉中，白天黑夜都延长了，每一天都像夏天的白昼一样漫长煎熬，每一个夜晚都像冬夜一样漫长寒冷。诗中反复书写无法忍受的独处的时日，都是为了表达当初同处的和谐美好。最后抒情主人公发出死后同穴的悲号，诗歌的情感也达到顶峰。因为死别的悲剧性存在，悼亡之作，更具有本质性的兴发感染力。吟咏这篇充满血泪的哀歌，深感其爱情之纯洁忠贞，伉俪情笃之深厚融洽。

【注释】

　　①葛：藤本植物，茎皮纤维可织葛布，块根可食，花可解酒毒。蒙：

覆盖。楚：灌木名，即牡荆。

② 蔹（liǎn）：攀缘性多年生草本植物，根可入药，有白蔹、赤蔹、乌蔹等。

③ 予美：我的好人。朱熹《诗集传》载："妇人指其夫也。"亡此：死于此处，指死后埋在那里。

④ 棘：酸枣，有棘刺的灌木。

⑤ 域：坟地。

⑥ 角枕：牛角做的枕头。据《周礼·王府》注，角枕用于枕尸首。粲：同"灿"。

⑦ 锦衾：锦缎褥。闻一多《风诗类钞》："角枕、锦衾，皆敛死者所用。"烂：灿烂。

⑧ 独旦：朱熹《诗集传》："独旦，独处至旦也。"旦：天亮。一说，旦释为安，闻一多《风诗类钞》："旦，坦。""坦，安也。"

⑨ 此句讲夏之日长，冬之夜长，言时间长也。

⑩ 其居：亡夫的墓穴。

谷 风

先秦·《诗经·邶风》

习习谷风，以阴以雨①。

黾勉②同心，不宜有怒。

采葑采菲，无以下体③。

德音莫违，及尔同死④。

行道迟迟，中心有违⑤。

不远伊迩，薄送我畿⑥。

谁谓荼苦，其甘如荠⑦。

宴尔新昏⑧，如兄如弟。

泾以渭浊，湜湜其沚⑨。

宴尔新昏，不我屑以。

毋逝我梁，毋发我笱⑩。

我躬不阅，遑恤我后⑪。

就其深矣，方之舟之。

就其浅矣，泳之游之⑫。

何有何亡，黾勉求之。

凡民有丧，匍匐救之⑬。

能不我慉，反以我为仇⑭。

既阻我德，贾用不售⑮。

昔育恐育鞠，及尔颠覆⑯。

既生既育，比予于毒⑰。

我有旨蓄⑱，亦以御冬。

宴尔新昏，以我御穷。

有洸有溃，既诒我肄⑲。

不念昔者，伊余来塈⑳。

【题 解】

　　《谷风》是《诗经·国风·邶风》里面的名篇，是一首弃妇诗，抒写弃妇对丈夫的血泪控诉。弃妇最初恳切地祈求丈夫不要遗弃自己，当最终还是被遗弃后，她回顾自己辛勤经营起来的家，不忍离去。弃妇怀着愤怒之情为自己辩解，想到不能照顾子女倍感难过。她含泪回忆自己婚后勤勉持家，友爱四邻，又感慨丈夫对自己今昔有别。全诗可分为六部分，犹如六幅沾满血泪和悲愤的图画，弃妇殷殷相诉的哀哀之语，今日读来仍然令人动容。

【注 释】

　　① 习习：和舒貌。谷风：东风，生长之风。以阴以雨：为阴为雨，以

滋润百物。

② 黾（mǐn）勉：犹"勉勉"。尽力自勉。

③ 葑（fēng）：芜菁。菲：萝卜。下体：根茎。

④ 德音：善言，犹好话。及尔同死：与你白头偕老；也即上文所说的"德音"。

⑤ 违：通"怌"，怨恨之意。

⑥ 伊：义同"唯"。迩：近。薄：语助词。幾：门槛。

⑦ 荼：有苦味的菜。荠：有甜味的菜。这两句说，谁说荼是苦的？我觉得它跟荠一样甜。言外之意是说自己的遭遇比荼还苦。

⑧ 宴：安乐。昏：通"婚"。

⑨ 泾：泾水。渭：渭水。二水皆发源于今甘肃省境内，至陕西高陵县合流。以：给予之意。湜湜（shí）：水清见底之貌。

⑩ 逝：往。梁：鱼梁，流水中拦鱼之物。这句是说，不要到我的鱼梁那儿去。写女子恐家中鱼梁被新人弄坏。发：弄乱。笱（gǒu）：竹制的捕鱼器具，其口鱼能入而不能出。

⑪ 躬：身。阅：容。遑：闲暇。恤：忧念。这两句是说，我自己还不被丈夫所容，哪有余暇忧虑我走后的事。

⑫ 此四句以渡水比喻治理家务，言一切都处理得恰如其分。

⑬ 民：指邻里。丧：死亡凶祸之事。匍匐：本义为小儿爬行，引申义为尽力。

⑭ 慉（xù）：喜悦之意。这句文意为，不但对我无好感，反以我为仇敌。

⑮ 阻：阻难。德：善。这句大意说，你既对我的善行加以阻难。阻：《韩诗》作"诈"。意谓你既把我的德行当作是虚假的。与《毛诗》义可互通。贾：商贾。用：因而。这句是说，我的善行就像商贾卖不出去的货物一样。意谓没有作用和意义。

⑯ 育：生养，犹今言生活。恐：恐惧。鞠：穷困。这句说，以前生活在恐慌、穷困中。及：通"岌"。岌岌：危殆状。颠覆：跌倒。

⑰ 既生既育：已经有了财业、能够生活了。毒：毒物。

⑱ 旨蓄：美味的蓄菜。旨：美好。蓄：指蓄菜，即干菜、咸菜之类。

⑲ 有洸有溃：《毛传》："洸洸，武也。溃溃，怒也。"洸、溃：指

其夫虐待打骂之事。诒：通作"贻"。肆：劳，劳苦。

⑳伊：犹维。来：是。塈（jì）：疑假作古文"爱"字的异体。这句是说，只爱我一个人。

大 车

先秦·《诗经·王风》

大车槛槛①，毳衣如菼②。
岂不尔思？畏子不敢。
大车哼哼③，毳衣如璊④。
岂不尔思？畏子不奔。
榖⑤则异室，死则同穴。
谓予不信，有如皦⑥日！

【题解】

这是一首爱情诗。写赶大车的男子和一位女子还不确定的感情。男子很主动，但是女子还有些犹豫，她还没有下定决心和男子私奔。男子对着太阳发出爱的誓言："榖则异室，死则同穴"，生生死死不相离，表现了男子对感情的坚定和忠贞。春秋时期这一最朴素的爱情观是对爱情和爱人最基本的尊重。

【注 释】

① 槛槛：车行声。
② 毳（cuì）衣：本指兽类细毛，可织成布匹，制作衣服或缝制车上的

帐篷。此处从闻一多说。如荽（tǎn）：如荽之绿。荽：初生之荻，茎较细而中间充实，颜色青绿。此处以之比喻毳的颜色。

③ 啍啍（tūn）：车行重缓貌。

④ 璊（mén）：赤玉。

⑤ 穀（gǔ）：生长。

⑥ 皦（jiǎo）：同"皎"。明亮。

【名句】

穀则异室，死则同穴。

上 邪

汉·乐府古辞

上邪！① 我欲与君相知②，长命无绝衰③。山无陵④，江水为竭，冬雷震震⑤，夏雨雪⑥，天地合，乃敢⑦与君绝！

【题解】

这是一首汉乐府民歌，表达的是女主人公忠贞于爱情的自誓之词。女主人公用五件不可能的事情来表明自己至死不渝的爱，可谓深情奇想。全诗情感真挚，气势豪放，表达出欲突破封建礼教的女性的真实情感，被誉为"短章之神品"。

【注释】

① 上邪（yé）：上天啊。上：指天。邪：语气助词，表示感叹。

② 相知：相爱。

③ 命：古与"令"字通假，使。衰（cuī）：衰减，断绝。这两句是说，我愿与你相爱，让我们的爱情永不衰绝。

④ 陵：山峰，山头。

⑤ 震震：形容雷声。

⑥ 雨（yù）雪：降雪。雨：名词活用作动词。

⑦ 乃敢：才敢，"敢"字是委婉的用语。

江　南

汉·乐府古辞

江南可采莲，莲叶何田田①，鱼戏莲叶间。鱼戏莲叶东，鱼戏莲叶西。鱼戏莲叶南，鱼戏莲叶北。

【题解】

这首诗为《相和歌辞·相和曲》之一，是汉代民歌，算得上是采莲诗的鼻祖。诗中采用民间情歌常用的比兴、双关手法，以"莲"谐"怜"，象征爱情，以鱼儿戏水于莲叶间，来暗喻青年男女在劳动中相互爱恋的欢乐情景，格调清新健康。诗中大量运用重复的句式和字眼，描绘了江南采莲的热闹欢乐场面，反映了古代民歌朴素明朗的风格。从穿来穿去、欣然戏乐的场景中，读者似乎也能身临其境，感受到那种原生态不含杂质的美和乐。

【注释】

① 田田：指荷叶茂盛的样子。

上山采蘼芜

汉·乐府古辞

上山采蘼芜①，下山逢故夫。
长跪问故夫，新人复何如？
新人虽言好，未若故人姝②。
颜色类相似，手爪③不相如。
新人从门入，故人从阁④去。
新人工织缣，故人工织素⑤。
织缣日一匹，织素五丈余。
将缣来比素，新人不如故。

【题解】

这是一首写弃妇的诗，写弃妇和故夫偶尔重逢时的一番简短对话。《上山采蘼芜》是东汉时期的一首乐府诗，历来与汉乐府民歌中的《白头吟》、《怨歌行》、《塘口行》等名篇并提，描写弃妇的哀怨，对喜新厌旧的"故夫"提出责难和控诉。

【注释】

①蘼芜（mí wú）：一种香草，叶子风干后可以做香料。
②姝：好。不仅指容貌。
③手爪：指纺织等技巧。
④阁（gé）：旁门，小门。
⑤缣（jiān）、素：都是绢。素色洁白，缣色带黄，素贵缣贱。

将缣来比素，新人不如故。

有所思

汉·乐府古辞

有所思①，乃在大海南。何用问遗②君？双珠瑇瑁③簪，用玉绍缭④之。闻君有他心，拉杂摧烧之⑤。摧烧之，当风扬其灰。从今以往，勿复相思！相思与君绝！鸡鸣狗吠⑥，兄嫂当知之。妃呼狶⑦！秋风肃肃晨风飔⑧，东方须臾高知之⑨。

【题 解】

《有所思》是汉代乐府民歌中的一首著名情歌，有人称它为爱情绝唱。全诗分为三部分，按照女主人公的心路历程，依次再现了女主人公从热恋到失恋的过程，一个身陷爱河却不幸遭遇爱人变心，心中伤痛又不忍断绝关系的痴情女形容跃然纸上。热恋时女子对身在异地的心上人付出了满腔情意，她赠给他贵重的礼物来表达自己的一片深情。获知对方已经移情别恋，意识到自己的情感遭到欺骗，她难以承受这样的打击，满腔柔情化作了恨的力量，她愤怒地烧毁爱的信物，坚定地要和男子断绝关系。当发泄过后，心情稍稍平复，她又开始对自己的决定犹豫不定。她害怕分手后人言可畏，又不舍自己对男子的感情，前思后想，欲罢不能。《有所思》以短小的篇幅，把女主人公失恋前后的感情心理，刻画得淋漓尽致，曲折入微。这种感情，具有普遍的典型意义，写出了大多数失恋女子的心声，因此《有所思》能够穿透时空隧道，千百年来被人传诵。

【注释】

① 有所思：指她所思念的那个人。

② 何用：何以。问遗：二字同义，作"赠予"解，是汉代习用的联语。

③ 瑇瑁（dài mào）：即玳瑁，是一种龟类动物，其甲壳光滑而多文采，
可制装饰品。

④ 绍缭：犹"缭绕"，缠绕。

⑤ 拉杂：堆集。这句是说，听说情人另有所爱了，就把原拟赠送给他
的东西堆集在一块砸碎，烧掉。

⑥ 鸡鸣狗吠：犹言"惊动鸡狗"。古诗中常以此借指男女幽会。

⑦ 妃呼豨（bēi xū xī）："妃"，训为"悲"，"呼豨"，训为"歔欷"。

⑧ 肃肃：飕飕，风声。晨风飔（sī）：据闻一多《乐府诗笺》说，晨风，
就是雄鸡，雉鸡常晨鸣求偶。"飔"当为"思"，是恋慕的意思。一说，
"晨风飔"，指晨风凉。

⑨ 须臾：不一会儿。高：是"皜"、"皓"的假借字，白。"东方高"，
日出东方亮。

【名句】

闻君有他心，拉杂摧烧之。摧烧之，当风扬其灰。

饮马长城窟行

汉·乐府古辞

青青河畔草，绵绵①思远道。
远道不可思，宿昔②梦见之。
梦见在我傍，忽觉在他乡。

他乡各异县，展转③不相见。

枯桑知天风，海水知天寒④。

入门各自媚，谁肯相为言⑤！

客从远方来，遗我双鲤鱼⑥。

呼儿烹⑦鲤鱼，中有尺素⑧书。

长跪⑨读素书，书中竟何如？

上言加餐食，下言长相忆。

【题 解】

　　《饮马长城窟行》是汉代乐府古题。相传古长城边有水窟，可供饮马，曲名由此而来。本书所选录的这首诗在《文选》中载为"古辞"，但在《玉台新咏》中作者署名蔡邕。这是一首思妇诗，抒写女主人公的怀人情愫。全诗以第一人称自叙的口吻写出，多处采用比兴的手法，语言清新通俗，尤其是前句结尾和后句开头一致的写法，使邻接的句子首尾相衔，全诗气势连贯，很有艺术感染力。诗中所写思妇的种种臆想，似梦非梦，似真非真，虚实结合难辨，增强了诗文的蕴藉神韵。

【注 释】

　　①绵绵：延续不断，形容草也形容对于远方人的相思。

　　②宿昔：指昨夜。

　　③展转：亦作"辗转"，不定。这里是说在他乡做客的人行踪无定。"展转"也是形容不能安眠。如将这一句解释指思妇而言，也可以说得通，就是说她醒后翻来覆去不能再入梦。

　　④这一句是说枯桑虽然没有叶，但仍然能感到风吹，海水虽然不结冰，但仍然能感到天冷。比喻那远方的人纵然感情淡薄也应该知道我的孤凄和想念。

　　⑤媚：爱。言：问讯。这一句是把远方的人没有音信归咎于别人不肯

代为传送。

⑥ 双鲤鱼：指藏书信的函，就是刻成鲤鱼形的两块木板，一底一盖，把书信夹在里面。

⑦ 烹：煮。假鱼本不能煮，诗人为了造语生动故意将打开书函说成烹鱼。

⑧ 尺素：素是生绢，古人用绢写信。

⑨ 长跪：伸直了腰跪着。古人席地而坐，坐时两膝着地，臀部压在脚后跟上。跪时将腰伸直，上身就显得长些，所以称为"长跪"。

白头吟

西汉·卓文君

皑如山上雪，皎若云间月①。
闻君有两意②，故来相决③绝。
今日斗酒会，明旦沟水头④。
躞蹀御沟⑤上，沟水东西流⑥。
凄凄复凄凄，嫁娶不须啼。
愿得一心人，白头不相离。
竹竿何袅袅⑦，鱼尾何簁簁⑧。
男儿重意气⑨，何用钱刀⑩为。

【题 解】

这是一首弃妇诗，相传为汉代卓文君所作，一说是汉乐府民歌。卓文君孀居时因爱慕司马相如，与其私奔。后司马相如以文得宠，仕途顺利。饱暖思淫欲，相如意欲纳茂陵女为妾，卓文君获知后，写下了这篇流传于世的《白头吟》，并附书："春华竞芳，五色凌素，琴

尚在御，而新声代故！锦水有鸳，汉宫有木，彼物而新，嗟世之人兮，瞀于淫而不悟！"随后再补写两行："朱弦断，明镜缺，朝露晞，芳时歇，白头吟，伤离别，努力加餐勿念妾，锦水汤汤，与君长诀！"卓文君哀怨的《白头吟》和凄伤的《诀别书》，使司马相如大为感动，最终打消纳妾的念头，二人回归故里，安居林泉。后世多用此调写妇女被遗弃的故事。

【注 释】

① 皑、皎：都指白色。

② 两意：指二心，和下文"一心"相对，指情变。

③ 决：别。

④ 斗：盛酒的器具。这句是说今天置酒作最后的聚会，明早沟边分手。

⑤ 躞蹀（xié diè）：行走貌。御沟：流经御苑或环绕宫墙的沟。

⑥ 东西流：即东流。"东西"是偏义复词，这里偏用"东"字的意义。

⑦ 竹竿：指钓竿。袅袅：动摇貌。

⑧ 簁簁（shāi）：形容鱼尾像濡湿的羽毛。在中国歌谣里钓鱼是男女求偶的象征隐语。这里用隐语表示男女相爱的幸福。

⑨ 意气：这里指感情、恩义。

⑩ 钱刀：古时的钱有铸成马刀形的，所以钱又称为钱刀。

【名 句】

愿得一心人，白头不相离。

怨歌行

西汉·班婕妤

新裂齐纨素①，鲜洁如霜雪。
裁作合欢扇，团团似明月。
出入君怀袖，动摇微风发。
常恐秋节至，凉飙②夺炎热。
弃捐箧笥中③，恩情中道绝。

【题 解】

关于此诗的作者，历来有争议，《文选》李善注引《歌录》云："《怨歌行》，古辞。"但魏晋六朝人，如陆机、徐陵等皆以为班婕妤作，而联系班婕妤的身世，又与诗的内容暗合，故属之班作，当是信而有据。

班婕妤是汉成帝的后妃，在赵飞燕入宫前，汉成帝对她最为宠幸。班婕妤在后宫中的贤德是有口皆碑的。班婕妤的文学造诣极高，尤其熟悉史实，常能引经据典，开导汉成帝内心的积郁。班婕妤又擅长音律，她多方面的才情，使汉成帝把她放在亦师亦友的地位。自赵飞燕姐妹入宫后，班婕妤受到冷落。这首诗用扇子来比喻女子。扇子在被人需要的时候就"出入君怀袖"，不需要的时候就"弃捐箧笥中"。旧时代有许多女子处于被玩弄的地位，她们的命运决定于男子的好恶，随时可能被抛弃，正和扇子差不多。

【注 释】

① 裂：截断。新裂：指刚从织机上扯下来。素：生绢，精细的素叫做纨。齐地所产的纨素最著名。

② 飙（biāo）：急风。

③ 捐：抛弃。箧笥（qiè sì）：箱子。

河中之水歌

南朝梁·萧衍

河^①中之水向东流，洛阳女儿名莫愁。
莫愁十三能织绮，十四采桑南陌头^②。
十五嫁为卢郎妇，十六生儿字阿侯^③。
卢家兰室桂为梁，中有郁金苏合香^④。
头上金钗十二行，足下丝履五文章^⑤。
珊瑚挂镜烂生光，平头奴子擎履箱^⑥。
人生富贵何所望，恨不早嫁东家王^⑦。

【题 解】

这首诗被收入《乐府诗集·杂歌谣辞》，或题为梁武帝萧衍作。《玉台新咏》、《艺文类聚》均归为无名氏作。此诗以莫愁女为题材，写一个女子希望赶紧嫁给如意郎君。莫愁女在六朝极为有名，亦有种种不同记载。一说莫愁女是因丈夫长期戍边而独守空房的怨妇。一说莫愁女是南朝梁代从洛阳远嫁而来金陵的，新婚不久，她的丈夫就到边疆打仗去了，一去十载无音信。然而她化愁为不愁，把心思都放在帮助邻里扶危济困上，深受邻里称颂，但遭公公反对，莫愁女不堪诬陷凌辱，投石城湖而死。后人怀念莫愁女，便把她住过的横塘（石城湖）改称莫愁湖。《旧唐书·音乐志》谓"石城有女子名莫愁，善歌谣"，言其是石城（湖北钟祥县）人。此篇则谓其洛阳人。大约是南朝乐府中美女的泛称，如汉乐府中的罗敷一样。

【注 释】

① 河：指黄河。洛阳距黄河很近，故以此起兴，引出下句。
② 绮：有花纹的丝织品。南陌头：南边小路旁。

③ 卢郎妇：一作"卢家妇"。字阿侯：原作"似阿侯"，据《玉台新咏》、《艺文类聚》改。

④ 兰室：古代女子居室的美称。犹"兰闺"、"香闺"。桂为梁：桂树做的屋梁，形容居室华贵芳香。郁金、苏合：两种名贵的香料。

⑤ 丝履：绣花丝鞋，是古时富有的标志。汉桓宽《盐铁论》即谓"今富者常踏丝履"。五文章：五色花纹。

⑥ 挂镜：古代镜子常挂于壁上，故称"挂镜"。平头奴子：不戴冠巾的奴仆。擎：一作"提"。履箱：一说为藏履之箱。

⑦ 望：怨，怨恨。东家王：指东邻姓王的意中人。

西洲曲

南朝民歌

忆梅下西洲①，折梅寄江北。
单衫杏子红，双鬓鸦雏色②。
　西洲在何处？两桨桥头渡。
日暮伯劳③飞，风吹乌臼树。
树下即门前，门中露翠钿④。
　开门郎不至，出门采红莲。
采莲南塘秋，莲花过人头。
低头弄莲子⑤，莲子清如水。
置莲怀袖中，莲心彻底红⑥。
忆郎郎不至，仰首望飞鸿⑦。
　鸿飞满西洲，望郎上青楼。
楼高望不见，尽日栏杆头。
栏杆十二曲，垂手明如玉。
卷帘天自高，海水摇空绿。

海水梦悠悠⑧，君愁我亦愁。

南风知我意，吹梦到西洲。

【题 解】

　　《西洲曲》是南朝乐府民歌中少见的长篇，也是这一时期民歌中最成熟最精致的代表作之一。诗篇描写了一位女子从初春到深秋，从现实到梦境，对钟爱之人的苦苦思念，洋溢着浓厚的生活气息和鲜明的感情色彩，体现出鲜明的江南水乡特色和纯熟的表现技巧。全文语言精致流丽，感情细腻浪漫，意境轻柔优雅，令人"情灵摇荡"，广为后人传诵。

【注 释】

　①西洲：地名，具体位置不详。在本诗中指的是男女曾经一起去过的地方。

　②鸦雏色：形容头发乌黑发亮。鸦雏：小鸦。

　③伯劳：鸣禽，仲夏始鸣。

　④翠钿：用翠玉做成或镶嵌的首饰。

　⑤莲子：谐音"怜子"，就是"爱你"的意思。

　⑥莲心：和"怜心"谐音，就是相爱之心。彻底红：就是红得通透到底。

　⑦望飞鸿：有望书信的意思，古人有鸿雁传书的传说。

　⑧悠悠：遥远。天海辽廓无边，所以说它"悠悠"，天海的"悠悠"正如梦的"悠悠"。

【名 句】

单衫杏子红，双鬓鸦雏色。

开门郎不至，出门采红莲。

采莲南塘秋，莲花过人头。

行行重行行

东汉·《古诗十九首》

行行重行行^①，与君生别离^②。
相去^③万余里，各在天一涯；
道路阻^④且长，会面安可知。
胡马依北风，越鸟巢南枝^⑤。
相去日已远，衣带日已缓；
浮云蔽白日，游子不顾反。
思君令人老，岁月忽已晚。
弃捐^⑥勿复道，努力加餐饭。

【题 解】

　　本诗是《古诗十九首》中的第一首。《古诗十九首》是南朝梁萧统从传世无名氏《古诗》中选录十九首编入《文选》而得名，是在汉代民歌基础上发展起来的五言诗，内容多写离愁别恨和彷徨失意，情调低沉。《行行重行行》是一首在东汉末年动荡岁月中的相思乱离之歌。写一个妇女怀念离家远行的丈夫，她咏叹别离的痛苦、相隔的遥远和见面的艰难，把自己刻骨的相思和丈夫的一去不复返相对照，并在心中送去遥遥的叮咛，希望远行的人自己保重。全诗"情真、景真、事真、意真"（陈绎《诗谱》），让人为女主人公真挚痛苦的爱情呼唤所感动。

【注 释】

①重（chóng）：又。这句是说行而不止，走了又走。
②生别离：活生生地分离。
③相去：相距，相离。

④ 阻：艰险。

⑤ 胡马：北方所产的马。越鸟：南方的鸟。此句讲动物尚不忘故土，
　　人岂能无情。

⑥ 弃捐：抛弃。

【名句】

弃捐勿复道，努力加餐饭。

涉江采芙蓉

东汉·《古诗十九首》

涉江采芙蓉①，兰泽②多芳草。
采之欲遗③谁，所思在远道④。
还顾望旧乡，长路漫浩浩。
同心而离居⑤，忧伤以终老⑥。

【题解】

此诗抒写的是远行丈夫对故乡妻子的深切思念。男子经过江边，看
到对岸开满了美丽的荷花，就趟过江水去采，江对面的风景十分优美，
水草碧绿，兰花芬芳。他想这美丽的荷花应该送给我那远方的姑娘。想
起她就想起了我们一起生活过的故乡，如今我离家那么远，和她天各一
方，什么时候才能回去呢？或许这一生我都只能活在思念的悲伤中，终
老异乡吧。游子远离恋人和故乡不知何日而归的苦闷忧伤在这首诗中都
表达了出来。

【注释】

① 芙蓉：荷花的别名。

② 兰泽：生有兰草的沼泽地。

③ 遗（wèi）：赠。

④ 远道：犹言"远方"。

⑤ 同心：古代习用的成语，多用于男女之间的爱情或夫妇感情，指感情深厚。

⑥ 终老：度过晚年直至去世。

迢迢牵牛星

东汉·《古诗十九首》

迢迢①牵牛星，皎皎河汉女②。

纤纤擢素手③，札札弄机杼④。

终日不成章⑤，泣涕零如雨。

河汉清且浅，相去复几许？

盈盈⑥一水间，脉脉⑦不得语。

【题解】

《迢迢牵牛星》是《古诗十九首》中的第十首，借助牛郎织女浪漫的神话传说，来抒发思妇的别恨哀怨及向往夫妻团聚的愿望。现实中思妇和游子的相思之痛正如这天上对望的牛郎星和织女星，无法相见，只能思念。诗人用浪漫手法借天上的故事来喻现实生活，构思奇巧。名句"盈盈一水间，脉脉不得语"，尤被后世文人欣赏。盈盈一水，这水是地理上的阻碍，更是思妇望穿秋水的眼泪。这样一个饱含离愁、楚楚动

人的女子却并不颓废和悲观，她深深思念着远方的游子以至于无法继续织布，但她仍留恋自己的爱情，那脉脉不能说出的话正是她对丈夫归来的期待和对未来的美好想象。

【注释】

① 迢迢：遥远。
② 皎皎：明亮。河汉：即银河。河汉女：指织女星。在银河北，与牵牛星隔河相对。
③ 擢（zhuó）：伸出，拔出，抽出。这句是说，伸出细长而白皙的手。
④ 札札（zhá）：象声词。指女子正摆弄着织机，发出札札的织布声。弄：摆弄。杼（zhù）：织机的梭子。
⑤ 终日不成章：是用《诗经·大东》语意，说织女终日也织不成布。《诗经》原意是织女徒有虚名，不会织布，这里则是说织女因害相思，而无心织布。
⑥ 盈盈：清澈，晶莹的样子。
⑦ 脉脉（mò）：默默地用眼神或行动表达情意。

【名句】

盈盈一水间，脉脉不得语。

明月何皎皎

东汉·《古诗十九首》

明月何皎皎，照我罗床帏①。

忧愁不能寐，揽衣^②起徘徊。
客行虽云乐，不如早旋归^③。
出户独彷徨，愁思当告谁？
引领^④还入房，泪下沾裳衣。

【题 解】

此诗写闺怨离愁，刻画了一个独守空闺、愁思难寐、徘徊辗转的闺中女子形象。她在夜深人静时分，因为思念恋人而无法入眠，看到月光皎洁索性披衣而起，在室内徘徊。明月清辉，思妇独处，营造出一种孤寂清冷的气氛。接下来，"客行虽云乐，不如早旋归"，是女子在心中对恋人的叮嘱和期待。他到底在哪里呢？他到底何时回来呢？越想越伤感，索性到院子里去走一走，看一看这月色也好。古乐府《悲歌》："悲歌可以当泣，远望可以当归。"月亮照着她的影子，远方的人是不是也在看着同一轮月亮呢？想到此，思念更深，回到屋里，止不住泪湿衣裳。整首诗通过对思妇夜晚活动的描述，写就了古代闺恋诗词中千千万万思妇的一个剪影。

【注 释】

① 罗床帏：罗帐。
② 揽衣：犹言"披衣"，"穿衣"。揽：取。
③ 旋归：回归，归家。旋：转。
④ 引领：伸颈，抬头远望的意思。

青青河畔草

东汉·《古诗十九首》

青青河畔草，郁郁园中柳。
盈盈楼上女，皎皎当窗牖。
娥娥红粉妆，纤纤出素手。
昔为倡家女，今为荡子妇。
荡子行不归，空床难独守。

【题 解】

这首诗的抒情女主人公原本是一位娼妓，所以她所抒发的感情就有了更深一层的意义。这位女子好不容易挣脱了飘摇卖笑的生活，以为找到了一生的依靠，从此可以过上正常人的生活；然而生活为什么偏偏要捉弄她，她所嫁的偏偏是个荡子。荡子远行不归，她不禁焦躁烦闷。这首诗深刻反映了古代歌妓无所适从的命运，让人唏嘘。

客从远方来

东汉·《古诗十九首》

客从远方来，遗我一端①绮。
相去万余里，故人心尚尔②！
文彩双鸳鸯，裁为合欢被③。
著以长相思④，缘以结不解⑤。
以胶投漆中，谁能别离此？

【题 解】

　　一端文彩之绮，本来也算不得如何珍贵；但因为它是从万里之外的夫君处捎来的，便带有了非同寻常的意义：那丝丝缕缕，包含着夫君对她的无限关切和惦念之情。女主人公见物而满心欢喜。她欢天喜地筹划着如何使用这块不一般的"端绮"。她打算把它做成合欢被，里面塞满长长的丝绵，让他们的感情恩爱长久。丈夫远行还能想着赠物给她，只要他俩彼此珍惜感情，就永远也不会分开。一块布竟让一位女子欣喜若狂。诗文选取的只是夫妻之间一个小小的场景，我们看到的却是满满的情深意长。

【注 释】

　　① 端：量词，犹匹。古人以二丈为一端，二端为一匹。
　　② 故人：古时对朋友的习称，此指久别的丈夫。尔：如此。这句是说尽管相隔万里，丈夫的心仍然一如既往。
　　③ 合欢被：被上绣有合欢的图案。合欢被取"同欢"的意思。
　　④ 著：往衣被中填装丝绵叫"著"。绵为"长丝"，"丝"谐音"思"，故云"著以长相思"。
　　⑤ 缘：饰边，镶边。这句是说被子的四边缀以丝缕，使其连而不解。"缘"与"姻缘"的"缘"音同，故云"缘以结不解"。

燕歌行

三国魏·曹丕

　　秋风萧瑟天气凉，草木摇落露为霜，群燕辞归鹄①南翔。
　　念君客游思断肠，慊慊②思归恋故乡，何为淹留寄他方③？

　　贱妾茕茕^④守空房，忧来思君不敢忘，不觉泪下沾衣裳。

　　援琴鸣弦发清商^⑤，短歌微吟不能长。

　　明月皎皎照我床，星汉西流夜未央^⑥。

　　牵牛织女遥相望，尔独何辜限河梁^⑦。

【题 解】

　　《燕歌行》是一个乐府题目，属于《相和歌》中的《平调曲》，据传是三国时期魏国的曹丕开创的。因为是曹丕最早用《燕歌行》写妇女秋思，因此后人多学他此曲调作闺怨诗。本诗是现存最早的一首完整的七言诗，叙述了一位女子对丈夫的思念之情。笔致委婉，语言清丽，感情缠绵。这首诗突出的特点是写景与抒情巧妙交融。清代吴淇评价说："风调极其苍凉，百十二字，首尾一笔不断，中间却具千曲百折，真杰构也。"王夫之说："倾情倾度，倾色倾声，古今无两。"可见此诗在文学史上成就之大，地位之高。

【注 释】

①鹄：天鹅。

②慊慊（qiàn）：空虚之感。

③淹留：久留。上句是设想对方必然思归，本句是因其不归而生疑问。

④茕茕（qióng）：孤独无依的样子。出自《楚辞·九章·思美人》："独茕茕而南行兮，思彭咸之故也。"

⑤援：引，持。清商：乐名。清商音节短促细微，所以下句说"短歌微吟不能长"。

⑥夜未央：夜已深天还没亮。

⑦尔：指牵牛、织女。河梁：河上的桥。传说牵牛和织女隔着天河，只能在每年七月七日相见，乌鹊为他们搭桥。

结发为夫妻

西汉·苏武

结发^①为夫妻，恩爱两不疑。
欢娱在今夕，嬿婉^②及良时。
征夫怀往路^③，起视夜何其^④。
参辰皆已没^⑤，去去从此辞。
行役^⑥在战场，相见未有期。
握手一长叹，泪为生别滋^⑦。
努力爱春华^⑧，莫忘欢乐时。
生当复来归，死当长相思。

【题 解】

这首诗在徐陵的《玉台新咏》中题作《留别妻》，是苏武出使匈奴之前和妻子告别时写的诗。他健笔写柔情，表达对妻子深沉浓烈的爱，发出"生当复来归，死当长相思"的爱情誓言。十九年后，苏武履行自己的誓言回到汉朝，只是可惜等待的时间太久，妻子已经改嫁。悲剧的结局让人倍觉惋惜，铁血男儿的柔情让人感叹唏嘘。

【注 释】

①结发：束发，借指男女始成年时。古时男年二十、女年十五束发，以示成年。
②嬿（yàn）婉：欢好貌。
③怀往路：想着出行的事。"往路"一作"远路"。
④夜何其：语出《诗经·庭燎》："夜如何其？"是说夜晚何时？其：语尾助词。

⑤参（shēn）辰：星宿名，代指所有星宿。这句是说星星都已隐没，
　天将放亮了。

⑥行役：赴役远行。

⑦生别：生离死别。一作"别生"。滋：多。

⑧春华：春光，借喻青春。

【名句】

生当复来归，死当长相思。

北方有佳人

西汉·李延年

北方有佳人，绝世而独立。
一顾倾人城，再顾倾人国。
宁不知倾城与倾国？佳人难再得！

【题 解】

　　这首诗是汉代李延年所作，他当时作这首诗有着很强的功利性，那
就是把自己的妹妹献给当时的皇帝汉武帝。他的妹妹就是后来让汉武帝
魂萦梦牵的李夫人。李夫人的得幸，哥哥李延年这首名动京师的佳人歌
功不可没。一阕短短的诗歌，居然能使雄才大略的武帝闻之而动心，可
见此作之妙。它何以具有如此动人的魅力呢？诗的开篇两句，平中蕴奇，
写佳人的超凡脱俗，楚楚可怜，让人生出对佳人的心向神往之情。接下
来写美人顾盼之间，有倾国倾城的魅力。最妙的是后两句，诗人用"欲

擒故纵"的方法催促皇帝赶快去找到这个美人，真可谓一唱三叹、余音袅袅。自此，"倾国倾城"也成了美女的代指。

【名句】

一顾倾人城，再顾倾人国。

同声歌

东汉·张衡

邂逅①承际会，得充君后房。
情好新交接，恐慄若探汤②。
不才勉自竭，贱妾职所当。
绸缪主中馈③，奉礼助蒸尝④。
思为莞蒻⑤席，在下蔽匡床⑥；
愿为罗衾帱⑦，在上卫风霜。
洒扫清枕席，鞮芬以狄香⑧。
重户纳金扃⑨，高下华灯光。
衣解金粉御，列图陈枕张。
素女为我师，仪态盈万方。
众夫⑩所稀见，天老教轩皇。
乐莫斯夜乐，没齿焉可忘。

【题 解】

　　这首诗主要叙述女子竭诚侍夫。女子表示自己一定会努力尽好侍奉丈夫的义务。她愿意打理好平日的烹饪事务，为丈夫做好饭菜。在祭祀典礼的时候，也会帮助丈夫准备冬祭和秋祭。愿意成为一张席子，铺在床上，愿意变成被褥，盖在丈夫身上。每日洒扫，保持房间清洁，并使用香料让房间香气迷人。到了晚上，关门闭户，和丈夫缱绻枕席。从文学角度讲，《同声歌》是有所寄托的，《乐府解题》曰："《同声歌》张衡所作也，言妇人自谓幸得充闺房，愿勉供妇职，思为莞蒻在下蔽匡床，衾裯在上以护霜露，缱绻枕席，没齿不忘焉，以喻臣子之事君也。"

【注 释】

　①邂逅：不期而遇。

　②汤：热水。

　③绸缪：事先做好准备。主中馈：古时把女性为家人烹饪的劳动称
　　为"主中馈"。

　④奉礼：祭祀、典礼时依照仪式赞唱引导事务。蒸：冬祭。尝：秋祭。

　⑤莞：水葱一类的植物，亦指用其编的席。蒻（ruò）：蒲草，可制席。

　⑥匡床：床。

　⑦裯（chóu）：帐子。

　⑧鞮（dī）芬、狄香：香料名。

　⑨扃（jiōng）：指从外面关门的门闩，诗中指上闩关门。

　⑩众夫：绝大多数男子。

赠妇诗 三首选一

东汉·秦嘉

其 一

人生譬朝露，居世多屯蹇①。

忧艰常早至，欢会常苦晚。

念当奉时役②，去尔日遥远。

遣车迎子还③，空往复空返。

省书情悽怆，临食不能饭。

独坐空房中，谁与相劝勉。

长夜不能眠，伏枕独展转。

忧来如循环，匪席不可卷④。

【题解】

这是汉代秦嘉赠给妻子的组诗中的一首。当时，秦嘉将往洛阳游宦，而妻子徐淑恰巧得病回娘家，夫妇无法当面告别，于是丈夫就写了三首诗给妻子。这首诗一开始就感喟生命短暂，处世多艰。诗人为何会生此感叹呢？原来，他将要奉命上京师，要离开妻子一段时间。本想临别时再见上一面，他特意派了车辆去接她，不料妻子染病，马车空回，只带来了一封妻子的书信。没有见到妻子的遗憾加上读信后的伤感，使他倍觉怆然，以至于吃不下饭。见不到妻子，只能独坐空房中，没有人可以倾诉心声。长夜漫漫睡不着，辗转反侧，真不知如何捱日。那忧愁层层袭来，循环不尽，难以脱卸。最后，诗人用《诗经》中的一句诗表达了对妻子至死不渝的深情。读完此诗，不得不为这相濡以沫的夫妻之情而动容。

【注 释】

① 屯蹇（jiǎn）：《周易》上的两个卦名，都是表示艰难不顺之意。
② 奉时役：此处指为上计吏被派遣入京。
③ 遣车迎子：指秦嘉迎妻之事。子：古代尊称对方，犹如今之称"您"。
④ 匪席不可卷：语出《诗经·柏舟》："我心匪席，不可卷也。"意思是说明自己的思想意志不可改变。本诗是说自己的忧愁无法收拾。

回文诗

东晋·苏惠

嗟叹怀所离径，遐旷路伤中情。
家无君房帏清，华饰容朗镜明。
葩纷光珠耀英，多思感谁为荣？
周风兴自后妃，楚樊厉节中闱。
长叹不能奋飞，双发歌我衮衣。
华观冶容为谁？宫羽同声相追。

【题 解】

此诗是魏晋时期苏惠所织《璇玑图》中的一首。苏惠，魏晋三大才女之一，回文诗之集大成者，传世之作仅一幅用不同颜色的丝线绣制织锦《璇玑图》。据《晋书·列女传》记载：苏惠，又名若兰，始平（今陕西武功县）人，善属文。从小天资聪慧，能诗擅文，善女红。及笄之年，嫁于窦滔。滔在符坚当政后，入仕前秦，政绩显著，屡建战功，升任秦州刺史。后因被奸臣忌功嫉能，谗言陷害，被判罪徙放流沙（今新疆白龙滩沙漠一带），与妻苏惠海誓山盟，挥泪告别。苏惠表白对窦滔的忠贞不渝的爱情，等他回来团圆；可是窦滔到流沙后却另寻新妇，苏惠得知，由思念转为郁愤。花前月下，椒房灯前，吟诵成如诉如怨凄哀惋痛的情诗，织成婉转循环锦绣文诗寄与窦滔，最终使夫妻关系重新合好。

室思 六首选一

曹魏·徐幹

其　三

浮云何洋洋，愿因通我辞^①。
飘飖不可寄，徙倚^②徒相思。
人离皆复会，君独无返期。
自君之出矣，明镜暗不治^③。
思君如流水，何有穷已时。

【题 解】

《室思》是汉末三国时期的诗人徐幹创作的一组代言体的诗，这里选取的是其中一首。这首诗写的是妻子对离家丈夫的思念。思念之情从各个角度展开，"自君之出矣，明镜暗不治"，写出了思妇的百无聊赖，但其根源还是无尽的思念所致。从南北朝到隋唐，仿作者甚多，且皆以"自君之出矣"为题作五言四句的小诗，可见本诗影响之深。

【注 释】

①洋洋：舒卷自如的样子。通我辞：为我通辞，即传话给远方的人。

② 徙倚：低回流连的样子。徒：空自，白白地。

③ 不治：不修整，这里指不擦拭。明镜不拭，积满尘土，亦犹《诗经·伯兮》"谁适为容"之意。

同王主簿有所思

南朝齐·谢朓

佳期期未归，望望下鸣机①。
徘徊东陌上，月出行人稀②。

【题解】

这首诗是谢朓和诗人王融《有所思》所写的，二人同为萧子良"竟陵八友"，彼此间常有诗歌往还。诗中写一思妇夜织，怀念夫君。他们曾经约好了相聚时间。谁想约定的时间已经过去了，丈夫却没有回来，思妇不禁内心焦急烦闷。她急切地期待着夫君归来，却总是不见他的踪影。有"佳期"却又"期"而不至，热切的希望落了空，心情愈加沉痛。思妇思绪纷杂，无法继续织布。她来到郊外，心情仿佛也变得平静了。月儿悄悄升起，行人渐渐隐去。在这里，诗人描绘出一幅月下思妇沉吟图，烘托出一种清幽深远的境界，所有无尽的思念，无穷的遐想，都融化在这清寂的境界之中了。

【注 释】

① 佳期：这里指行人的归期。期未归：日期到了而人没有归来。望望：
心中怨望。鸣机：织机。这句是说男人不回来，心里难过，织
不下去，便走下了织机。

② 这句是说出门等待，在田间徘徊，一直等到月亮出来、行人稀少的
时候。

豫章行苦相篇

西晋·傅玄

苦相①身为女，卑陋难再陈②。

男儿当门户③，堕地自生神④。

雄心志四海，万里望风尘⑤。

女育无欣爱⑥，不为家所珍。

长大逃深室，藏头羞见人。

垂泪适⑦他乡，忽如雨绝云⑧。

低头和颜色，素齿结朱唇。

跪拜无复数⑨，婢妾如严宾⑩。

情合同云汉⑪，葵藿仰阳春⑫。

心乖甚水火⑬，百恶集其身。

玉颜随年变，丈夫多好新。

昔为形与影，今为胡与秦⑭。

胡秦时相见⑮，一绝逾参辰⑯。

【题 解】

　　此诗主要描述遭到遗弃的女子的"苦相"，对传统社会中女子的悲惨遭遇寄予了深切的同情。诗人开篇先写男子命运，自一出生地位就很高，这是用扬彼以抑此的对比写法。然后，进入正题，诗人依次写了女子降生、成长、出嫁、被遗弃几个阶段，具体叙写她们的不幸。诗中生动传神地描绘了女子的一生，"玉颜随年变，丈夫多好新"点出了"女子苦相"的实质。这首诗是男尊女卑社会里女子的含泪控诉，与其他闺怨诗和弃妇诗相比，立意更高深，控诉的视角也从具体的丈夫转向了更深刻的社会意识，具有现实意义。

【注 释】

①　苦相：犹苦命。古代迷信，认为貌相苦，命运便苦。

②　卑陋：卑贱。难再陈：没法再陈述了。

③　当门户：应门户，即当家。

④　堕地：指生下来。自生神：天然地便有神气。

⑤　风尘：指寇警而言，戎马所至，风起尘扬。望风尘：想平定寇警。
　　以上四句写男儿之受重视。

⑥　育：初生。欣爱：喜爱。

⑦　适：出嫁。

⑧　雨绝云：雨落下来，便和云断绝了关系。用来比喻女子出嫁时和家人离别。

⑨　无复数：数不过来。

⑩　严宾：庄严的宾客。这两句是说对公婆丈夫等人的跪拜没有数，对婢妾也要如同庄严的客人那样敬重。

⑪　云汉：天河。同云汉：像牛郎织女之会于云汉。

⑫　葵：向日葵。藿：一种野菜。仰阳春：仰赖春天的太阳。这两句是说丈夫和自己感情投合的时候像牛郎织女会于银河，自己仰赖丈夫的爱情像葵藿仰赖春天的阳光。

⑬ 乖：戾。心乖：指感情不和。甚水火：甚于水火不相容。

⑭ 胡与秦：犹外国与中国。古时中原地区的人称北方和西方的外族人为胡，西域人称中国人为秦。此处用来比喻相离很远。

⑮ 时相见：有时相见。

⑯ 逾：超过。参辰：两个星宿名。辰星，在东方；参星，在西方；出没互不相见。这两句是说即使是胡秦，还有相见之时，而自己被丈夫弃绝之后，便如参辰，永不相见了。

悼亡诗 三首选一

西晋·潘岳

其 一

荏苒冬春谢，寒暑忽流易①。
之子归穷泉，重壤永幽隔。
私怀谁克从，淹留亦何益②。
僶俛恭朝命，回心反初役③。
望庐思其人，入室想所历。
帏屏无仿佛，翰墨有余迹④。
流芳未及歇，遗挂犹在壁。
怅怳如或存，回惶忡惊惕⑤。
如彼翰林⑥鸟，双栖一朝只。
如彼游川鱼，比目中路析⑦。
春风缘隙来，晨霤承檐滴⑧。
寝息何时忘，沈忧日盈积⑨。
庶几有时衰，庄缶犹可击⑩。

【题解】

　　此诗是诗人悼念亡妻杨氏的诗作，共有三首，这是第一首。潘岳即潘安，古代美男子之首。杨氏是西晋书法家戴侯杨肇的女儿，写得一手好字。潘岳十二岁时与其结婚，共同生活了二十四个年头，夫妇感情甚好。杨氏亡故后，潘岳并未再娶，更成为千古佳话，有"潘杨之好"的评价。潘岳为亡妻写的悼亡诗赋，除《悼亡诗》三首之外，还有《哀永逝文》、《悼亡赋》等。这一首《悼亡诗》写作时间大约是杨氏死后一周年，即晋惠帝永康九年（299）。潘安富于感情，淋漓倾注，颇为感人。自潘岳《悼亡诗》出，"悼亡诗"成为悼念亡妻的专门诗篇。

【注 释】

　　① 荏苒（rěn rǎn）：形容时间渐渐逝去。流易：消逝、变换。冬春寒暑节序变易，说明时间已过去一年。古代礼制，妻子死了，丈夫服丧一年。

　　② 私怀：指悼念亡妻的心情。克：能。从：随。谁克从：即克从谁，能跟谁说？淹留：久留，指滞留在家不赴任。

　　③ 僶俛（mǐn mián）：勉力。朝命：朝廷的命令。回心：转念。初役：原任官职。

　　④ 仿佛：隐约，依稀。《楚辞·远游》："时仿佛以遥见兮，精皎皎以往来。"翰墨：笔墨。这句是说只有生前的墨迹尚存。

　　⑤ 怅怳（huǎng）：恍惚。回惶：惶恐。忡（chōng）：忧。惕：惧。这一句表现他怀念亡妻的四种情绪。

　　⑥ 翰林：鸟栖之林，与下句"游川"相对。

　　⑦ 比目：鱼名，成双即行，单只不行。析：一本作"拆"，分开。

　　⑧ 霤（liū）：屋上流下来的水。承檐滴：顺着屋檐流。

　　⑨ 盈积：众多的样子。这句是说忧伤越积越多。

　　⑩ 庶几：但愿，表示希望。衰：减。庄：指庄周。缶：瓦盆，古时一种打击乐器。《庄子·至乐》："庄子妻死，惠子吊之，庄子则方

箕踞鼓盆而歌。"这两句是说但愿自己的哀伤有所减退，能像庄周那样达观才好。

昔昔盐

隋·薛道衡

垂柳覆金堤①，蘼芜叶复齐②。
水溢芙蓉沼，花飞桃李蹊。
采桑秦氏女③，织锦窦家妻④。
关山别荡子，风月守空闺。
恒敛千金笑，长垂双玉⑤啼。
盘龙随镜隐⑥，彩凤逐帷低⑦。
飞魂同夜鹊⑧，倦寝忆晨鸡⑨。
暗牖⑩悬蛛网，空梁落燕泥。
前年过代北⑪，今岁往辽西⑫。
一去无消息，那能惜马蹄⑬？

【题 解】

这首诗写闺中愁思，通过描绘春天萧瑟景象来衬托人物内心的感受。诗中把思妇内心完全的形象化，让景物与她的心境完全融合，世事沧桑，物是人非，都寓含在景物描写中。其中"暗牖悬蛛网，空梁落燕泥"一句最为脍炙人口，昔日燕子还翩翩起舞，而今天燕窝的泥从梁上落下来。蜘蛛仍然在暗牖边徒劳地织着网，做着徒劳的挣扎，可谓写尽了世事无常。

【注 释】

① 金堤：即堤岸。堤之土黄而坚固，故用"金"修饰。

② 蘼芜（mí wú）：香草名，其叶风干后可做香料。复：又。

③ 秦氏女：指秦罗敷。汉乐府《陌上桑》："秦氏有好女，自名为罗敷。罗敷喜蚕桑，采桑城南隅。"这里是用来表示思妇的美好。

④ 窦家妻：指窦滔之妻苏惠。窦滔为前秦苻坚时秦州刺史，被谪戍流沙，其妻苏惠织锦为回文诗寄赠。这里是用来表示思妇的相思。

⑤ 双玉：指双目流泪。

⑥ 盘龙：铜镜背面所刻的龙纹。随镜隐：是说镜子因为不用而藏在匣中。指思妇无心打扮，用不着镜子。

⑦ 彩凤：锦帐上的花纹是凤形。逐帷低：是说帷帐不上钩而长垂。指思妇懒得整理房间，故帷帐老是垂挂着。

⑧ 飞魂：一作"惊魂"。同夜鹊：用曹操《短歌行》"月明星稀，乌鹊南飞，绕树三匝，何枝可依"意，用来形容神魂不定。即夜里睡不着，就像夜鹊见月惊起而神魂不定。

⑨ 倦寝：睡觉倦怠，即睡不着。倦寝忆晨鸡：像晨鸡那样早起不睡。

⑩ 牖（yǒu）：窗户。

⑪ 代：隋朝代州治所，在山西代县。

⑫ 辽：辽水，即辽宁省境内的辽河。

⑬ 那能：奈何这样。惜马蹄：爱惜马蹄，指不回来。用东汉苏伯玉妻《盘中诗》"何借马蹄归不数（多次）"意。

【名 句】

暗牖悬蛛网，空梁落燕泥。

妆 成

隋·侯巧文

妆成多自恨，梦好却成悲。
不及杨花意，春来到处飞。

【题解】

　　这首诗是隋炀帝妃子侯巧文所作。她出身于书香官宦之家，自幼饱读诗书，十六岁那年应征入宫，被点为才人。侯夫人自恃貌美才高，且骨气奇清，不屑于屈尊贿赂为皇帝挑选美女的许廷辅，而落得连年闭锁挹翠亭中。隋炀帝好色淫乱，广搜天下美女，这些女子并不是人人都可以得圣宠，有多少妙龄女子空等一生，白白将年轻宝贵的生命耗费在迷楼之中。诗中写一个女子美美梳妆完毕却无人欣赏，装束越美越显出她被冷落的怨恨，梦境很美，越美越凸显出现实的悲哀。杨花尚且可以自由自在飞扬，而自己却被囚禁起来，还无自由可言。侯巧文也终于无法忍受这压抑之苦而选择自己了断这短暂的一生。一个才华横溢的奇女子，终于死在不得赏识的孤独寂寞中！

春 怨

唐·郑愔

春朝物候妍，愁妇镜台前。
风吹数蝶乱，露洗百花鲜。
试出褰①罗幌②，还来著锦筵③。

曲中愁夜夜，楼上别年年。

不及随萧史，高飞向紫烟。

【题 解】

这首有名的五律，其妙处在于诗人以雄劲的笔触描写春怨。他通过对于时间和空间的独具匠心的经营以及把写景、叙事、抒情与议论紧密结合，在诗里熔铸了丰富复杂的思想感情，使诗的意境雄浑深远，既激动人心，又耐人寻味。

【注 释】

① 褰（qiān）：揭起。

② 罗幌：丝罗床帐。

③ 锦筵：美盛的筵席。

春江花月夜

唐·张若虚

春江潮水连海平，海上明月共潮生。

滟滟①随波千万里，何处春江无月明。

江流宛转绕芳甸②，月照花林皆似霰③。

空里流霜④不觉飞，汀⑤上白沙看不见。

江天一色无纤尘⑥，皎皎空中孤月轮⑦。

江畔何人初见月，江月何年初照人？

人生代代无穷已^⑧，江月年年望相似^⑨。

不知江月待何人，但见^⑩长江送流水。

白云一片去悠悠^⑪，青枫浦^⑫上不胜愁。

谁家今夜扁舟^⑬子，何处相思明月楼^⑭？

可怜楼上月徘徊，应照离人妆镜台。

玉户^⑮帘中卷不去，捣衣砧上拂还来。

此时相望不相闻，愿逐月华流照君。

鸿雁长飞光不度，鱼龙潜跃水成文^⑯。

昨夜闲潭^⑰梦落花，可怜春半不还家。

江水流春去欲尽，江潭落月复西斜。

斜月沉沉藏海雾，碣石潇湘^⑱无限路。

不知乘月几人归，落月摇情^⑲满江树。

【题 解】

此诗共三十六句，每四句一换韵，以富有生活气息的清丽之笔，创造性地再现了江南春夜的景色，同时寓情于景，寄寓着游子思归的离别相思之苦。诗篇意境空明，缠绵悱恻，洗净了六朝宫体的浓脂腻粉，词清语丽，韵调优美，脍炙人口，乃千古绝唱，素有"孤篇盖全唐"之誉，被闻一多称之为"诗中的诗，顶峰上的顶峰"。历来对《春江花月夜》的赏析颇多，明代谭元春《唐诗镜》评价曰："春江花月夜，字字写得有情，有想，有故。"明末清初的王夫之《唐诗选评》曰："句句翻新，千条一缕，以动古今人心脾，灵愚共感。其自然独绝处，则在顺手积去，宛尔成章，令浅人言格局，言提唱，言关锁者，总无下口分在。"清代王闿运曰："张若虚《春江花月夜》用《西洲》格调，孤篇横绝，竟为大家。"

【注 释】

① 滟滟（yàn）：波光闪动的光彩。

② 芳甸：遍生花草的原野。

③ 霰（xiàn）：天空中降落的白色不透明的小冰粒。

④ 流霜：古人认为霜和雪一样，都是从空中落下来的，所以叫流霜。
    这里比喻月光皎洁，月色朦胧、流荡，所以不觉得有霜霰飞扬。

⑤ 汀（tīng）：水边的平地。

⑥ 纤尘：微细的灰尘。

⑦ 月轮：指月亮，因为月圆时像车轮，所以称为月轮。

⑧ 穷已：穷尽。

⑨ 江月年年望相似：另一种版本为"江月年年只相似"。

⑩ 但见：只见，仅见。

⑪ 悠悠：渺茫，深远。

⑫ 青枫浦：地名，今湖南浏阳县境内有青枫浦。这里泛指游子所在的
    江边地带。浦：水边。

⑬ 扁舟：孤舟，小船。

⑭ 明月楼：月夜下的闺楼。这里指闺中思妇。

⑮ 玉户：形容楼阁华丽，以玉石镶嵌。

⑯ 文：同"纹"。

⑰ 闲潭：幽静的水潭。

⑱ 碣（jié）石潇湘：泛指天南地北。

⑲ 摇情：激荡情思，犹言牵情。

【名句】

人生代代无穷已，江月年年望相似。

杂诗三首 三首选一

唐·沈佺期

其 三

闻道黄龙戍^①，频年不解兵。
可怜闺里月，长在汉家营。
少妇今春意，良人昨夜情。
谁能将旗鼓^②，一为取龙城。

【题 解】

这是沈佺期的传世名作之一，写闺中怨情。首联叙事，交代背景：黄龙戍一带，常年战事不断，至今没有止息。颔联抒情，借月抒怀，有多少对征夫思妇两地对月相思。这一联明明是写情，却偏要处处说月；字字是写月，却又笔笔见人，摹画出一幅异地同视一轮明月的月下相思图，写出闺中人和征夫相互思念的绵邈深情。颈联"今春意"与"昨夜情"互文对举，写夫妻二人都在思念对方。尾联写思妇希望有良将带兵，一举克敌，使人民安居乐业。这首诗构思新颖精巧，特别是中间四句，在"情"、"意"二字上着力，翻出新意，更为前人所未道。全诗以问句作结，越发显得言短意长，含蕴不尽。

【注 释】

① 黄龙戍：地名，即黄龙冈，在今辽宁开原县西北。
② 旗鼓：指代军队，古代军队以旗鼓为号令。

独不见

唐 · 沈佺期

卢家少妇郁金堂①，海燕双栖玳瑁②梁。
九月寒砧③催木叶，十年征戍忆辽阳④。
白狼河⑤北音书断，丹凤城⑥南秋夜长。
谁为⑦含愁独不见，使妾明月照流黄⑧。

【题 解】

《独不见》是乐府《杂曲歌辞》旧题。《乐府解题》解释为："独不见，伤思而不见也。"这首七律正是紧紧扣住"伤思而不见"五字来写思妇愁怨。诗人以缠绵婉转的笔调讲述了一位长安少妇，在寒砧阵阵、落叶萧萧的秋夜，身居华屋却心驰万里，深深地思念自己征戍辽阳十年不归的丈夫的事情。她在秋月夜里辗转反侧久不能寐的孤独烦愁被刻画得十分具有感染力。此诗对后来唐代律诗，尤其是边塞诗影响很大，历来评价甚高。明清人曾推此诗为"唐人七律第一"。

【注 释】

① 卢家少妇：泛指少妇。郁金堂：以郁金香料涂抹的堂屋。堂：一作"香"。梁朝萧衍《河中之水歌》："河中之水向东流，洛阳女儿名莫愁。……十五嫁为卢家妇，十六生儿字阿侯。卢家兰室桂为梁，中有郁金苏合香。"

② 玳瑁（dài mào）：海生龟类，甲呈黄褐色相间花纹，古人用为装饰品。

③ 寒砧（zhēn）：指捣衣声。砧：捣衣用的垫石。古代妇女缝制衣服前，先要将衣料捣过。为赶制寒衣妇女每于秋夜捣衣，故古诗中常以捣衣声寄思妇念远之情。

④ 辽阳：辽河以北，泛指辽东地区。

⑤ 白狼河：今辽宁省境内的大凌河。

⑥ 丹凤城：相传秦穆公的女儿弄玉吹箫引来凤凰，故称咸阳为凤城，后以凤城指称京城。此处指长安。唐时长安宫廷在城北，住宅在城南。

⑦ 谁为：即"为谁"。为：一作"谓"。

⑧ 流黄：黄紫两色相间的丝织品，此处指帷帐，一说指衣裳。

望月怀远

唐·张九龄

海上生明月，天涯共此时。
情人①怨遥夜，竟夕②起相思。
灭烛怜光满③，披衣觉露滋。
不堪盈手赠④，还寝梦佳期。

【题 解】

望月怀人，常常成为古诗词中的题材，但像张九龄这样写得如此幽清淡远，深情绵邈的却不多见。全诗通过对主人公望月时思潮起伏的描写，来表达诗人对远方之人殷切怀念的情思。"灭烛怜光满，披衣觉露滋"二句，写诗中人因遥思远人，彻夜相思而彻底沉浸在自己的想象世界里，痴痴呆呆，可见对远方之人思之心切，爱之情深。月光无法赠给思念的人，还是回去睡一觉，梦中相见吧。诗人神思飞跃，佳句天成，其中首句"海上生明月，天涯共此时"可谓神来之笔，让全诗意境都为之升华，也理所当然成为千古传诵的佳句。

【注 释】

① 情人：多情的人，指作者自己；一说指亲人。
② 竟夕：终宵，即一整夜。
③ 怜光满：爱惜满屋的月光。
④ 此句化用陆机《拟明月何皎皎》："照之有余晖，揽之不盈手。"
　　盈手：双手捧满之意。盈：满。

【名 句】

海上生明月，天涯共此时。

赋得自君之出矣

唐·张九龄

自君之出矣，不复理残机。
思君如满月，夜夜减清辉。

【题 解】

　　《自君之出矣》是乐府《杂曲歌辞》名。"赋得"是一种诗体。起源于齐梁时期，摘取古人成句作为诗题。张九龄即摘取古人成句为诗题，故题首冠以"赋得"二字。首句"自君之出矣"拈用成句。自从夫君离家远行后怎么样呢？"不复理残机"，一个"残"字发人深思，可以理解为夫君走后原来的布匹没有织完，还是残缺的，表明思妇思念夫君无心继续织布；也可以理解为织机残破，久不修理，表明良人离家已很久了。接着诗人便用比兴手法描绘思妇心灵深处的活动："思君如满月，

夜夜减清辉。"此处和《古诗十九首》中"相去日已远，衣带日已缓"
有异曲同工之妙，都是写思妇因为相思而日渐消瘦。诗句比喻美妙熨帖，
想象新颖独特，饶富新意，给人以鲜明的美的感受。整首诗显得清新自
然，充满浓郁的生活气息。

如意娘

唐·武则天

看朱成碧思纷纷，憔悴支离为忆君。
不信比来长下泪，开箱验取石榴裙。

【题 解】

这首《如意娘》是一代女皇武则天在感业寺的作品。武则天十四岁
入宫为才人，太宗李世民赐号武媚。太宗崩，居感业寺为尼。高宗李治
在寺中看见她，复召入宫，拜昭仪，自此一步步走向人生的顶峰。武则
天在感业寺的四年，是她人生中最失意的四年，在这里，武则天写下了
最有名的诗歌《如意娘》。史载这首诗是写给唐高宗李治的。或许，正
是这首诗打动了旧情人，才造就了她后来无限辉煌的一切。

诗文极写相思愁苦之感，短短四句，却传达出复杂的情绪。开篇写
抒情主人公相思过度，以致魂不守舍，恍惚迷离中竟将红色看成绿色。
为什么会这样恍惚憔悴？"憔悴支离为忆君"，一句直抒胸臆，深切哀
怨。接着作者笔锋一转，"不信比来长下泪，开箱验取石榴裙"，意思
是如果你不相信我近来因思念你而流泪，那就开箱看看我石榴裙上的斑
斑泪痕吧！真是一位直爽刚烈的女子！全诗明朗清新，是武则天诗作中
的上乘之作。自女皇诗一出，"看朱成碧"成为唐宋人常用的成语，连
大诗人李白都不得不为此叹服。

【名 句】

看朱成碧思纷纷，憔悴支离为忆君。

绿珠篇

唐·乔知之

石家金谷重新声，明珠十斛买娉婷^①。
此日可怜君自许，此时可喜得人情。
君家闺阁不曾关，常将歌舞借人看。
意气雄豪非分理，骄矜势力横相干。
辞君去君终不忍，徒劳掩袂伤铅粉。
百年离别在高楼，一代红颜为君尽。

【题 解】

《绿珠篇》是初唐诗人乔知之的七言古诗，这不是一首普通的诗，它引发了一个比石崇和绿珠更为悲惨的爱情悲剧。据《旧唐书·乔知之传》记载："知之时有侍婢曰窈娘，美丽善歌舞，为武承嗣所夺。知之怨惜，因作《绿珠篇》以寄情，密送与婢，婢感愤自杀。承嗣大怒，因讽酷吏罗织诛之。"可知，此诗虽咏绿珠，实则借以抒发诗人对其侍婢窈娘的爱恋和对武承嗣的怨愤。他写完这首诗后，找人把诗送给了窈娘，窈娘见诗后大哭，投井而死。武承嗣在窈娘身上发现了乔知之的诗，找了个借口把乔知之一家灭门。

【注释】

① 此句用绿珠的典故。据《晋书·石崇传》载，石崇有宠妓名绿珠，容颜美艳，善吹笛，权臣孙秀索求不得，于是假借诏书搜捕石崇，绿珠跳楼自尽。

长干行

唐·李白

妾发初覆额，折花门前剧^①。
郎骑竹马来，绕床^②弄青梅。
同居长干里^③，两小无嫌猜。
十四为君妇，羞颜未尝开。
低头向暗壁，千唤不一回。
十五始展眉，愿同尘与灰。
常存抱柱信^④，岂上望夫台。
十六君远行，瞿塘滟滪堆^⑤。
五月不可触，猿声天上哀。
门前迟行迹，一一生绿苔。
苔深不能扫，落叶秋风早。
八月蝴蝶黄，双飞西园草。
感此伤妾心，坐愁红颜老。
早晚下三巴^⑥，预将书报家。
相迎不道远，直至长风沙^⑦。

【题 解】

李白写过许多反映妇女生活的作品，《长干行》就是其中杰出的诗篇。这首诗描绘了商妇的各个生活阶段，通过生动具体的生活侧面的描绘，在读者面前展现了一个思念远行丈夫的少妇形象。清高宗敕编《唐宋诗醇》评价这首诗："儿女子情事，直从胸臆间流出，萦纤回折，一往情深。"

【注 释】

① 门前剧：在门前嬉戏。

② 床：后院水井的围栏。

③ 长干里：在今江苏南京市，当年系船民集居之地，故《长干曲》多抒发船家女子的感情。

④ 抱柱信：典出《庄子·盗跖篇》，写尾生与一女子相约于桥下，女子未到而突然涨水，尾生守信而不肯离去，抱着柱子最后被水淹死。

⑤ 滟滪堆：三峡之一瞿塘峡峡口的一块大礁石，农历五月涨水没礁，船只易触礁翻沉。

⑥ 三巴：指巴郡、巴东、巴西。在今四川东部长江一带。

⑦ 长风沙：地名，在今安徽安庆市的长江边上。

【名 句】

郎骑竹马来，绕床弄青梅。

春　思

唐·李白

燕草^①如碧丝，秦桑^②低绿枝。

当君怀归^③日，是妾断肠时。

春风不相识，何事入罗帏^④？

【题解】

　　这是一首描写思妇心绪的诗。李白有相当数量的诗作描摹思妇的心理，《春思》是其中著名的一首。在中国古典诗歌中，"春"字往往语带双关。它既指自然界的春天，又可以比喻青年男女之间的爱情。这首诗正暗合这双重意思，既写春天，又写春情。开头两句以相隔遥远的燕秦春天景物起兴，写独处秦地的思妇触景生情，终日思念远在燕地卫戍的夫君，盼望他早日归来。三、四句由开头两句生发而来，继续写燕草方碧，夫君必定思归怀己，此时秦桑已低，妾已断肠，进一步表达了思妇的相思之情。五、六两句，以春风掀动罗帏时，思妇的心理活动，来表现她对爱情坚贞不贰的高尚情操。全诗以景寄情，委婉动人。

【注释】

　　① 燕草：指燕地的草。燕：古地名，在今河北北部，辽宁西部。诗中指征夫所在之地。

　　② 秦桑：秦地的桑树。秦：古地名，在今陕西一带。诗中指思妇所居之处。

　　③ 怀归：想家。

　　④ 罗帏：丝织的帘帐。

【名句】

春风不相识，何事入罗帏？

清平调 三首

唐·李白

其 一

云想衣裳花想容，春风拂槛^①露华浓。
若非群玉山^②头见，会向瑶台月下逢。

其 二

一枝红艳露凝香，云雨巫山枉断肠。
借问汉宫谁得似，可怜飞燕倚新妆。

其 三

名花倾国两相欢，长得君王带笑看。
解释春风无限恨，沉香亭^③北倚槛杆。

【题 解】

　　这三首《清平调》，是李白在长安期间创作的流传最广、知名度最高的诗歌之一。据说在唐玄宗开元年间，宫中曾经在兴庆池东面的沉香亭畔栽种了不少名贵的牡丹，到了花开时节，紫红、浅红、全白，各色相间，煞是好看。一日，唐玄宗与杨贵妃前来赏花，一时兴起，急召翰林学士李白进宫填词。李白一挥而就，写了三首《清平调》诗送上。唐玄宗和杨贵妃看后都十分满意。

第一首借写牡丹花之美丽实赞杨贵妃超凡脱俗，构思别出心裁。第二首写杨贵妃艳压群芳。第三首总结前两首，指出牡丹花和杨贵妃都深得皇帝欢心。这三首诗，"语语浓艳，字字葩流"，而最突出的是将花与人融合在一起写，人物交融，言在此而意在彼，意味无穷。

【注释】

① 槛：有格子的门窗。
② 群玉山：神话中的仙山，传说是西王母住的地方。
③ 沉香亭：在唐代长安城兴庆宫的龙池东面。

【名句】

云想衣裳花想容，春风拂槛露华浓。

子夜吴歌·秋歌

唐·李白

长安一片月，万户捣衣①声。
秋风吹不尽，总是玉关情②。
何日平胡虏，良人③罢远征。

【题 解】

　　李白的《子夜吴歌》共四首，分咏春、夏、秋、冬四季。六朝乐府《清商曲辞·吴声歌曲》即有《子夜四时歌》，为作者所承，因属吴声曲，故又称《子夜吴歌》，内容多写女子思念情人的哀怨。李白的《子夜吴歌》四首中最脍炙人口的就是这首。全诗写征夫之妻秋夜怀思远征边陲的良人，希望战争早日结束，丈夫也能免于离家去远征。全诗虽未直写爱情，却字字渗透着真挚情意；虽没有高谈时局，却又不离时局。情调用意，都没有脱离边塞诗的风韵。

【注 释】

　　① 捣衣：洗衣时将衣服放在砧石上用棒槌打。
　　② 玉关：即玉门关。这两句说飒飒秋风，驱散不了内心的愁思，反而
　　　　勾起了对远方征人的怀念。
　　③ 良人：指驻守边地的丈夫。

【名 句】

　　秋风吹不尽，总是玉关情。

怨 情

唐·李白

　　美人卷珠帘，深坐颦蛾眉。
　　但见泪痕湿，不知心恨谁。

【题解】

　　这首诗以简洁的语言刻画了闺中人幽怨的情态。全诗紧扣"怨情"，着重于从"怨"字落笔，写女主人公"怨"而坐待，"怨"而皱眉，"怨"而落泪，"怨"而生恨，层层深化主题，给读者留下了无限的想象空间。末尾用问句归结"怨情"，不是不知恨谁，而是不能明言，这不可道的心事正是美人皱眉哭泣的原因。全诗字数不多，味极隽永，基调哀婉凄凉，缠绵悱恻，值得一读。

秋风词

唐·李白

秋风清，秋月明。

落叶聚还散，寒鸦栖复惊。

相思相见知何日，此时此夜难为情。

入我相思门，知我相思苦。

长相思兮长相忆，短相思兮无穷极。

早知如此绊人心，还如当初不相识。

【题解】

　　这是一首典型的悲秋之作，秋风、秋月、落叶、寒鸦，烘托出悲凉的氛围，加上对相思的反复咏叹，使整首诗显得凄婉动人。深秋月夜，抒情主人公心怀一段情，独自一人愁肠百结，徘徊难定。与心上人远隔两地不能相见的悲伤烦闷，加上两地相思这一情况不能立即改变的无奈，又爱又怨，爱恨交加。最后，相思无处排遣，不禁发出一声感叹：早知道相思如此让人心神不定，还不如当初不相识呢？看似后悔，实则是爱到极致。

玉阶怨

唐·李白

玉阶①生白露，夜久侵罗袜。
却下②水晶帘，玲珑③望秋月。

【题解】

　　这是一首宫怨诗。前两句写无言独立玉阶，露水浓重，浸透了罗袜。以夜色之浓，伫待之久而写怨情之深。后两句写寒气袭人，主人公回房放下窗帘，却还在凝望秋月，无人可言，唯有对月祈祷。全诗无一语正面写怨情，然而又似乎让人感到漫天愁思飘然而至，有种幽邃深远之美。

【注释】

①玉阶：用白色大理石砌成，像玉一般的台阶。
②却下：放下的意思。
③玲珑：晶莹剔透的样子。

忆秦娥

唐·李白

箫声咽①，秦娥梦断秦楼月。秦楼月，年年柳色，灞陵②伤别。乐游原上清秋节③，咸阳古道音尘绝④。音尘绝，西风残照，汉

家陵阙⑤。

【题解】

这首词相传为李白所作，是唐五代词中最为脍炙人口的作品之一。此词双片四十六字，描绘了一个女子思念爱人的痛苦心情，读来凄婉动人。词的上片以月下箫声凄咽引起，已见当年繁华梦断不堪回首。词人将离恨与月色、箫声融为一体，意境惨淡迷离。下片拓展视野，摹写当年极盛之时与兴衰之感都寓于其中。伤今怀古，托兴深远。古人把它与《菩萨蛮·平林漠漠烟如织》一起誉为"百代词曲之祖"。

【注释】

①咽：呜咽，形容箫音低沉而悲凉，呜呜咽咽如泣如诉。
②灞陵：在今陕西西安市东，古诗词中常用作送别之地。《三辅黄图》卷六载："文帝灞陵，在长安城东七十里。……跨水作桥。汉人送客至此桥，折柳送别。"
③乐游原：又叫"乐游园"，在长安城东南郊，是汉宣帝乐游原的故址，其地势较高，可俯视长安城，在唐代是游览之地。清秋节：指农历九月九日的重阳节，是当时人们重阳登高的节日。
④咸阳：秦都，在长安西北数百里。唐人常以咸阳代指长安，咸阳古道就是长安道。音尘：车行走时发出的声音和扬起的尘土，这里指消息。
⑤汉家：汉朝。陵阙：皇帝的坟墓和宫殿。

菩萨蛮

唐·李白

平林漠漠烟如织^①，寒山一带伤心碧^②。暝色^③入高楼，有人楼上愁。

玉阶空伫立，宿鸟归飞急。何处是归程？长亭更短亭^④。

【题解】

此词可看作是一首思妇怀人词，写思妇思念远行之人，久候而不归的心情。从季节来看，词中所写为深秋暮色之景，秋色与离情交织在一起，使得整首词都浸染在一种愁情离绪之中。词篇结构紧密，意境浑成。尤其是结句，愁归程之远，有迢递感，语气不露哀怨，蕴藉含蓄。韩元吉《念奴娇》词云："尊前谁唱新词，平林真有恨，寒烟如织。"可见南宋初这首《菩萨蛮》已被广为传唱。

【注释】

①平林：平展的树林。漠漠：迷蒙貌。
②伤心碧：使人伤心的碧绿色。一说"伤心"表示程度，与"极"同义。
③暝色：夜色。
④长亭更短亭：古代设在路边供行人休歇的亭舍。庾信《哀江南赋》云："十里五里，长亭短亭。"

【名句】

平林漠漠烟如织，寒山一带伤心碧。

长信秋词 五首选二

唐·王昌龄

其 三

奉帚平明金殿开^①，且将团扇暂徘徊。
玉颜不及寒鸦色^②，犹带昭阳^③日影来。

【题解】

　　《长信秋词》是唐代诗人王昌龄创作的一组绝句，共五首。这组诗是拟托汉代班婕妤在长信宫中某一个秋天的事情而写作的，五首诗从五个不同的角度描写宫廷妇女的苦闷生活和幽怨心情。全诗语言婉转曲致，风格缠绵悱恻，为唐人宫词中的上乘之作。

　　古乐府歌辞中有《怨歌行》一篇，相传是班婕妤所作，以秋扇之见弃，喻君恩之中断。王昌龄就《怨歌行》的寓意而加以渲染，借此反映唐代宫廷妇女的生活。诗的前两句写宫人们天色方晓便开始劳作，打扫之余，别无他事，就手执团扇，感叹自己如团扇般被抛弃的命运。诗的后两句用一个巧妙的比喻来抒发宫女的怨情，以委婉含蓄的方式表达了非常深沉的怨愤。

【注释】

　　① 奉：同"捧"。平明：指天亮。金殿：一作"秋殿"。
　　② 玉颜：指姣美如玉的容颜，这里指班婕妤自己。寒鸦：这里暗指掩袖工谄、心狠手辣的赵飞燕姐妹。
　　③ 昭阳：汉代宫殿名，此处代指赵飞燕姐妹与汉成帝居住之处。

【名句】

玉颜不及寒鸦色，犹带昭阳日影来。

其　五

长信宫^①中秋月明，昭阳殿^②下捣衣声。
白露堂中细草迹，红罗帐里不胜情。

【题解】

　　这首是组诗的最后一首，是抒发宫怨。诗的后两句将赵飞燕住的宫室和班婕妤住的宫室对比，突出失宠与得宠截然不同的差距：失宠嫔妃的宫闱清冷，得宠嫔妃的寝宫里恩爱非常。王昌龄从女性角度出发，运用对比，生动形象地刻画了失宠嫔妃与得宠嫔妃的天壤之别，是宫怨诗中难得的题材。

【注释】

　　① 长信宫：西汉失宠嫔妃班婕妤住的寝宫，后来以此泛指失宠嫔妃。
　　② 昭阳殿：西汉赵飞燕得宠时住的寝宫，后来以此泛指得宠嫔妃。

采莲曲 二首选一

唐·王昌龄

其　一

荷叶罗裙一色裁，芙蓉向脸两边开。

乱入池中看不见，闻歌始觉有人来。

【题 解】

　　这首诗描绘了一个采莲女隐藏在荷叶间劳作的场景。采莲少女的绿罗裙融入到田田荷叶中，仿佛一色，分不清楚；少女的脸庞掩映在盛开的荷花间，相互映照，人花难辨。只有听到歌声四起才觉察到有人，这一描写更增添了画面的生动意趣和诗境的含蕴，令人宛如身临其境，诗人也被采莲少女们充满青春活力的欢乐情绪所感染。

闺　怨

唐·王昌龄

闺中少妇不知愁，春日凝妆^①上翠楼。
忽见陌头^②杨柳色，悔教夫婿觅封侯^③。

【题 解】

　　这首诗通过描写闺中少妇见杨柳泛青这一个特定场景的心理活动，生动形象地表现了少妇对征战在外的夫婿的思念之情。王昌龄的这首七绝含蓄曲折，深得其妙。通篇叙别情而不着"别"字，言离愁而无"愁"字，意韵深婉。王昌龄不愧是"七绝圣手"，他以精炼的语言、新颖独特的构思、含蓄委婉的笔法，留给读者无尽的艺术享受。

【注释】

① 凝妆：盛妆。

② 陌头：意谓大路上。

③ 觅封侯：指从军远征，谋求建功立业，封官受爵。

【名句】

忽见陌头杨柳色，悔教夫婿觅封侯。

息夫人①

唐·王维

莫以今时宠，能忘旧日恩。

看花满眼泪，不共楚王言。

【题解】

传说这首诗是王维讽刺宁王夺饼师之妻所作。诗人借咏息夫人，对无法改变命运、抗拒权势的弱女子表示无限同情，对利用权势夺人所爱的行为进行批判和劝解。全诗如行云流水，一气呵成，全用叙事，不着一字议论，既含蓄，又质朴，尤其是诗人以乐景来衬托哀情，使诗更具有较强的感染力。全诗借写息夫人来讥刺宁王，其意既在题外，又在题内，没有露出宁王的本事，深得托古讽今之妙。

【注 释】

① 息夫人：据《左传·庄公十四年》载，息夫人又称"桃花夫人"，本名息妫，原是春秋时息侯的妻子，容貌十分美丽。楚文王闻其貌美，在公元前 680 年兴兵灭息，遂将息妫据为己有。息妫到楚国后，为楚文王生了两个儿子，可她终日不语，楚王问之，对曰："吾一妇人而事二夫，纵弗能死，其又奚言？"

西施咏

唐·王维

艳色天下重，西施宁久微。
朝为越溪女，暮作吴宫妃。
贱日岂殊众，贵来方悟稀。
邀人傅脂粉，不自著罗衣。
君宠益娇态，君怜无是非。
当时浣纱伴，莫得同车归。
持谢①邻家子，效颦安可希②。

【题 解】

这首诗的题目即已点明是歌咏一代美女西施。诗的开头四句写西施有艳丽的姿色，终不能久处低微。次六句写西施一旦得到君王宠爱，就身价百倍。末四句写姿色太差者想效颦西施是不自量力。全诗语虽浅显，寓意深刻。王维这首诗借咏西施来抒发怀才不遇的不平与感慨，寓意深刻。

【注 释】

① 持谢：奉告。
② 安可希：怎能期望别人的赏识。

秋夜曲

唐·王维

桂魄^①初生秋露微，轻罗已薄未更衣。
银筝夜久殷勤弄，心怯空房不忍归。

【题 解】

《秋夜曲》题属乐府《杂曲歌辞》，这是一首婉转含蓄的闺怨诗，写秋夜少妇的孤独寂寞。起句点明时间，一个清凉的初秋之夜。二句由物及人，气候转凉而女主人公还穿着轻软细薄的罗衣，感觉有些凉意。这就和下面的第三句构成了矛盾，女主人公身感寒凉却依然在庭院弹琴不肯回屋，这是为什么呢？第四句给出了答案，原来是她害怕独守空闺。整首诗环环紧扣，前面的环境描写引出人物的感官触觉，又由人物的反常举动引出疑问，最后一语道出女主人公独守空房的哀怨。全诗构思巧妙，引人入胜，情极细腻，很符合怨妇隐微羞涩的心理。

【注 释】

① 桂魄：即秋月，因传说月中有桂树而得别称。

春　思

唐·皇甫冉

莺啼燕语报新年，马邑龙堆^①路几千。
家住秦城邻汉苑，心随明月到胡天。
机中锦字^②论长恨，楼上花枝笑独眠。
为问元戎窦车骑^③，何时反旆勒燕然^④。

【题解】

这首诗大意是写一位出征军人的妻子对丈夫的思念之情。唐代边境战争较多，需要大量人力驻守边塞，这就造成了很多妇女独守空房，于是也产生了大量闺怨诗。前方将士与家乡亲人相互思念之情是当时诗人们吟咏的一大主题。在这篇《春思》中，写到又是一年春天，丈夫却还在遥远的边关。思妇身在家中，心却随着丈夫去了边关。在写给丈夫的信中抒写了太多的相思之情，夜晚独眠时因为梦到丈夫而笑醒。什么时候战争才能结束，这种两地分居的生活才能结束？最后一句"为问元戎窦车骑，何时反旆勒燕然"与沈佺期《杂诗三首》中"谁能将旗鼓，一为取龙城"有异曲同工之妙，两首诗都是千古传诵的佳作。

【注释】

① 马邑：县名，战国时属赵地，秦置马邑县。龙堆：沙漠名，在西域，又名白龙堆。马邑、龙堆在诗中泛指边境征戍之地，并非实指。

② 锦字：用前秦苏惠《璇玑图》之典，指妻子写给丈夫的书信。

③ 窦车骑：即窦宪，曾大破匈奴，登燕然山，刻石记功而还。拜大将军，总揽大权。故诗中称其为"元戎"。

④ 勒燕然：指窦宪登燕然山刻石记功事。勒：刻。燕然：即燕然山，今蒙古人民共和国境内之杭爱山。

新婚别

唐·杜甫

菟丝^①附蓬麻，引蔓故不长。

嫁女与征夫，不如弃路旁。

结发为君妻，席不暖君床。

暮婚晨告别，无乃^②太匆忙。

君行虽不远，守边赴河阳^③。

妾身^④未分明，何以拜姑嫜^⑤？

父母养我时，日夜令我藏^⑥。

生女有所归^⑦，鸡狗亦得将^⑧。

君今往死地，沉痛迫中肠^⑨。

誓欲随君去，形势反苍黄^⑩。

勿为新婚念，努力事戎行^⑪。

妇人在军中，兵气恐不扬。

自嗟贫家女，久致罗襦裳。

罗襦不复施，对君洗红妆。

仰视百鸟飞，大小必双翔。

人事多错迕^⑫，与君永相望。

【题 解】

　　《新婚别》是杜甫所写的新题乐府组诗"三吏三别"之一。此诗作于唐肃宗乾元二年（759）春，唐玄宗天宝十四载（755），"安史之乱"爆发。759年三月，唐朝六十万大军败于邺城，国家局势十分危急。为了迅速补充兵力，统治者强行掠走了大量壮丁。这首诗写的就是一个新婚妻子对新婚第二天就被拉去战场的丈夫的含泪独白，塑造了一个深明大义的少妇形象。诗篇用新妇的口吻自诉怨情，首先写自己对丈夫新婚即别的幽怨，接下来接受现实，希望丈夫在战场上多出力，最后坚定地表达自己至死不渝的爱情誓言。全篇先后用了七个"君"字，都是新娘对新郎倾吐的肺腑之言，读来深切感人。

【注释】

① 菟丝：即菟丝子，一种蔓生的草，依附在其他植物枝干上生长。此处比喻女子嫁给征夫，相处难久。

② 无乃：岂不是。

③ 河阳：古地名，在今河南孟县，当时唐军与叛军在此对峙。

④ 身：身份，指在新家中的名分地位。唐代习俗，嫁后三日，始上坟告庙，才算成婚。可诗中的女子仅宿一夜，婚礼尚未完成，故身份不明。

⑤ 姑嫜：婆婆、公公。

⑥ 藏：躲藏，不随便见外人。

⑦ 归：古代女子出嫁称"归"。

⑧ 将：带领，相随。这两句即俗语所说的"嫁鸡随鸡，嫁狗随狗"。

⑨ 迫：煎熬，压抑。中肠：内心。

⑩ 苍黄：即仓皇。意思是多有不便，更麻烦。

⑪ 事戎行：从军打仗。

⑫ 错迕：差错，不如意。

月 夜

唐·杜甫

今夜鄜州①月，闺中只独看。
遥怜小儿女，未解忆长安②。

香雾云鬟湿，清辉玉臂寒 ③。
何时倚虚幌，双照泪痕干 ④。

【题 解】

这首诗写在"安史之乱"期间。天宝十五载（756）春，安禄山由洛阳攻潼关。长安陷落后，皇帝逃到蜀地，杜甫携家逃往鄜州羌村。七月，肃宗在灵武（今宁夏灵武县）即位，杜甫获悉即从鄜州只身奔向灵武，不料途中被叛军俘获，押回长安。这首诗即是困居长安时所作，表达了对离乱中的家小的深切挂念。诗文构思奇妙，想象妻子正在望月思念自己，实写自己对妻子的思念。

【注 释】

①鄜（fū）州：今陕西富县。当时杜甫的家属在鄜州的羌村，杜甫在长安。这两句设想妻子在鄜州独自对月怀人的情景。
②怜：想。未解：尚不懂得。
③此句写想象中妻子独自久立，望月怀人的形象。香雾：雾本来没有香气，因为香气从涂有膏沐的云鬟中散发出来，所以说"香雾"。望月已久，雾深露重，故云鬟沾湿，玉臂生寒。
④虚幌：透明的窗帷。双照：与上面的"独看"对应，表示对未来团聚的期望。

【名 句】

香雾云鬟湿，清辉玉臂寒。

闺怨二首 二首选一

唐·沈如筠

其 一

雁尽书难寄，愁多梦不成。
愿随孤月影，流照伏波营^①。

【题解】

沈如筠，唐朝诗人，约生活于武后至玄宗开元时，善诗能文，又著有志怪小说。曾任横阳主簿。与著名道士司马承祯友善，有《寄天台司马道士》诗。这首诗为思妇代言，表达了对征戍在外的亲人的深切怀念，写来曲折尽臻，一往情深。诗中没有单纯写主人公的愁怨和哀伤，也没有仅凭旁观者的同情心来运笔，而是通过人物内心独白的方式，着眼于对主人公纯洁、真挚、高尚的思想感情的描写，格调较高，不失为一首佳作。

【注释】

① 伏波营："伏波"是将军的封号。此处指平乱的军队。

春 怨

唐·刘方平

纱窗日落渐黄昏，金屋^①无人见泪痕。
寂寞空庭春欲晚，梨花满地不开门。

【题 解】

这是一首宫怨诗，点破主题的是诗的第二句"金屋无人见泪痕"。句中的"金屋"，用汉武帝金屋藏娇的典故，表明所写之地是与人世隔绝的深宫，所写之人是幽闭在宫内的少女。抒情主人公孤身一人，纵然落泪也无人得见，无人同情。这正是宫人命运之最可悲处。句中的"泪痕"两字也大可玩味，泪而留痕，可见其垂泪已有多时。这里总共只用了七个字，就把诗中人物的身份、处境和怨情都写了出来。后面"寂寞空庭春欲晚，梨花满地不开门"又呼应"无人见泪痕"。暮春时节，庭院内落花满地，庭院空寂无人陪伴，重门深掩也无法出去。诗人通过孤寂冷清环境的描写，把女主人公的寂寞和幽怨一步步推到无以复加的地步。

【注 释】

① 金屋：用汉武帝"金屋藏娇"的典故。

【名 句】

寂寞空庭春欲晚，梨花满地不开门。

寄柳氏

唐·韩翃

章台①柳，章台柳，往日依依②今在否？
纵使长条似旧垂，也应攀折他人手。

【题 解】

　　此作是唐代诗人韩翃创作并寄赠给爱妾柳氏的诗作。韩翃和柳氏有一段富有传奇色彩的爱情故事。据唐人许尧佐《柳氏传》和孟棨《本事诗》记载，韩翃少负才名，一富家子因看重韩翃，遂将家中一歌姬柳氏赠予韩翃。"安史之乱"爆发后，柳氏为保护自身，落发为尼。不久，柳氏为藩将沙吒利所劫，宠之专房。京师收复后，韩翃派人到长安寻柳氏，并准备了一个白口袋，袋装沙金，袋上题了此诗。当柳氏在长安接到这个口袋后，捧诗呜咽，并写了《答韩翃》（一作《杨柳枝·答韩翃》）："杨柳枝，芳菲节。可恨年年赠离别。一叶随风忽报秋，纵使君来岂堪折。"全篇运用了双关手法，以柳枝喻人，反映了韩柳二人悲欢离合的爱情故事中悲离的一面。全篇用词浅白，但言简意丰，跌宕起伏，耐人寻味。

【注 释】

　　① 章台：汉代长安街名，是长安城中的繁华地段，后来每以此借称妓
　　　　院所在。六朝、唐代已用其事与杨柳相连。
　　② 依依：柔软貌。《诗经·小雅·采薇》："昔我往矣，杨柳依依。"

池上双凫

唐·薛涛

双栖绿池上，朝暮共飞还。
更忆将雏日，同心莲叶间。

【题 解】

这首诗是唐代女诗人薛涛所作。薛涛幼年随父薛郧流寓成都，八九岁能诗，后因父死家贫，十六岁时遇到剑南西川节度使韦皋，被召令赋诗侑酒，遂入乐籍。薛涛姿容美艳，性敏慧，通晓音律，多才艺，声名倾动一时，以歌妓而兼清客的身份多出入幕府。薛涛和当时著名的诗人元稹、白居易、张籍、王建、刘禹锡、杜牧、张祜等人都有唱酬交往。薛涛与刘采春、鱼玄机、李冶，并称唐朝四大女诗人，并与卓文君、花蕊夫人、黄娥并称蜀中四大才女。

薛涛和元稹有过一段美好的情缘。以御史身份出使蜀地的元稹，早就听说了薛涛的艳名和诗名，对薛涛很感兴趣，在司空严绶帮助下，二人见面。薛涛深深为这位前途远大、才华横溢的青年才俊所吸引。爱情的强烈震撼，让她有了和元稹双宿双栖的愿望。不过好景不长，一年以后元稹离开四川。那时薛涛已经四十六岁，芳华已至秋暮，元稹又是一个放纵多情的人，薛涛冷静理智地断了这段感情。留下来的也只有这首诗，写满了对往日恩爱的美好回忆。

啰唝曲 六首选一

唐·刘采春

其 一

不喜秦淮水，生憎江上船。
载儿夫婿去，经岁又经年。

【题解】

　　刘采春是唐代女诗人，她和李冶、薛涛、鱼玄机被称为唐代四大女诗人。她擅长参军戏，又会唱歌，深受元稹的赏识，元稹曾有一首《赠刘采春》诗，赞美她"言词雅措风流足，举止低徊秀媚多"，"选词能唱《望夫歌》"。《望夫歌》就是《啰唝曲》。"啰唝犹来罗"，有盼望远行人回来之意。据说，"采春一唱是曲，闺妇、行人莫不涟泣"，可见当时此曲流行的情况。这首闺怨诗以思妇的口吻写入诗篇，使人读诗如见人。这位少妇在独处空闺、百无聊赖之际，想到夫婿的离去，一会儿怨水，一会儿恨船，既说"不喜"，又说"生憎"；想到离别之久，已说"经岁"，再说"经年"，虽然没有诗意的环境和优雅的语言，但俚俗活泼的语言情真意切，生动地表达了闺中少妇在丈夫久游不归时的焦躁无措的心情。

行　宫

唐·元稹

　　寥落①古行宫，宫花寂寞红。
　　白头宫女在，闲坐说玄宗。

【题解】

　　这是一首抒发盛衰之感的诗，诗中的"古行宫"即洛阳行宫上阳宫，"白头宫女"即"上阳白发人"。这些宫女天宝十四载（755）被"发配"到上阳宫，在这冷宫里一闭四十多年，成了白发宫人。这首短小精悍的五绝具有深邃的意境，倾诉了宫女无穷的哀怨之情，寄托了诗人深沉的盛衰之感。

【注释】

① 寥落：寂寞冷落。

【名句】

白头宫女在，闲坐说玄宗。

遣悲怀三首

唐·元稹

其 一

谢公最小偏怜女^①，自嫁黔娄百事乖^②。
顾我无衣搜荩箧^③，泥^④他沽酒拔金钗。
野蔬充膳甘长藿^⑤，落叶添薪仰古槐。
今日俸钱过十万，与君营奠^⑥复营斋。

【题解】

这三首诗是元稹为怀念去世的原配妻子韦丛而作的。韦丛是太子少保韦夏卿最小的女儿，于唐德宗贞元十八年（802）和元稹结婚，当时她二十岁，元稹二十五岁。婚后生活比较贫困，但韦丛毫无怨言，夫妻感情很好。七年之后，元稹任监察御史时，韦丛就病亡了，年仅二十七岁。元稹悲痛万分，陆续写了不少情真意切的悼亡诗，其中最有名的就是《遣悲怀三首》。此三首诗重在伤悼，作者取"报恩"为切入点，先回顾与韦丛婚后的艰苦生活，以明"贫贱夫妻"间深厚的感情，从而引出对妻子的愧疚之情，再托出报答之意而反复咏叹之。

这三首诗都各有名句被历代传诵。第一首的"谢公最小偏怜女"，往往被引用来表述父母疼爱最小的孩子。第二首的"贫贱夫妻百事哀"则被人们用来劝诫爱上穷小子的女孩，或者是已婚人士在感叹生活贫困举步维艰的时候也顺口叹一声"贫贱夫妻百事哀"。第三首的"惟将终夜长开眼，报答平生未展眉"，诗人表白自己对妻子的深情，我将永远永远地想着你，要以终夜"开眼"来报答你的"平生未展眉"。真是痴情缠绵，哀痛欲绝。

【注 释】

①谢公：东晋宰相谢安，他最偏爱侄女谢道韫。诗中指韦丛是父母最小的孩子，最受父母宠爱。

②黔娄：战国时齐国的贫士。此处是诗人自喻。言韦丛以名门闺秀屈身下嫁。百事乖：什么事都不顺遂。

③芨箧：竹或草编的箱子。

④泥：软缠，央求。

⑤藿：豆叶，嫩时可食。《广雅·释草》："豆角谓之荚，其叶谓之藿。"

⑥奠：祭奠，设酒食而祭。

【名 句】

谢公最小偏怜女，自嫁黔娄百事乖。

其 二

昔日戏言身后意①，今朝都到眼前来。
衣裳已施行看尽②，针线犹存未忍开。
尚想旧情怜③婢仆，也曾因梦送钱财。
诚知此恨人人有，贫贱夫妻百事哀。

【注 释】

① 身后意：关于死后的设想。

② 行看尽：眼看快要完了。

③ 怜：怜爱，痛惜。

【名 句】

诚知此恨人人有，贫贱夫妻百事哀。

其　三

闲坐悲君亦自悲，百年都是几多时。
邓攸①无子寻知命，潘岳悼亡犹费词②。
同穴窅冥③何所望，他生缘会更难期。
惟将终夜长开眼，报答平生未展眉。

【注 释】

① 邓攸：西晋人，字伯道，官河西太守。《晋书·邓攸传》载，永嘉末年战乱中，邓攸舍子保侄，后终无子。

② 这两句写人生的一切自有命定，暗伤自己无妻无子的命运。

③ 窅冥：深暗的样子。

【名 句】

惟将终夜长开眼，报答平生未展眉。

离思五首 五首选一

唐·元稹

其 四

曾经沧海难为水^①，除却巫山不是云^②。
取次花丛懒回顾^③，半缘修道半缘君。

【题 解】

这首诗是元稹《离思五首》的第四首，它以精警的词句，赞美了夫妻之间的恩爱，表达了对妻子韦丛的怀念之情，写得一往情深、炽热动人。"沧海"、"巫山"，是世间至大至美的形象，诗人引以为喻，从字面上看是说经历过"沧海"、"巫山"后，对别处的水和云就难以看上眼了，实则用来隐喻他们夫妻之间的感情是世间无与伦比的。在描写爱情题材的古典诗词中，这首诗堪称名篇佳作，尤其是"曾经沧海难为水，除却巫山不是云"一句，表明了诗人对对方爱的无可取代和对爱情的至诚和专一，引起古往今来多少失去爱人的人们的强烈共鸣。

【注 释】

①此句是从《孟子》"观于海者难为水"中脱化而来。诗句表面上是说，曾经观看过茫茫的大海，对那小小的细流是不会看在眼里的。
②此句是化用宋玉《高唐赋》里"巫山云雨"的典故。《高唐赋》序说：战国时代，楚怀王曾游云梦高唐之台，"怠而昼寝，梦见一妇人……愿荐枕席，王因幸之"。此女即"巫山之女"。这句诗表面是说除了巫山上的云彩，其他所有的云彩都不足观。
③此句的意思是自己信步经过"花丛"却懒于顾视，表明自己对其他女色已无眷恋之心。

【名句】

曾经沧海难为水，除却巫山不是云。

崔娘诗

唐·杨巨源

清润潘郎玉不如，中庭蕙草雪消初。
风流才子多春思，肠断萧娘一纸书。

【题 解】

　　这首诗是为唐代诗人元稹的传奇《莺莺传》而写。《莺莺传》讲述的是没落贵族小姐崔莺莺随母亲寄居于蒲州以东的普救寺的西厢院，与张生产生爱情，张生登第后终将其遗弃。著名的戏曲《西厢记》就是改编于此。杨巨源与元稹是好友，对于《莺莺传》所讲述的故事，诗人的立场和态度与作者元稹基本一致，即认为所有的故事都是因女子而起，即所谓的红颜祸水。张生变心，认为莺莺是天下之"尤物"，认为自己"德不足以胜妖孽"，当时人们还称赞张生"始乱终弃"的行为是"善于补过"。本诗也是站在张生的立场，美化张生，为他的薄幸行为辩护。

上阳白发人①

唐·白居易

上阳人，红颜暗老白发新。

绿衣监使②守宫门，一闭上阳多少春。

玄宗末岁初选入，入时十六今六十。

同时采择百余人，零落年深残此身。

忆昔吞悲别亲族，扶入车中不教哭。

皆云入内便承恩，脸似芙蓉胸似玉。

未容君王得见面，已被杨妃遥侧目③。

妒令潜配上阳宫，一生遂向空房宿。

秋夜长，夜长无寐天不明。

耿耿④残灯背壁影，萧萧⑤暗雨打窗声。

春日迟，日迟独坐天难暮。

宫莺百啭愁厌闻，梁燕双栖老休妒。

莺归燕去长悄然，春往秋来不记年。

唯向深宫望明月，东西四五百回圆。

今日宫中年最老，大家遥赐尚书⑥号。

小头鞵履⑦窄衣裳，青黛点眉眉细长。

外人不见见应笑，天宝末年时世妆。

上阳人，苦最多。

少亦苦，老亦苦，少苦老苦两如何！

君不见昔时吕向《美人赋》⑧，

又不见今日上阳白发歌！

【题 解】

这首诗是一首政治讽喻诗，它借写一位宫女的遭遇来反映宫女的普

遍命运。这位上阳宫女在上阳宫中被囚禁长达四十余年，已经是个白发苍苍的老人了，她的一生都耗费在这牢狱似的深宫里。全诗兼用叙事、抒情、写景、议论等多种表达方式，音韵转换灵活，长短句错落有致，语言浅显，含义深刻，充分揭露了封建社会宫女悲惨的命运。

【注 释】

① 上阳：即上阳宫，在洛阳皇宫内苑的东面。白发人：指诗中所描绘的那位老年宫女。
② 绿衣监使：指太监。唐制中太监着深绿或淡绿色衣服。
③ 杨妃：指杨贵妃。遥侧目：远远地用斜眼看，表示嫉妒。
④ 耿耿：微微的光亮。
⑤ 萧萧：指风声。
⑥ 尚书：官职名。
⑦ 鞡（xié）履：都是指鞋。
⑧ 美人赋：作者自注为"天宝末，有密采艳色者，当时号花鸟使。吕向献《美人赋》以讽之。"

长恨歌

唐·白居易

汉皇①重色思倾国，御宇多年求不得。
杨家有女②初长成，养在深闺人未识③。
天生丽质难自弃，一朝选在君王侧。
回眸一笑百媚生，六宫粉黛无颜色④。
春寒赐浴华清池⑤，温泉水滑洗凝脂⑥。

侍儿扶起娇无力，始是新承恩泽时。

云鬓花颜金步摇^⑦，芙蓉帐暖度春宵。

春宵苦短日高起，从此君王不早朝。

承欢侍宴无闲暇，春从春游夜专夜。

后宫佳丽三千人，三千宠爱在一身。

金屋妆成娇侍夜^⑧，玉楼宴罢醉和春。

姊妹弟兄皆列土，可怜光彩生门户。

遂令天下父母心，不重生男重生女。

骊宫高处入青云，仙乐风飘处处闻。

缓歌慢舞凝丝竹，尽日君王看不足。

渔阳鼙鼓^⑨动地来，惊破霓裳羽衣曲^⑩。

九重城阙烟尘生，千乘万骑西南行^⑪。

翠华^⑫摇摇行复止，西出都门百余里。

六军不发无奈何^⑬，宛转蛾眉马前死^⑭。

花钿^⑮委地无人收，翠翘金雀玉搔头^⑯。

君王掩面救不得，回看血泪相和流。

黄埃散漫风萧索，云栈萦纡登剑阁^⑰。

峨嵋山下少人行，旌旗无光日色薄。

蜀江水碧蜀山青，圣主朝朝暮暮情。

行宫^⑱见月伤心色，夜雨闻铃肠断声^⑲。

天旋日转回龙驭^⑳，到此踌躇不能去。

马嵬坡下泥土中，不见玉颜空死处。

君臣相顾尽沾衣，东望都门信马^㉑归。

归来池苑皆依旧，太液芙蓉未央柳^㉒。

芙蓉如面柳如眉，对此如何不泪垂？

春风桃李花开夜，秋雨梧桐叶落时。

西宫南内^㉓多秋草，落叶满阶红不扫。

梨园弟子白发新，椒房阿监青娥^㉔老。

夕殿萤飞思悄然，孤灯挑尽未成眠。

迟迟钟鼓初长夜，耿耿星河欲曙天㉕。

鸳鸯瓦冷霜华重㉖，翡翠衾寒谁与共㉗？

悠悠生死别经年，魂魄不曾来入梦。

临邛道士鸿都客㉘，能以精诚致魂魄㉙。

为感君王辗转思，遂教方士殷勤觅。

排空驭气奔如电，升天入地求之遍。

上穷碧落下黄泉，两处茫茫皆不见。

忽闻海上有仙山，山在虚无缥缈间。

楼阁玲珑五云起，其中绰约多仙子。

中有一人字太真，雪肤花貌参差㉚是。

金阙西厢叩玉扃㉛，转教小玉报双成㉜。

闻道汉家天子使，九华帐里梦魂惊。

揽衣推枕起徘徊，珠箔银屏迤逦开。

云鬓半偏新睡觉，花冠不整下堂来。

风吹仙袂飘飖举，犹似霓裳羽衣舞。

玉容寂寞泪阑干㉝，梨花一枝春带雨。

含情凝睇谢君王，一别音容两渺茫。

昭阳殿㉞里恩爱绝，蓬莱宫㉟中日月长。

回头下望人寰处，不见长安见尘雾。

惟将旧物表深情，钿合金钗寄将去。

钗留一股合一扇㊱，钗擘黄金合分钿㊲。

但教心似金钿坚，天上人间会相见。

临别殷勤重寄词㊳，词中有誓两心知。

七月七日长生殿㊴，夜半无人私语时。

在天愿作比翼鸟㊵，在地愿为连理枝㊶。

天长地久有时尽，此恨绵绵无绝期㊷。

【题 解】

这首诗作于元和元年（806），当时诗人正在盩厔县（今陕西周至）任县尉。这首诗是他和友人陈鸿、王质夫同游仙游寺，有感于唐玄宗、杨贵妃的故事而创作的。在这首长篇叙事诗里，作者以精练的语言，优美的形象，叙事和抒情结合的手法，叙述了唐玄宗、杨贵妃在"安史之乱"中的爱情悲剧。

【注 释】

① 汉皇：此处借指唐玄宗李隆基。

② 杨家有女：蜀州司户杨玄琰有女杨玉环，自幼由叔父杨玄珪抚养，17 岁被册封为玄宗之子寿王李瑁之妃。27 岁被玄宗册封为贵妃。

③ 此句是作者有意为帝王避讳的说法。

④ 六宫：指宫中所有嫔妃。古代皇帝设六宫，正寝（日常处理政务之地）一，燕寝（休息之地）五，合称六宫。粉黛：粉黛本为女性化妆用品，粉以抹脸，黛以描眉。此处代指六宫中的女性。无颜色：意谓相形之下，六宫都失去了美好的姿容。

⑤ 华清池：即华清池温泉，在今陕西西安市临潼区南的骊山下。唐贞观十八年（644）建汤泉宫，咸亨二年（671）改名温泉宫，天宝六载（747）扩建后改名华清宫。唐玄宗每年冬、春季都到此居住。

⑥ 凝脂：形容皮肤白嫩滋润，犹如凝固的脂肪。《诗经·卫风·硕人》："肌如凝脂"。

⑦ 金步摇：一种首饰，用金银丝盘成花的形状，上面缀着垂珠之类，插于发鬓，走路时摇曳生姿。

⑧ 此句化用汉武帝"金屋藏娇"的典故。

⑨ 渔阳：郡名，辖今北京市平谷区和天津市蓟县等地，当时属于平卢、范阳、河东三镇节度使安禄山的辖区。天宝十四载（755）冬，安禄山在范阳起兵叛乱。鼙（pí）鼓：古代军中骑兵用的小鼓，此处借指战争。

⑩ 霓裳羽衣曲：舞曲名，据说为唐开元年间西凉节度使杨敬述所献，经唐玄宗润色并制作歌词，改用此名。此曲着意表现虚无缥缈的仙境和仙女形象。

⑪ 千乘万骑西南行：天宝十五载（756）六月，安禄山破潼关，逼近长安。唐玄宗带领杨贵妃等出延秋门向西南方向逃走。当时随行护卫并不多，"千乘万骑"是夸大之词。乘：一人一骑为一乘。

⑫ 翠华：用翠鸟羽毛装饰的旗帜，皇帝仪仗队用。

⑬ 六军：泛指禁卫军。不发：当护送唐玄宗的禁卫军行至马嵬坡时，不肯再走，先以谋反为由杀杨国忠，继而请求处死杨贵妃。

⑭ 宛转：形容美人临死前哀怨缠绵的样子。蛾眉：古代美女的代称，此处指杨贵妃。

⑮ 花钿：用金翠珠宝等制成的花朵形首饰。

⑯ 翠翘：像翠鸟长尾一样的头饰。金雀：雀形金钗。玉搔头：玉簪。

⑰ 云栈：高入云霄的栈道。萦纡（yū）：萦回盘绕。剑阁：又称剑门关，在今四川剑阁县北，是由秦入蜀的要道。此地群山如剑，峭壁中断处，两山对峙如门。诸葛亮相蜀时，凿石驾凌空栈道以通行。

⑱ 行宫：皇帝离京出行在外的临时住所。

⑲ 夜雨闻铃肠断声：《明皇杂录·补遗》载："明皇既幸蜀，西南行。初入斜谷，霖雨涉旬，于栈道雨中闻铃音与山相应。上既悼念贵妃，采其声为《雨霖铃曲》以寄恨焉。"这里暗指此事。后《雨霖铃》成为宋词词牌名。

⑳ 天旋日转：指时局好转。肃宗至德二载（757），郭子仪率军收复长安。回龙驭：皇帝的车驾归来。

㉑ 信马：无心鞭马，任马前进。

㉒ 太液：汉宫中有太液池。未央：汉代未央宫。此处皆借指唐长安皇宫。

㉓ 西宫南内：西宫即西内太极宫，南内为兴庆宫。玄宗返京后，初居南内。上元元年（760），权宦李辅国假借肃宗名义，胁迫玄宗迁往西内，并流贬玄宗亲信高力士、陈玄礼等人。

㉔ 椒房：后妃居住之所，因以花椒和泥抹墙，故称。阿监：宫中的侍从女官。青娥：年轻的宫女。

㉕ 耿耿：微明的样子。欲曙天：长夜将晓之时。

㉖ 鸳鸯瓦：屋顶上俯仰相对合在一起的瓦。霜华：霜花。

㉗ 翡翠衾：布面绣有翡翠鸟的被子。谁与共：与谁共。

㉘ 此句意谓有个从临邛来长安的道士。临邛：今四川邛崃县。鸿都：东汉都城洛阳的宫门名，这里借指长安。

㉙ 致魂魄：招来杨贵妃的亡魂。

㉚ 参差：仿佛，差不多。

㉛ 金阙：金碧辉煌的神仙宫阙。叩：叩击。玉扃（jiōng）：玉石做的门环。

㉜ 此句意谓仙府庭院重重，须经辗转通报。小玉：吴王夫差之女。双成：传说中西王母的侍女。这里皆借指杨贵妃在仙山的侍女。

㉝ 玉容寂寞：此处指神色黯淡凄楚。阑干：纵横交错的样子。这里形容泪痕满面。

㉞ 昭阳殿：汉成帝宠妃赵飞燕的寝宫。此处借指杨贵妃住过的宫殿。

㉟ 蓬莱宫：传说中的海上仙山。这里指杨贵妃在仙山的居所。

㊱ 此句意谓把金钗、钿盒分成两半，各留一半。

㊲ 擘：分开。合分钿：将钿盒上的图案分成两部分。

㊳ 重寄词：杨贵妃在告别时重又托他捎话。

㊴ 长生殿：在骊山华清宫内，天宝元年（742）造。按"七月七日长生殿"以下六句为作者虚拟之词。陈寅恪在《元白诗笺证稿·长恨歌》中云："长生殿七夕私誓之为后来增饰之物语，并非当时真确之事实"。"玄宗临幸温汤必在冬季、春初寒冷之时节。今详检两唐书玄宗记无一次于夏日炎暑时幸骊山。而所谓长生殿者，亦非华清宫之长生殿，而是长安皇宫寝殿之习称。"

㊵ 比翼鸟：传说中的鸟名，据说只有一目一翼，雌雄并在一起才能飞。

㊶ 连理枝：两株树木树干相抱。古人常用此比喻情侣相爱、永不分离。

㊷ 恨：遗憾。绵绵：连绵不断。

【名句】

回眸一笑百媚生，六宫粉黛无颜色。

上穷碧落下黄泉，两处茫茫皆不见。

在天愿作比翼鸟，在地愿为连理枝。
天长地久有时尽，此恨绵绵无绝期。

长相思

唐·白居易

汴水^①流，泗水^②流，流到瓜洲古渡^③头，吴山^④点点愁。
思悠悠，恨悠悠，恨到归时方始休，月明人倚楼。

【题 解】

这首词是抒发闺怨的名篇。词作写闺中少妇月夜倚楼远眺，想念远行的丈夫，充满无限思怨。上片写景，暗含深情。少妇通过想象丈夫远行经过之地，一路追随丈夫的身影，想到路途遥远，面前那若隐若现的点点群山也笼罩上了一片愁。下片直抒胸臆，写少妇的又想又恨。山高水长，既然丈夫隔得那么远，这满腹的相思啊只能等到丈夫回来才能停止了。词作频用叠字叠韵，明快流畅，很有民歌风韵。

【注 释】

①汴水：淮河的支流，源于河南，经安徽宿州入淮河。
②泗水：淮河的另一支流，源于山东，经过徐州等地，最后在淮安入淮河。
③瓜洲古渡：长江边的古渡口，在今江苏扬州市。
④吴山：江南群山。

浪淘沙

唐·白居易

借问江潮与海水，何似君情与妾心？
相恨不如潮有信，相思始觉海非深。

【题 解】

　　这首闺情诗通过一个女子自问自答的心理活动来抒写女子的相思之深。发端二句以问句"借问江潮与海水，何似君情与妾心"来引起对比。人们总是把汹涌澎湃而来去倏忽的潮水，与负心汉那狂热似火却须臾即逝的短暂之情作比；而那浩瀚永恒的大海，则正如痴情女那无限的痴爱。诗到此，笔锋一转。女子并不赞同上面的两个比喻。她认为潮涨潮落均有定时，而君之离去，渺无归期，君之薄情更甚于江潮反反复复。"相思始觉海非深"更是一句妙语。它在上句君情潮水相比君不如潮的基础之上，再将自己的深情和海水相比，谓妾心深于海。而这两组对比又通过潮不如海这一客观差异而相联系，使君情与妾心之间形成更鲜明突出的反差。短短七字，寓意深长，耐人寻味。

竹枝词

唐·刘禹锡

杨柳青青江水平，闻郎江上唱歌声。
东边日出西边雨，道是无晴却有晴^①。

【题解】

《竹枝词》是巴渝一带的民间歌谣，刘禹锡在任夔州刺史时，依照这种歌谣的曲调写了十来首歌词，以本篇最为著名。爱情是难以言说也难以持久的东西，当它正处在蒙眬状态时，也许是最令人心动的吧？"东边日出西边雨，道是无晴（情）却有晴（情）"，正是写了爱的面纱还没有揭开的时刻，那种甜蜜又缥缈的美丽。

【注释】

①晴：与"情"字谐音，双关妙用。

【名句】

东边日出西边雨，道是无晴却有晴。

春　词

唐·刘禹锡

新妆宜面下朱楼，深锁春光一院愁。
行到中庭数花朵，蜻蜓飞上玉搔头①。

【题解】

这是一首闺怨诗，通过写孤独女子在深宅大院中的一个瞬间，表达

出女子的孤寂幽怨。女子精心打扮自己，走到庭院中，却无人欣赏她的容颜，顿觉这院子里愁闷逼人。诗篇最出色的一笔是末句"蜻蜓飞上玉搔头"，蜻蜓把美人当花朵，轻轻飞上玉搔头，美人数花，殊不知自己也正是这花朵中的一员。蜻蜓尚且知道欣赏美丽的容颜，年轻的女子却被锁在深宅大院中一个人慢慢看着自己年华老去。蜻蜓有知而人不见，叫人心寒。"蜻蜓飞上玉搔头"，洗练而巧妙地描绘了这位青年女子在春光烂漫之中的冷寂孤凄的境遇，新颖而富有韵味。

【注 释】

① 玉搔头：即玉簪。古代女子戴的一种首饰。

【名 句】

行到中庭数花朵，蜻蜓飞上玉搔头。

燕子楼三首 三首选一

唐·张仲素

其 一

楼上残灯伴晓霜，独眠人起合欢床。
相思一夜情多少，地角天涯未是长。

【题 解】

这首诗是为唐代名妓关盼盼而写。关盼盼，唐代彭城人，约生活于

唐代贞元、元和年间，徐州守帅张建封之妾。白居易做客张建封府上时与她有一宴之交，盛赞她"醉娇胜不得，风袅牡丹花"。关盼盼在夫死守节于燕子楼十余年后，白居易作诗批评她只能守节不能殉节，她于是绝食而死。这首诗是张仲素和白居易《燕子楼三首》而作。

【名句】

相思一夜情多少，地角天涯未是长。

秋闺思 二首

唐·张仲素

其 一

碧窗斜月蔼^①深晖，愁听寒螀^②泪湿衣。
梦里分明见关塞，不知何路向金微^③。

其 二

秋天一夜静无云，断续鸿声到晓闻。
欲寄征衣问消息，居延^④城外又移军。

【题解】

伤春悲秋是闺怨诗常见的题材。这两首诗都是描写思妇在秋天对远行丈夫的思念。第一首诗写一个秋夜思妇从梦中醒来，望着月色听着虫鸣想起自己的梦境不禁泪沾衣裳。在梦里，她分明已经见到关塞了，即将见到日思夜想的丈夫，可是却不知道那条通向丈夫所在的金微山的路在哪里。惆怅醒来，回到现实，距离丈夫更是遥远，思念的泪水再次流下来。

第二首诗写思妇心潮起伏，一夜未眠。安静的秋夜，传来时断时续的鸿雁叫声，她便由鸿声想到要邮寄征衣，可是听说军队又要转移了，这让她唯一的一点希望再次破灭。两首诗写的都是秋夜的思妇。她们或梦醒哭泣或长夜孤坐，在担心和思念中折耗着自己的青春时光。诗歌刻画细腻，感情委婉动人。

【注 释】

① 蔼：古同"霭"，云气。
② 寒螀：即寒蝉，此处指深秋的鸣虫。
③ 金微：金微山，即今新疆阿尔泰山，当时是边关要塞所在。
④ 居延：中国汉唐以来西北地区的军事重镇。

秋夜曲

唐·张仲素

丁丁漏水①夜何长，漫漫轻云露月光。
秋逼暗虫②通夕响，征衣未寄莫飞霜。

【题 解】

张仲素的诗，语言上偏于清婉爽洁，意境悠远飘逸，题材上以写征人思妇的居多，是唐代诗人中写闺情的翘楚。这首闺怨诗写思妇一夜间的情思，抒情细腻，结构工巧。篇中的女主人公夜坐思夫，听滴漏声，看月色明。秋虫在暗处叫了一夜，而思妇因为担心丈夫也孤坐了一夜。通过写思妇在失眠时的所见所闻，写出了秋夜时分寂静清冷的特点，侧面点出思妇凄清孤寂的心情。最后一句"征衣未寄莫飞霜"点题，因为征衣未寄而祈祷丈夫那里千万别下霜雪，可见思妇对丈夫的无限深情。整篇诗文用语朴实无华，明白晓畅，意蕴却深厚凝重，是闺恋诗中的上乘之作。

【注 释】

① 漏水：计时的漏壶，用滴水来计算时间。
② 暗虫：生活在阴暗地方的昆虫，如蟋蟀之类。

春闺思

唐·张仲素

袅袅城边柳，青青陌上桑①。
提笼忘采叶，昨夜梦渔阳②。

【题 解】

这首诗写蚕忙时节，一位少妇采桑叶时因思念远戍边关的丈夫而走神的一个细节。诗歌翻新自《诗经》的《卷耳》篇，但比《卷耳》更简洁凝练。开头两句对仗工整，设色清丽，展现了一片青春柔和的春色。"青青陌上桑"一句，实写路边桑叶青青，其实还别有用心，用《陌上桑》的古乐府暗示女子对丈夫的忠贞不贰。"昨夜梦渔阳"句更是言有尽而意无穷，思妇白日采桑走神，夜晚梦中思夫，可见是昼夜怀思、无时不想，对丈夫真是情意深厚。区区五个字，暗含深意，这种二两拨千金的笔法用得甚妙。

【注释】

① 陌上桑：汉代的一首乐府诗，写罗敷巧妙拒绝示爱之人，表明对丈夫忠贞不贰。此处也是用此含义。

② 渔阳：古地名，秦朝渔阳县在今天津蓟县。此处代指戍边之地。

江南曲

唐·李益

嫁得瞿塘贾①，朝朝误妾期。
早知潮有信②，嫁与弄潮儿。

【题解】

这首闺怨诗的主人公是商人的妻子。全诗都以女子的口吻说出，先道出自己是商人妻，商人经常外出不归这一现状，接下来写了女子的小小隐秘心思，早知道是这样，还不如当初嫁给弄潮儿呢。整首诗读来就像一个女子的赌气撒娇，语言平实，不事雕饰，空闺苦，怨夫情，跃然纸上。事实上，商妇并非是真有移情别恋的想法，她只是独守空闺痴情痴语，心里装作背叛一下，以此来小小的报复那经常过期不来的丈夫。装作背叛，实则是爱的表现。看似妄想，实际是反笔写相思。总之，这是一首情趣可爱的小诗。

【注 释】

① 贾：商人。

② 潮有信：潮水涨落有一定的时间，叫"潮信"。

【名 句】

早知潮有信，嫁与弄潮儿。

写　情

唐·李益

水纹珍簟思悠悠^①，千里佳期^②一夕休。
从此无心爱良夜，任他明月下西楼。

【题 解】

　　这是一首失恋诗，描写因为某夜情人爽约而恼恨不已，并表示自己要放弃这段感情的决心。全诗语言简练，诗境含蓄深邃，在众多闺恋诗词中显得别具一格，历来为世人所传诵。此诗能写得如此真切形象，或和李益本人的失恋经历相关。蒋防《霍小玉传》中说，李益早岁入长安应试，与霍小玉相爱，立下结为终身伴侣的誓言。后来，李益回乡探望母亲，不料其母已给他和表妹卢氏订婚，迫于封建礼教，他不敢违拗，小玉为此饮恨而死。从此，李益"伤情感物，郁郁不乐"。

【注释】

① 水纹珍簟（diàn）：编织着水纹花样的珍贵竹席。思悠悠：思绪很多。悠悠：漫长，遥远。此句写独宿无眠，回忆往事。

② 佳期：男女约会的好时机。

听 筝

唐·李端

鸣筝金粟柱①，素手玉房②前。
欲得周郎顾③，时时误拂弦。

【题解】

这首诗塑造了一位聪慧可爱的弹筝女形象。她纤手弹筝，心却完全寄托在心上人那里。筝是她的一个道具，她为了让心上人专注听自己弹奏，不时故意将弦拨错，让人读后不禁为弹筝女的机智和深情莞尔一笑。"欲得周郎顾，时时误拂弦"，正面写出了弹者藏巧于拙，反面又暗示出了听者是知音，只要弹筝女弹错他就会知晓，他心里清楚弹筝女拨错琴弦是有心在逗他，却也不点破，并很好地配合她继续这个有爱的互动。一个弹筝，一个听筝，一个故意弹错，一个立马回顾，这种微妙的互动写出了二人心意相通。区区二十字，成功描绘了一幅其乐融融欢快有爱的听筝图，十分传神。

【注释】

① 金粟柱：古代也称桂为金粟，这里当是指弦轴之细而精美。

② 玉房：弹筝女子的住处。

③ 周郎：即三国时的周瑜。《吴志·周瑜传》载："瑜受建威中郎将，时年二十四，吴中皆呼周郎，少精意于音乐，虽三爵之后，其有阙误瑜必知之，知之必顾。时人谣曰：'曲有误，周郎顾'。"

闺　情

唐·李端

月落星稀天欲明，孤灯未灭梦难成。
披衣更向门前望，不忿朝来鹊喜声。

【题 解】

　　这首小诗紧扣题目，用明白晓畅的语言，把一个闺中少妇急切盼望丈夫归来的情景描写得生动感人。这位少妇因为思念丈夫一夜未眠，早起出门探望，却依然是一场空，失望烦闷之余不禁对叽叽喳喳的喜鹊产生了怨恨。这首诗末一句带着口语色彩，充满生活气息，通过怨恨喜鹊，实际在发泄对丈夫久久不归的幽怨，简洁而情韵丰富。

宫词一百首 一百首选一

唐·王建

其六十九

宫人早起笑相呼，不识阶前扫地夫。
乞与金钱①争借问，外头还似此间无？

【题 解】

　　这首诗通过写宫女们争着向扫地夫打听外界情况的场面，反映了宫女对外界的好奇，对自由的渴望。她们久居樊笼，不得自由，所以特别珍惜每一个能了解、接触宫外生活的机会。全诗用语质朴流畅，画面生动传神。翁方纲《石洲诗话》说："其词之妙，则自在委曲深挚中别有顿挫，如仅以就事直写观之，浅矣。"颇中肯綮。

【注 释】

　　① 乞与金钱：给扫地夫金钱。

调笑令

唐·王建

团扇①，团扇，美人并②来遮面。
玉颜憔悴三年，谁复商量管弦③？

弦管，弦管，春草昭阳④路断。

【题解】

全词以咏扇起兴，描摹宫人的外部动态及内心活动，表达宫怨之主旨。《调笑令》，原题为"宫中调笑"，本是专门供君王调笑的，王建却用来写宫中妇女的哀怨，别具一格。"玉颜憔悴三年，谁复商量管弦"描述宫人被摈弃后孤独寂寞的愁苦况味，将一腔幽怨通过感叹句写出，语意中流露出一种黯然神伤、独自叹息的情态。"弦管"一句，是绝望之词，宫人自感再无翻身的希望，情极悲凉。

【注释】

①团扇：也称宫扇。
②并：伴。
③管弦：用丝竹做的乐器，如笛子、箫等。
④昭阳：即昭阳殿，汉代宫殿名，赵飞燕所居，后多指宠妃居住的地方。

青青水中蒲三首

唐·韩愈

其　一

青青水中蒲，下有一双鱼。
君今上陇①去，我在与谁居？

其　二

青青水中蒲，长在水中居。
寄语浮萍草，相随我不如。

其　三

青青水中蒲，叶短不出水。
妇人不下堂，行子在万里。

【题 解】

　　这三首诗都是思妇诗，写于贞元九年（793），是韩愈寄给他的妻子卢氏的。清人陈沆《诗比兴笺》说此诗是"寄内而代为内人怀己之词"，是一种"代内人答"的体裁，风格别致。第一首描绘送别情景。诗人以水中青青的蒲草起兴，衬托离思的氛围，又以蒲草下有一双鱼儿作比兴，反衬思妇的孤独。第二首诗人回环反复吟咏离情。第三首一唱三叹再唱离情，感情逐步升级，并在感情高潮中戛然而止，余韵无穷。诗中没有表示相思之语，而思夫之情自见。诗篇语言通俗流畅，风格比较类似于民歌，朴素自然又有言有尽而意无穷之感。

【注 释】

　　① 陇：陇山。绵延于陕西、甘肃交界的地方。

节妇吟寄东平李司空师道①

唐·张籍

君知妾有夫，赠妾双明珠。

感君缠绵意，系在红罗襦②。

妾家高楼连苑起③，良人执戟明光里④。

知君用心如日月，事夫誓拟同生死⑤。

还君明珠双泪垂，何不⑥相逢未嫁时。

【题 解】

此诗不是一首简单的闺情诗，而是深有寄托。仅从文字来看，它描写了一位忠于丈夫的妻子，经过思想斗争后终于拒绝了一位男子的追求，守住了妇道。但在更深的层面上，诗人是借这首诗来委婉表达自己不接受李师道的拉拢，曲折地表明自己的政治立场。全诗以比兴手法委婉地表明态度，语言上极富民歌风味，对人物刻画细腻传神，为唐诗中的佳作。

【注 释】

① 节妇：能守住节操的妇女，特别指对丈夫忠贞的妻子。吟：一种诗体的名称。李司空师道：即李师道，时任平卢淄青节度使。

② 襦：短衣，短袄。

③ 高楼连苑起：耸立的高楼连接着园林。苑：帝王及贵族游玩和打猎的风景园林。起：矗立着。

④ 良人：旧时女人对丈夫的称呼。执戟：指守卫宫殿的门户。戟：一种古代的兵器。明光：本为汉代宫殿名，这里指皇帝的宫殿。

⑤ 事：服侍，侍奉。拟：打算。

⑥ 何不：一作"恨不"。

【名句】

还君明珠双泪垂，何不相逢未嫁时。

为妻作生日寄意

唐·李郢

谢家生日好风烟，柳暖花香二月天。
金凤对翘双翡翠，蜀琴新上七丝弦。
鸳鸯交颈期千载，琴瑟和谐愿百年。
应恨客程归未得，绿窗红泪冷涓涓。

【题解】

　　唐代对生日比较重视，但是写诗为妻子庆祝生日的丈夫却只有李郢一人。李郢少时是一个浮躁的人，一直未娶妻，东游西荡，无意功名。后来见一貌美女子不禁倾心，与之结为夫妻。婚后他突然转性，开始潜心攻读。这首诗写于他及第回家的路上。他及第后回江南，经过苏州时，苏州刺史邀请他一起游茶山，李郢要赶回家为妻子过生日，坚持不允。苏州刺史给他胡琴、焦桐、方物等，要他将这些礼物寄回家表示心意。盛情难却，李郢无奈之下，作了这首诗，也在爱情史上留下了一段千古佳话。

相思怨

唐·李冶

人道海水深，不抵相思半。
海水尚有涯，相思渺无畔。
携琴上高楼，楼虚月华满。
弹著相思曲，弦肠一时断。

【题 解】

这首诗是唐代女诗人李冶所作。李冶，字季兰，唐朝女冠诗人。此女少有才情，时人多有赞叹。李冶容颜美丽，才华横溢，工诗文，擅书法。她与当时名士多有往来，陆羽、皎然、韩揆、刘长卿、阎伯钧、萧叔子等都和她有过密切交往，李冶与他们吟诗作赋互诉衷肠。《相思怨》就是感情真挚热烈的一首，这首诗写诗人对情郎的浓烈相思，情之浓烈，爱之深厚，令人动容。一说此诗是写给陆羽的。

八 至

唐·李冶

至近至远东西，至深至浅清溪。
至高至明日月，至亲至疏夫妻。

【题解】

　　这首诗通过东西、深浅、日月的互证关系，指出夫妻之间真实又残酷的关系。"至近至远东西"，写的是一个浅显而至真的道理。东、西是两个相对的方位，地球上除南北极外，任何地点都具有这两个方位，这两个方位之间可以间隔为零，也可以无穷远。"至深至浅清溪"，清溪不比江河湖海，"浅"是实情，但溪水可以倒映周边景物，看起来又那么高深莫测。"至高至明日月"，日月高不可测却也足够明亮。前三句以三种辨证情况，引出后面的主旨——"至亲至疏夫妻"。从肉体和精神关系看，夫妻是世界上距离最近的，但是一旦夫妻反目或同床异梦，彼此间的心理距离又是最难以弥合的，因此为"至疏"。末句之妙，在于看透了人情，具有普遍的社会意义。

闺　怨

唐·张纮

　　去年离别雁初归，今夜裁缝萤已飞。
　　征客近来音信断，不知何处寄寒衣？

【题解】

　　这是一首很优美的小诗。写一位少妇独处空闺，深深地思念着远征边塞的丈夫，情真意切，思致清幽绵邈。唐初边地战火不断，诗人有所感而作此诗。开头两句借雁和萤说明女主人公和丈夫分别已经有一年了。更让人担心的是"近来"没有消息。尽管如此，女主人公夜里还在赶着缝制寒衣，思念、忧虑、关切之情和离别的痛苦都融其中了。全诗通过对女主人公心理的细腻描绘，表达了作者对不幸者的深切同情。

题都城南庄

唐·崔护

去年今日此门中，人面①桃花相映红。
人面不知何处去，桃花依旧笑②春风。

【题 解】

关于此诗，有一个美丽动人的传奇故事。据《本事诗》中的《情感》篇所载：唐时，博陵（指河北安平县）有一青年名叫崔护，容貌英俊，文才出众，到都城长安赶考未中，滞留长安。清明时节，他独自去都城南门外郊游，口渴到一农户家讨水，有位女子端来了水并邀请他进去坐下。姑娘姿色艳丽，神态妩媚，默默地注视着崔护。两人相互注视了许久，崔护起身告辞，然后怅然而归。到了第二年清明节，崔护忽然思念起姑娘，直奔城南去找她。到那里一看，门庭庄园一如既往，但是大门已上了锁。崔护便在左边一扇门上题诗道："去年今日此门中，人面桃花相映红。人面不知何处去，桃花依旧笑春风。"过了几天，再次去姑娘家，听到门内有哭的声音，叩门询问时，有位老人走出来说："你不是崔护吗？"他答道："正是。"老人又哭着说："是您杀了我的女儿。"崔护又惊又怕，不知该怎样回答。原来姑娘去年就爱上了崔护，这几天看到崔护的题诗竟然病了，茶米不进，最终去世了。崔护十分悲痛，进去一哭亡灵，女子竟然睁开了眼睛。二人最终喜结连理。

【注 释】

①人面：指姑娘的脸。第三句中的"人面"指代姑娘。
②笑：形容桃花盛开的样子。

【名句】

人面不知何处去，桃花依旧笑春风。

宫　词

唐·张祜

故国^①三千里，深宫二十年。
一声何满子^②，双泪落君^③前。

【题 解】

　　这是一首宫怨诗。全诗总共只有二十个字，写出了一个宫女的悲剧人生。诗人在前两句里，以举重若轻、驭繁如简的笔力，用短短十个字浓缩了宫人幽闭深宫远离家乡的悲剧。首句"故国三千里"，是从空间着眼，写去家之远；次句"深宫二十年"，是从时间下笔，写入宫之久。这两句诗高度概括了抒情女主人公仇恨之源头。后两句转入写怨情，以一声悲歌、双泪齐落的事实，让宫人蓄积已久的怨情喷薄而出，一泻为快。"一声"和"双泪"形成对比，可见宫人怨恨之深。数字在这首诗中运用得十分成功，使诗句精炼有力，加深了艺术感染力。张祜的这首诗道出了宫人的辛酸，当时为宫人广泛传唱。

【注 释】

　　① 故国：故乡。
　　② 何满子：白居易诗云："世传满子是人名，临就刑时曲始成。一曲四调歌八叠，从头便是断肠声。"一个叫何满的人，临就刑时进此

曲以赎死罪，后来就以何满子的名字为此曲名。

③君：指皇帝。这里指唐武宗。

【名句】

一声何满子，双泪落君前。

赠内人

唐·张祜

禁门^①宫树月痕过，媚眼惟看宿鹭^②窠。
斜拔玉钗灯影畔，剔开红焰^③救飞蛾。

【题 解】

这首诗诗题为"赠内人"，指的是此诗是为内人而作，并不是真的要送给她们。唐代把选入宫中的歌舞妓称"内人"。她们一入深宫内院，就与外界隔绝，从此被剥夺了自由和人生幸福。此诗咏宫人寂寞无聊的生活。前两句写宫人生活的孤寂苦闷；后两句通过写宫人枯坐"拔玉钗"、"救飞蛾"两个形象化的动作，表现了宫人百无聊赖的生活和对生命的爱惜，以及对自身命运的哀伤。全诗文采艳丽，语意含蓄，句句描绘宫人孤寂的心情，耐人寻味。

【注 释】

① 禁门：宫门。

② 宿鹭：指双栖之鸳鸯。
③ 红焰：指灯芯。

有所思①

唐·卢仝

当时我醉美人家，美人颜色娇如花。
今日美人弃我去，青楼珠箔②天之涯。
天涯娟娟姮娥月，三五二八盈有缺。
翠眉蝉鬓③生离别，一望不见心断绝。
心断绝，几千里。
梦中醉卧巫山云，觉来泪滴湘江水。
湘江两岸花木深，美人不见愁人心。
念愁更奏绿绮琴④，调高弦绝无知音。
美人兮美人，不知为暮雨兮为朝云。
相思一夜梅花发，忽到窗前疑是君。

【题 解】

这首诗写一个陷入爱河的男子被心上人遗弃后既爱又恨的复杂感情。开端回忆他和心上人的旧情，写心上人之美。然后笔锋一转写到现实，如今美人已经离我远去，再也不可能相见。想到此，男子愁闷不已，一段情无可寄托，他睡觉想、散步想、弹琴也想，发出美人啊美人，你去得无影无踪的感慨。由于过于思念，他甚至出现幻觉，以为那窗前突然盛开的梅花就是自己日思夜想的美人。《有所思》最为人称道的是最后两句，将相思之情写得有形有色，连香气也隐然鼻端了，将一段相思之情写得亦幻亦真，笔花四溅。

【注 释】

① 有所思：汉乐府《铙歌》名，以首句"有所思"为名。后人以此为题赋诗，多写男女情爱之事。

② 青楼：豪华精致的楼房，常指美人的居所。珠箔：即珠帘子。

③ 翠眉蝉鬓：均指美人。翠眉：用深绿色的螺黛画眉。蝉鬓：古代妇女的一种发式，望之缥缈如蝉翼，故云。

④ 绿绮琴：古琴名。传说司马相如作《玉如意赋》，梁王悦之，赐以绿绮琴。后即以此指琴。

烈女操①

唐·孟郊

梧桐相待老②，鸳鸯会③双死。
贞妇贵殉④夫，舍生亦如此。
波澜誓不起，妾心古井水⑤。

【题 解】

这是一首站在男人角度颂扬贞妇烈女的诗，表现了烈女与丈夫生死相随忠贞不渝的感情。古代把女子守节和殉情视作女子的一大美德，女子的从一而终被看作女德之一。末句"波澜誓不起，妾心古井水"语气坚定，表达烈女的一片真心，后世常用作恋人之间忠贞不贰的誓言。梧桐树相依持老，鸳鸯鸟同生共死，诗作以梧桐和鸳鸯比兴恩爱夫妻，只是世上多忠贞女子却少专一男人。此诗以男子之心愿，写烈女之情志，烈女节义肝肠，坚贞不渝，固可针砭浮靡；然以己之青春和生命为已故之人耗损或殉葬，读之令人生怜。

【注释】

①烈女操：乐府中《琴曲》歌辞。烈女：贞洁女子。操：琴曲中的一
种体裁。

②梧桐：传说梧为雄树，桐为雌树，其实梧桐树是雌雄同株。相待老：
指梧和桐同长同老。

③会：终当。

④殉：以死相从。

⑤此两句意谓我的心如同古井之水，永远不会泛起情感波澜。古：
同"枯"。

【名句】

波澜誓不起，妾心古井水。

贫　女

唐·秦韬玉

蓬门未识绮罗香^①，拟托良媒益自伤。
谁爱风流高格调，共怜时世俭梳妆^②。
敢将十指夸针巧，不把双眉斗^③画长。
苦恨年年压金线^④，为他人作嫁衣裳。

【题解】

这首诗写一位贫女悲惨的处境和难言的苦衷。诗人把贫女放在社会
环境的矛盾冲突中，通过独白揭示贫女内心深处的苦痛，写出贫女对命

运不平的感慨和无奈。全诗语言质朴，格调沉郁，以小见大，通过一个女子的遭遇直指社会问题，有重大的社会意义。其中诗文最后"为他人作嫁衣裳"一句广为流传。

【注 释】

① 蓬门：用蓬茅编扎的门。这里指穷人家。绮罗：华贵的丝织品或丝绸制品。这里指富贵女子的华丽衣裳。

② 怜：喜欢，欣赏。时世俭梳妆：当时妇女的一种装扮，称"时世妆"，又称"俭妆"。俭同"险"。时世：当世，当今。

③ 斗：比较，竞赛。

④ 苦恨：非常懊恼。压金线：用金线绣花。压：刺绣的一种手法，这里作动词用，是刺绣的意思。

【名 句】

苦恨年年压金线，为他人作嫁衣裳。

叹　花

唐·杜牧

自是寻春去校迟 ①，不须惆怅怨芳时。
狂风 ② 落尽深红色，绿叶成阴子满枝 ③。

【题解】

　　关于此诗，有一个遗憾的爱情故事：杜牧游湖州，识一民间女子，年十余岁。杜牧与其母相约过十年来娶。后十四年，杜牧始出为湖州刺史，女子已嫁人三年，生二子。杜牧感叹其事，故作此诗。此诗通篇叙事赋物，运用比喻修辞，婉曲含蓄地用自然界的花开花谢，"绿树成阴子满枝"，暗喻少女的妙龄已过，结婚生子。如果本事为真，则此诗显得构思新颖巧妙，语意深曲蕴藉，耐人寻味。

【注释】

　　① 自是：都怪自己。校：即"较"，比较。
　　② 狂风：指代无情的岁月，人事的变迁。
　　③ 子满枝：双关语。既是说花落结子，也暗指当年的妙龄少女如今已结婚生子。

秋 夕

唐·杜牧

　　银烛秋光冷画屏，轻罗小扇扑流萤①。
　　天阶②夜色凉如水，卧看牵牛织女星③。

【题解】

　　这是一首宫怨诗，描写一名孤单的宫女，于七夕之夜仰望天河两侧的牛郎织女星，并不时用扇扑流萤，排遣心中寂寞。诗中先以周围景物

来营造气氛。烛光清幽，陈设华美而气氛黯淡，衬托出宫女的孤寂。二句"轻罗小扇扑流萤"，可看出时已秋季，小扇已非驱热之物，但宫女仍然用它来扑打流萤，可见其百无聊赖。此外，扇子为夏天解热之物，秋天则无用处，此处也暗指宫女被弃。三四句写夜深阶寒，夜凉如水，宫女仍未入睡，观牛郎织女星来感慨自己的身世，表达其对爱情的向往。全诗含蓄蕴藉，无一句抒情而情自满纸间，耐人寻味。

【注 释】

① 轻罗：轻薄的罗纱。流萤：飞动的萤火虫。
② 天阶：指玉石台阶。
③ 牵牛织女星：两星座名，各在银河东西两边。民间传说将此二星拟
  人化，言牛郎织女二人在七夕之夜始得度鹊桥相会。

金谷园

唐·杜牧

繁华事散逐香尘①，流水无情草自春。
日暮东风怨啼鸟，落花尤似坠楼人②。

【题 解】

金谷园故址在今河南洛阳西北，是西晋富豪石崇的别墅，繁荣华丽，极一时之盛。唐时此园已荒废，成为供人凭吊的古迹。金谷园里有一段凄美的爱情故事。据《晋书·石崇传》记载：石崇有妓曰绿珠，美而艳。

孙秀使人求之，不得，矫诏收崇。崇正宴于楼上，谓绿珠曰："我今为尔得罪。"绿珠泣曰："当效死于君前。"因自投于楼下而死。杜牧过金谷园，即景生情，写下了这首咏春吊古之作。

诗中写到金谷园的繁华往事已经消散，只留下青草自生自灭。黄昏中传来哀怨的鸟啼声，让人想起这座园子里曾经的爱恨情仇，那片片坠落的花瓣就像曾经为金谷园主人而死的绿珠，让人怜惜，追念。善于联想的诗人把特定地点（金谷园）落花飘然下坠的形象，与曾在此处发生过的绿珠坠楼之事联系到一起，寄寓了无限情思。

【注 释】

① 香尘：石崇为教练家中舞妓步法，以沉香屑铺象牙床上，使她们践踏，无迹者赐以珍珠。

② 坠楼人：指石崇爱妾绿珠，她为石崇坠楼而死。

赠别二首

唐·杜牧

其 一

娉娉袅袅①十三余，豆蔻②梢头二月初。
春风十里扬州路，卷上珠帘总不如。

【题 解】

此诗是杜牧离开扬州赠别一位相好的歌妓而写，题为"赠别"，内

容却重在赞颂对方的美丽，引起惜别之意。这首诗全篇都在赞颂女子的美貌无双，最妙的是全篇除第一句正面描述女子的美丽外，其他三句都是从侧面来写歌妓。用豆蔻比喻小歌妓清新可爱，语新而又精妙，别具一格。后面两句将赞扬的角度放大到整个扬州城。"春风十里扬州路"，渲染出大都会富丽豪华的气派，这繁华的都市一定美女如云，后句"卷上珠帘总不如"跟上，意思是说全扬州的女子都不如这个歌妓美丽，用众星拱月的手法突出歌妓魅力超群。全诗语言空灵清妙，构思巧妙别致，全诗正如此女，自有一股袅娜风流的韵致。

【注 释】

① 娉娉袅袅：身姿轻盈美好的样子。
② 豆蔻：产于南方的一种花，其花成穗时，嫩叶卷之而生，穗头深红，叶渐展开，花渐放出。

【名 句】

春风十里扬州路，卷上珠帘总不如。

其 二

多情却似曾无情，唯觉樽前笑不成。
蜡烛有心还惜别，替人垂泪到天明。

【题 解】

这首诗也是抒写诗人对妙龄歌女留恋惜别的心情。情太重，临别却无言可表达。无言看似无情，酒宴应该欢笑，离愁却让人笑不成。看似矛盾的心态描写，把离别前的感受说得委婉尽致。蜡烛为这不忍离别的

一对人一夜垂泪。诗人带着极度感伤的心情去看周围的世界，于是眼中的一切也就都带上了感伤色彩。蜡烛垂泪，实为人垂泪。全诗用精炼流畅的语言，写悱恻缠绵的情思，意境深邃，余韵不尽。

【名句】

蜡烛有心还惜别，替人垂泪到天明。

自君之出矣

唐·雍裕之

自君之出矣，宝镜为谁明？
思君如陇水，长闻呜咽声。

【题解】

这首诗载于《吟窗杂录》，表现了思妇对外出未归的丈夫的深切怀念，其手法高明之处在于立意委婉，设喻巧妙，含蓄有味。自从夫君外出，思妇独守空闺，整日相思怀念；对着平时梳妆的镜子百无聊赖。镜子还和以前一样明亮，镜子啊镜子，我平日梳妆打扮，都是为了让夫君欣赏，而今他不在家，我也无心梳妆，你这么明亮又是为了谁呢？后面两句直抒胸臆，写自己对夫君的思念就像陇水日日夜夜奔腾不息。"呜咽声"三个字透出思妇因思念而流泪。陇水自然不会呜咽，而在思妇看来，水流声就像在替自己发泄满腔的委屈，呜呜咽咽，缠绵悱恻。

梦江南

唐·温庭筠

千万恨，恨极在天涯。山月不知心里事，水风空落眼前花，摇曳碧云斜。

【题 解】

这首词出自《花间集》，是温庭筠的名作。此词首句直出"恨"字，"千万"直贯下句"极"字，并点出原因，行人远"在天涯"，满腔怨恨喷薄而出。后三句写景，旨在以无情的山月、水风、落花和碧云，与"千万恨"、"心里事"的有情相形，突出思妇内心的悲戚和哀伤。此词写得朴素自然，明丽清新，却意韵凄婉，臻于妙境。唐圭璋《唐宋词简释》评价这首词曰："此首叙飘泊之苦，开口即说出作意。'山月'以下三句，即从'天涯'两字上，写出天涯景色，在在堪恨，在在堪伤。而远韵悠然，令人讽诵不厌。"

梦江南

唐·温庭筠

梳洗罢，独倚望江楼。过尽千帆皆不是，斜晖脉脉^①水悠悠，肠断白蘋洲^②。

【题 解】

这首词是温词中别具一格的清新自然之作，以白描手法描摹了一位

思妇在江楼期盼丈夫归来的图景，写尽了思妇的空虚与相思。每日为思念之人梳洗，然后一个人孤独地依靠在望江楼上眺望夫君归来的方向。有多少船只从眼前经过，就有多少次希望到失望的失落。她久久地凭楼远眺，细细鉴别每一艘来往的船只，终于还是失望而归。从早上到黄昏，心情也如这日光，终于暗淡了。江水悠悠，没有往来的船只了，这一天又空空而过，那个人还是没有回来。一段愁肠萦绕在当时分别的那个白蘋洲上，只有回味分别时刻才能记起心中人的模样。从"梳洗罢"到"斜晖脉脉"没有直接写时间，却暗示思妇苦等了一天，正可谓"只见性情，不见文字"，实在高妙。

【注 释】

① 斜晖：偏西的阳光。脉脉：情意绵绵的样子，此处指夕阳微弱似有还无。
② 白蘋洲：白蘋是一种长在水中的浮草，开白色小花。古代诗词中常以此指代男女分别的地方。

【名 句】

过尽千帆皆不是，斜晖脉脉水悠悠，肠断白蘋洲。

菩萨蛮 十四首选一

唐·温庭筠

其 六

玉楼明月长相忆，柳丝袅娜春无力。门外草萋萋^①，送君闻马嘶。

画罗 ② 金翡翠，香烛销 ③ 成泪。花落子规啼，绿窗 ④ 残梦迷。

【题解】

　　这是温庭筠《菩萨蛮》十四首词中的第六首，表现思妇因相思而梦魂颠倒的情景。首两句点明时间、地点和主人公的身份，三、四两句写送别情节。这应是思妇长久思忆而神魂飘荡中出现的梦境，在梦境里再现当初送别的情节。下片又回到现实，写周围景物，用屋内的罗帐低垂、蜡烛流泪，侧面暗示思妇因梦到离别而突然惊醒。词人选择富有特征的景物构成独特的艺术境界，表现人物的情思。窗外落花茵茵，杜鹃啼归，窗内人还没有从刚才的梦境中清醒。窗外景，窗内情，都在诉说着思妇的心声：心中人赶紧归来！全词造语精工，辞采清丽。篇幅虽短小，却耐人寻味，表现了温词含蓄的特点。诚如栩庄所说："前数章时有佳句，而通体不称，此较清绮有味。"（《栩庄漫记》）

【注释】

　　① 萋萋：草长得很茂盛的样子。
　　② 画罗：有画饰的丝织罗帐。
　　③ 销：燃烧熔化。
　　④ 绿窗：指女子的居室。

【名句】

　　花落子规啼，绿窗残梦迷。

菩萨蛮

唐·温庭筠

小山重叠金明灭①，鬓云欲度香腮雪②。懒起画蛾眉③，弄妆④梳洗迟。

照花前后镜，花面交相映。新帖绣罗襦⑤，双双金鹧鸪⑥。

【题 解】

此词写女子起床梳洗时的娇慵姿态以及妆成后的情态，暗示了女子孤独寂寞的心境。全词仿佛一幅唐代仕女图，把妇女的美丽容貌、华贵服饰、娇柔体态描摹得入木三分。该词成功地运用反衬手法委婉含蓄地揭示了人物内心世界的寂寞空虚。唐圭璋《唐宋词简释》评价曰："此首写闺怨，章法极密，层次极清。"

【注 释】

① 小山：眉妆的名目，指小山眉，即弯弯的眉毛。另外一种解释为：小山是指屏风上的图案，由于屏风是折叠的，所以说小山重叠。金：指唐时妇女眉际妆饰之"额黄"。明灭：隐现明灭的样子。金明灭：形容阳光照在屏风上金光闪闪的样子。一说描写女子头上插戴的饰金小梳子重叠闪烁的情形，或指女子额上涂成梅花图案的额黄有所脱落而或明或暗。

② 鬓云：像云朵似的鬓发，形容发髻蓬松如云。度：覆盖，过掩，形容鬓角延伸向脸颊，逐渐轻淡，像云影轻度。欲度：将掩未掩的样子。香腮雪：即香雪腮，指雪白的面颊。

③ 蛾眉：女子的眉毛细长弯曲像蚕蛾的触须，故称蛾眉。

④ 弄妆：梳妆打扮，修饰仪容。

⑤ 罗襦：丝绸短袄。

⑥鹧鸪：这里指贴绣上去的鹧鸪图，是当时的衣饰，就是用金线绣
　　好花样，再绣贴在衣服上，谓之"贴金"。

【名句】

小山重叠金明灭，鬓云欲度香腮雪。

菩萨蛮

唐·温庭筠

蕊黄①无限当山额，宿妆隐笑②纱窗隔。相见牡丹时③，暂来
还别离。

翠钗金作股，钗上蝶双舞④。心事竟谁知，月明花满枝。

【题解】

这首词以景结情，意境蕴藉，语言贴合温词造语精工、密丽浓艳的
风格。上片写暮春相聚时的欢愉时光。相聚短暂，离别匆匆，更显得相
聚时光极其珍贵。下片写女主人公见制成双蝶飞舞图样的金钗而思及自
身，可这幽微的心事无人知道。末一句"月明花满枝"是一句妙语，突
然由心事而宕开一笔写窗外之景，实则是欲盖弥彰，有言有尽而意无穷
之余味。这一句也是词篇最为人称道的一句。

【注释】

①蕊黄：即额黄。古代妇女化妆主要是施朱傅粉，六朝至唐，女妆常

用黄色点额，因似花蕊，故名。

②宿妆：隔夜的妆饰。隐笑：浅笑。

③牡丹时：牡丹开花的时节，即暮春。

④蝶双舞：钗头所饰双蝶舞的图形。

杨柳枝

唐·温庭筠

井底点灯深烛伊，共郎长行莫围棋。
玲珑骰子安红豆，入骨相思知不知。

【题 解】

　　红豆，一名相思子，而骰子多为骨制。以骰子安红豆来喻入骨相思，纯用寻常事物作比喻，设想机巧，别开生面。但读来不觉晦涩，反而觉得"眉目清秀"，饶有风趣。这种双关修辞手法，用得巧妙，别有情致，但寓意深刻。

更漏子

唐·温庭筠

玉炉香，红蜡泪，偏照画堂①秋思。眉翠薄，鬓云②残，夜长衾③枕寒。

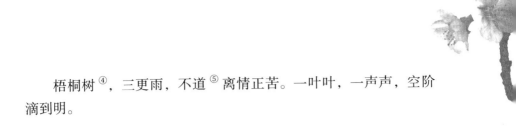

梧桐树④，三更雨，不道⑤离情正苦。一叶叶，一声声，空阶滴到明。

【题 解】

这首词借"更漏"夜景抒写思妇的离愁。上片写室内物象，虽是温暖祥和的场景，但孤独的思妇辗转难眠而容颜不整，鬓发散乱，忍受着枕衾间的寒冷与痛苦。下片通过写思妇在室内听到室外的雨声来描摹人物的心情。全词从室内物象到室外雨声，从视觉到听觉，从实到虚，构成一种浓郁的愁境。上片辞采密丽，下片疏淡流畅，一密一疏，一浓一淡，情感变化发展自然。宋人胡仔《苕溪渔丛话》后集卷十七曰："庭筠工于造语，极为绮靡，《花间集》可见矣。《更漏子·玉炉香》一首尤佳。"

【注 释】

①画堂：华丽的内室。

②鬓（bìn）云：鬓发如云。

③衾（qīn）：被子。

④梧桐树：落叶乔木，古人以为是凤凰栖止之木。

⑤不道：不管，不理会的意思。

【名 句】

一叶叶，一声声，空阶滴到明。

嫦　娥

唐·李商隐

云母屏风^①烛影深，长河渐落晓星沉。
嫦娥应悔偷灵药，碧海青天夜夜心。

【题 解】

就内容而论，这是一首咏嫦娥的诗。有人认为是歌咏意中人的私奔，有人认为是直接歌咏主人公处境孤寂，有人认为是借咏嫦娥另有寄托……此处，姑且当作歌咏幽居寂处，终夜不眠的女子。以此而论，着实写得贴情贴理，语言含蕴，情调感伤。

【注 释】

①云母屏风：装饰着云母的屏风。

【名 句】

嫦娥应悔偷灵药，碧海青天夜夜心。

夜雨寄北

唐·李商隐

君问归期未有期，巴山^①夜雨涨秋池。

何当共剪西窗烛，却^②话巴山夜雨时。

【题解】

  此诗是李商隐身居遥远的巴蜀写给在长安的妻子的一首抒情七言绝句。李商隐的爱情诗多以典雅华丽、深隐曲折取胜。诗人在巴山雨夜中思念妻子，对妻子充满了深深的怀念之情。诗人用朴实无华的文字，写出他对妻子的一片深情，亲切有味。全诗构思新巧，自然流畅，跌宕有致。其中"何当共剪西窗烛，却话巴山夜雨时"，是千古传诵的名句。

【注释】

  ①巴山：泛指巴蜀之地。
  ②却：还，再。

【名句】

  何当共剪西窗烛，却话巴山夜雨时。

无 题

唐·李商隐

  相见时难别亦难，东风无力百花残。
  春蚕到死丝方尽，蜡炬成灰泪始干。
  晓镜但愁云鬓改^①，夜吟应觉月光寒。
  蓬山^②此去无多路，青鸟殷勤为探看^③。

【题 解】

　　这是一首感情深挚、缠绵委婉、咏叹忠贞爱情的诗篇。诗人情真意切而又含蓄蕴藉地写出了浓郁的离别之恨和缠绵的相思之苦。"春蚕到死丝方尽，蜡炬成灰泪始干"体现了爱情的坚贞，意境新奇，诗味隽永，已成千古传诵的名句。李商隐在诗歌史上的一个重要贡献，是创造性地丰富了诗的抒情艺术。他的诗歌创作，常以清词丽句构造优美的意象，寄情深微，意蕴幽隐，富有蒙眬婉曲之美。

【注 释】

　　①镜：照镜，用作动词。但：只。云鬓：青年女子的头发，指代青春年华。
　　②蓬山：指海上仙山蓬莱山。此处指想念对象的住处。
　　③青鸟：传说中西王母的使者，有意为情人传递消息。殷勤：情谊深厚。看：探望。

【名 句】

　　春蚕到死丝方尽，蜡炬成灰泪始干。

日　射

唐·李商隐

　　日射纱窗风撼扉，香罗拭手春事违。
　　回廊四合掩寂寞，碧鹦鹉对红蔷薇。

【题 解】

　　这首抒情诗写的是空闺少妇的怨情。与其他闺怨诗的不同之处在于，它避开正面抒情，没有一个字涉及怨情，只是在那位闺中少妇无意识地搓弄手中罗帕的动作中，微微透露出那么一点儿百无聊赖的幽怨气息。整首诗致力于用环境景物的描绘来渲染气氛。从情绪化的景物与环境描写中可以读出主人公面对韶华流逝伤感索寞的心理，通篇色彩鲜丽而情味凄冷，以丽笔写哀思，有冷暖相形之妙。

无 题

唐·李商隐

八岁偷照镜，长眉已能画。

十岁去踏青，芙蓉作裙衩。

十二学弹筝，银甲^①不曾卸。

十四藏六亲^②，悬知犹未嫁。

十五泣春风，背面秋千下。

【题 解】

　　这首诗描写了一位恨嫁的姑娘。诗篇记录了从姑娘八岁开始懂得打扮自己直到待字闺中的一段生活经历，用各个年龄阶段的一个细节来突出姑娘的成长。最末一句是全诗的主题，可以说前面这段长长的生活记录都是为了最后的恨嫁主题作铺垫。姑娘聪明早慧，可到了十五岁还没有出嫁，不免有些红颜自伤，又无人可以诉说心事，只能背对秋千饮泣。

【注 释】

① 银甲：银制的假指甲，套于手指上，用以弹筝或琵琶等弦乐器。

② 藏：躲避。六亲：指最亲密的亲属。古代礼教强调男女有别，女孩子稍稍长大，就须回避男性，即使是自己的近亲。

无 题

唐·李商隐

昨夜星辰昨夜风，画楼西畔桂堂东①。
身无彩凤双飞翼，心有灵犀②一点通。
隔座送钩③春酒暖，分曹射覆烛灯红④。
嗟余听鼓应官去⑤，走马兰台⑥类转蓬。

【题 解】

这是一首恋情诗。诗人追忆昨夜参与的一次贵族之家后堂之宴，遇到有情人，这份感情却只能意会而不能言传由此产生的惆怅和迷茫之感。首联以曲折的笔墨写昨夜的欢聚。这个春风沉醉的夜晚，一切都显得温馨和谐。颔联写诗人已与意中人分开，尽管自己不能飞到她身边，但是彼此的心意却息息相通。"身无"与"心有"，一外一内，一悲一喜，将相爱而又厮守的恋人间的微妙心态刻画得细致入微。接下来，诗人又把笔墨转向热闹的聚会，但是诗人似乎融入不进欢乐的气氛中，想到自己听到更鼓报晓之声就要去当差，在宦海中浮浮沉沉就像蓬草随风飘舞，顿生漂泊之感。全诗将一份扑朔迷离的感情融入漂泊的身世之感中，基调沉郁深切，读后余音不尽。

【注 释】

① 画楼、桂堂：都是比喻富贵人家的屋舍。

② 灵犀：旧说犀牛有神异，角中有白纹如线，直通两头。

③ 送钩：也称藏钩。古代腊日的一种游戏，分二曹以较胜负。把钩互相传送后，藏于一人手中，令人猜。

④ 分曹：分组。射覆：在覆器下放着东西令人猜。分曹、射覆未必是实指，只是借喻宴会时的热闹。

⑤ 鼓：指更鼓。应官：犹上班。

⑥ 兰台：古代官职名，即秘书省，掌管图书秘籍。李商隐曾任秘书省正字。

【名 句】

身无彩凤双飞翼，心有灵犀一点通。

无　题

唐·李商隐

来是空言去绝踪，月斜楼上五更钟。
梦为远别啼难唤，书被催成墨未浓。
蜡照半笼金翡翠，麝薰微度绣芙蓉。
刘郎已恨蓬山远^①，更隔蓬山一万重。

【题 解】

这是一首情诗，抒写诗人对远方情人的思念之情。二人远别经年，诗人夜来梦到伊人，却很快醒来，梦境难唤回。在强烈的惆怅和相思之下，立刻修书寄远，因为心情急切，墨都没有研好。这些不正常的现象都反映了诗人对不能见面的伊人刻骨的相思。诗的后面四句回忆两人往昔的爱情生活，更感慨一切成了幻梦，自己和情人相隔太远，恐怕再难相遇。最后两句抒写天涯阻隔之恨，恨极而出奇语，提升了全诗的艺术价值，历来为人称道。

【注 释】

① 刘郎：相传东汉明帝永平五年，刘晨、阮肇入山采药，迷不得出，遇二女子，邀至家留居半年才还，后人以此典喻艳遇。蓬山：即蓬莱山，泛指仙境。

【名 句】

刘郎已恨蓬山远，更隔蓬山一万重。

锦 瑟

唐·李商隐

锦瑟无端五十弦①，一弦一柱思华年。
庄生晓梦迷蝴蝶②，望帝春心托杜鹃③。
沧海月明珠有泪④，蓝田⑤日暖玉生烟。
此情可待成追忆，只是当时已惘然。

【题 解】

　　《锦瑟》可以说是李商隐最著名的一首代表作。关于这首诗的主题历来莫衷一是，或以为是悼亡之作，或以为是自比文才之论，或以为是抒写思念侍儿锦瑟，但以悼亡之作支持者最多。李商隐一生经历坎坷，他的爱恨情仇郁结中怀，发为诗句，忧伤要眇，往复低回，感人至深。诗中大量借用庄生梦蝶、杜鹃啼血、沧海珠泪、暖玉生烟等典故，采用比兴手法，运用联想与想象，把听觉的感受转化为视觉形象，以片段意象的组合创造出蒙眬的境界，从而借助可视可感的诗歌形象来传达其真挚浓烈而又幽约深曲的深思。这首诗最值得称道的是末尾两句"此情可待成追忆，只是当时已惘然"，此句表达出了对过去没有珍惜感情而后物是人非惆怅不已的悔恨之意。

【注 释】

① 无端：没来由，无缘无故。五十弦：古瑟弦数不同，五十弦为天神所用。

② 此句典出庄周梦蝶的故事，以言人生如梦，往事如烟之意。

③ 望帝春心托杜鹃：《华阳国志·蜀志》载："杜宇称帝，号曰望帝。……其相开明，决玉垒山以除水害，帝遂委以政事，法尧舜禅授之义，遂禅位于开明。帝升西山隐焉。时适二月，子鹃鸟鸣，故蜀人悲子鹃鸟鸣也。"子鹃即杜鹃，又名子规。

④ 珠有泪：《博物志》载："南海外有鲛人，水居如鱼，不废绩织，其眼泣则能出珠。"

⑤ 蓝田：《元和郡县志》载："关内道京兆府蓝田县：蓝田山，一名玉山，在县东二十八里。"

【名 句】

此情可待成追忆，只是当时已惘然。

寄房千里博士

唐·许浑

春风白马紫丝缰，正值蚕眠未采桑。
五夜有心随暮雨，百年无节待秋霜。
重寻绣带朱藤合，更忍罗裙碧草长。
为报西游减离恨，阮郎才去嫁刘郎^①。

【题 解】

这首诗背后有一个关于背叛的爱情故事，但是不同于流俗，这次是女方违背了契约。唐代有一个书生叫房千里，他中进士后到五岭以南一个偏远的地方游玩，他的朋友韦滂为他介绍了一位赵姓女子作妾。不久房千里应召回京做官，只好与赵氏女分别。离别时，房千里约好回来娶赵氏的，并作诗《寄妾赵氏》："鸾凤分飞海树秋，忍听钟鼓越王楼。只应霜月明君意，缓抚瑶琴送我愁。山远莫教双泪尽，雁来空寄八行幽。相如若返临邛市，画舸朱轩万里游。"可见房千里对赵氏一往情深。后来房千里一直没有机会回到故地，恰好他在襄阳遇到了许浑，知道许浑要去那个地方，就拜托许浑帮他去打听赵氏的消息。许浑到了之后才知道，这位赵氏女见房千里一直没有回来，已经改变初衷跟随了韦滂。许浑只好写了这首《寄房千里博士》，委婉地告知他实情。

【注 释】

① 此句用刘晨、阮肇的典故。据南朝刘义庆《幽明录》记载：汉明帝永平五年，剡县刘晨、阮肇同入天台山采药，迷路难返。十几日间，粮尽采桃为食，后渡水过山，遇到两名女子。女子直呼刘、阮二人姓名，言"郎来何晚也？"刘、阮欣喜，应邀至其家，得酒食款待，

丽姝相陪，二人乐而忘返。居半年，怀乡返归，亲旧零落，邑屋改异，子孙已历七世。晋太康八年，二人又去寻仙，但不知去向。本诗中以刘晨、阮肇代指房千里和韦滂。

宫　怨

唐·司马扎

柳色参差掩画楼，晓莺啼送满宫愁。
年年花落无人见，空逐春泉出御沟。

【题解】

这首诗题为"宫怨"，却没有出现宫女的形象，而是运用象征手法，通过宫苑景物和环境气氛的描写，烘托出宫女的愁怨之情。

宫　词

唐·朱庆馀

寂寂花时闭院门，美人相并立琼轩[①]。
含情欲说宫中事，鹦鹉前头不敢言。

【题解】

在这幅以"花时"、"美人"、"琼轩"、"鹦鹉"组成的风光旖旎的图画背后，却是一个罗网密布的恐怖世界，生活在其中的宫人不但被夺去了青春和幸福，就连说话的自由也没有。这首别开生面的宫怨诗，表达的并不是风花雪月的闲愁伤春，而是对宫内环境森严，危机四伏，必须慎言的反映。

【注释】

① 琼轩：对廊台的美称。

【名句】

含情欲说宫中事，鹦鹉前头不敢言。

陇西行 四首选一

唐·陈陶

其 二

誓扫匈奴不顾身，五千貂锦 ① 丧胡尘。
可怜无定河 ② 边骨，犹是深闺 ③ 梦里人。

【题解】

《陇西行》共四首，这是第二首，也是最著名的一首。诗的首二句写将士忠勇，伤亡很多；末二句写阵亡将士的妻子，不知道丈夫已经牺牲，还在日夜盼望他归来团聚。这两句历来被人称道，以"无定河边骨"与"深闺梦里人"比照，虚实相对，用意工妙。用深闺的痴情和战死的残酷形成落差，使全诗产生震撼心灵的悲剧力量，诗情凄楚，读来让人潸然泪下。

【注释】

① 貂锦：这里指战士。
② 无定河：河流名，在陕西北部。
③ 深闺：这里指战死者的妻子。

【名句】

可怜无定河边骨，犹是深闺梦里人。

嘲钟陵妓云英

唐·罗隐

钟陵醉别十余春，重见云英掌上身。
我未成名卿未嫁，可能俱是不如人。

【题 解】

　　罗隐一生怀才不遇。他"少英敏，善属文，诗笔尤俊"（《唐才子传》），却屡次科场失意。此后转徙依托于节镇幕府，十分潦倒。罗隐当初以寒士身份赴举，路过钟陵县（今江西进贤县），结识了当地乐营中一个名叫云英的歌妓。大约十二年之后他再度落第路过钟陵，又与云英不期而遇。云英对其依然是布衣身份深感惊诧，罗隐对她仍隶名乐籍，未脱风尘，也觉得不胜感慨，便写了这首诗赠她。

　　诗的首句回忆往事。十二年前，我还是一个意气风发的少年；你也正值妙龄，当年彼此互相倾慕，酒逢知己千杯少，酒醉人，情更醉人。十余年后再见，我老于功名，一事无成，而你也人近中年，仍孤身一人。你依然有婀娜的身材，而我也有满腹才华，却都没有得到想要的生活，或许是我们俩确实都不如人吧。这最末一句看似自嘲的语气里充满了抑郁不平之气和无奈之感。作者借赞美云英出众的风姿，也暗况自己有过人的才华。赞美中包含着对云英遭遇的不平，连及自己，又传达出一腔傲岸之气。同是天涯沦落人，相逢如若曾相识，那是一种怎样的尴尬和同情，或许只有自嘲方能给两人受伤的心灵带来一丝抚慰吧。

寄　人

唐·张泌

别梦依依到谢家①，小廊回合曲阑斜②。
多情只有春庭月，犹为离人③照落花。

【题 解】

　　此诗是作者与情人别后的寄怀诗，描写梦境及梦醒后的情景，写出

了诗人的相思之深切与苦怨。诗的前两句写梦中再现当年环境和往日欢情，表明自己思念之深；后两句是埋怨伊人无情，鱼沉雁杳。以明月有情，寄希望于对方，含蓄深厚，曲折委婉，真切感人。清人李良年《词坛纪事》记载这首诗的本事："张泌仕南唐为内史舍人。初与邻女浣衣相善，作《江神子》词……后经年不复相见，张夜梦之，写七绝云云。"

【注 释】

① 谢家：泛指闺中女子。因李德裕之妾谢秋娘等皆有盛名，故后人多以此代指闺中女子。

② 回合：回环，回绕。阑：栏杆。

③ 离人：这里指寻梦人。

江陵愁望寄子安

唐·鱼玄机

枫叶千枝复万枝，江桥掩映暮帆迟。
忆君心似西江水，日夜东流无歇时。

【题 解】

鱼玄机是唐代著名女诗人。她与才子李亿有过一段凄婉的感情。后来遭李亿抛弃，出家为道士。诗篇首句以秋景起兴。秋风萧瑟，容易触动人的愁怀。"千枝复万枝"，是以枫叶之多写愁绪之重。秋日的黄昏，独自伫立江边，看着帆船由远及近最终都消失在桥的那一边，守望的失落让内心的相思更加浓重。这刻骨的相思就像眼前的西江水，日夜奔流从未有止歇。这首诗在题目中明确指出是写给子安即李亿，可见鱼玄机对李亿用情之深。

赠邻女

唐·鱼玄机

羞日遮罗袖，愁春懒起妆。
易求无价宝，难得有心郎。
枕上潜垂泪，花间暗断肠。
自能窥宋玉^①，何必恨王昌^②？

【题 解】

《赠邻女》是唐代女诗人鱼玄机的作品。此诗写于唐懿宗咸通四年（863）的冬季，是鱼玄机在咸宜观当道士时所写，用至情之语，表达了她对李亿无情的怨恨。此诗以无价宝比有情郎，阐述了女子对爱情的重视和追求；以易求反衬难得，诉说了爱情追求的艰难与痛苦。诗人以自己切身的生活经验得出这一精警的结论。结语句"自能窥宋玉，何必恨王昌"，暗示自己要与过去感情一刀两断，开始更好的新生活。全诗格调哀婉，含蕴深刻，不愧为传世名篇。

【注 释】

① 宋玉：战国时期辞赋家，屈原弟子，作品有：《九辩》、《风赋》、《高唐赋》、《神女赋》、《登徒子好色赋》等。

② 王昌：三国时期人，官散骑常侍，姿容俊美。后人常以此代指意中人。

【名句】

易求无价宝，难得有心郎。

闺　怨

唐·鱼玄机

靡芜①盈手泣斜晖，闻道邻家夫婿归。
别日②南鸿才北去，今朝北雁又南飞。
春来秋去相思在，秋去春来信息稀③。
扃④闭朱门人不到，砧声何事透罗帏。

【题解】

　　鱼玄机出家后，对夫君李亿仍旧一往情深，写下许多怀念他的诗。本诗中形象生动地刻画出一位倚门企盼情人归来的思妇形象，"北雁又南飞""秋去春来"，可是情人却无半点消息，于是思妇心中幽怨捣衣的砧声扰乱心绪，表现了女子孤零一人黯然神伤的情愫。

【注释】

　　①靡（mí）芜：草名，其茎叶糜弱而繁芜。古乐府《上山采靡芜》：
　　　　"上山采靡芜，下山逢故夫。"诗中表现弃妇哀怨之情。
　　②别日：他日，指去年秋天离别之日。
　　③信息稀：一作"信息违"。
　　④扃（jiōng）：门窗上之插关。

【名句】

扃闭朱门人不到，砧声何事透罗帏。

闺 情

唐·韩偓

轻风的砾动帘钩，宿酒初醒懒卸头。
但觉夜深花有露，不知人静月当楼。
何郎烛暗谁能咏^①？韩掾香焦亦任偷^②。
敲折玉钗歌转咽，一声声入两眉愁。

【题 解】

　　这首七律描写了一位女子对情人的思念之情。首联写女子"宿酒初醒"后，在月下楼头徘徊的情景，表现出她内心的孤独迷惘。接下来，诗人更加深入具体地展现了女子的忧伤和满腹心事。她站在楼头，觉得夜深露重，见月光更觉自己的寂寞。颔联运用何郎和韩寿的典故道破女子满腹心事——原来是相爱的男子突然离去才让她这般愁闷。她拔下头上的玉钗敲击栏杆，应着节拍轻轻唱起倾诉离情的歌曲，情到深处，玉钗折断，女子也呜咽起来。至此，一位因情人离去而痛苦万分，在孤独中悲愤不已的女子形象更加清楚地出现在读者面前。

　　这首《闺情》，抒情主人公形象鲜明生动，诗情凄切动人，这首诗或有政治寄托，不作深入分析则浑然不觉，正可谓寄兴精微，托意遥深。

【注释】

① 何郎烛暗：典出南朝何逊《临行与故游夜别》一诗："历稔共追随，一旦辞群匹。复如东注水，未有西归日。夜雨滴空阶，晓灯暗离室。相悲各罢酒，何时同促膝。"何郎指三国魏驸马何晏，其人仪容俊美，平日喜修饰，行步顾影，人称"傅粉何郎"，后即以"何郎"称喜欢修饰或面目姣好的青年男子。"何郎烛暗"指代离别。

② 此句用西晋韩寿的故事。据《世说新语·溺惑》记载，韩寿美姿容，贾充辟以为掾。贾充之女爱上韩寿，二人偷情后，贾女把贾充所藏奇香赠与韩寿。后贾充根据韩寿身上的香气知道二人情事，将女儿嫁给韩寿。后世把"韩掾香焦"用作男女偷情的典故。

已　凉

唐·韩偓

碧阑干外绣帘垂，猩色①屏风画折枝。
八尺龙须②方锦褥，已凉天气未寒时。

【题解】

　　韩偓《香奁集》里多写的是男欢女爱的诗歌，这首《已凉》最为脍炙人口。全诗构思精巧，笔意含蓄。通篇没有一个字涉及"情"，也没有出现任何主人公，纯然借助环境景物来渲染人的情思，耐人玩味。诗中只是向我们展现一间华丽精致的卧室。这位贵家少妇的金闺绣户装饰华美，色彩浓艳。翠绿的栏槛，猩红的画屏，门帘上的彩绣，被面的锦缎光泽，合组成一派旖旎温馨的气象，不仅增添了卧室的华贵气势，还为主人公的闺情绮思酝酿了合适的氛围。朱漆屏风上雕绘着的折枝图，席子上的被子都暗示秋凉将近，枝叶凋零。诗篇结尾一句"已凉天气未寒时"暗合前面两句，写出季节的变化。我们由此可以想到香闺的主人是否也处在红颜将衰的担忧中？

【注 释】

①猩色：猩红色。
②龙须：灯芯草。这里指灯芯草编成的席子。

春宫曲

唐·韩偓

昨夜风开露井^①桃，未央^②前殿月轮高。
平阳歌舞新承宠^③，帘外春寒赐锦袍。

【题 解】

这首诗是对时事的影射。诗人从一个失宠宫人的角度，借汉武帝宠幸卫子夫、遗弃陈皇后的一段情事，来批评唐玄宗宠纳杨玉环。诗人以汉喻唐，为自己的讽刺诗罩上了一层"宫怨"的烟幕。诗人不直写宫怨，而是通过描述新人受宠的情状，来突出自己失宠的凄凉。诗写春宫之怨，却无怨语怨字，明写新人受宠的情状，暗抒旧人失宠之怨恨。全诗明暗清晰，言近意远。

【注 释】

① 露井：指没有井亭覆盖的井。

② 未央：即未央宫，汉代宫殿名，汉高祖刘邦所建。这里代指唐宫。

③ 平阳歌舞：平阳公主家中的歌女，即卫子夫。新承：一作"承新"。

忆江南

唐·牛峤

衔泥燕，飞到画堂前。占得 ① 杏梁 ② 安稳处，体轻唯有主人怜，堪羡好因缘 ③ 。

【题 解】

这首词借物咏怀，表达了女主人公对美满爱情的追求。开头三句是引子，写燕子筑巢的全过程，"衔"、"飞"、"占"三组动词一气呵成，为后面的感慨作了铺垫。之后由燕子得主人的怜爱，而于羡慕之中流露出自伤之情。借燕子来抒发女子的怨情。看燕子筑巢而想到自身，形单影只无人爱恋，羡慕梁间燕子的恩爱。

【注 释】

① 占得：占据。

② 杏梁：用杏树所做的屋梁，泛指优质木材所做的梁柱。

③ 因缘：指双燕美好的结合。

采莲子

唐·皇甫松

船动湖光滟滟①秋（举棹）②，贪看年少信③船流（年少）。
无端隔水抛莲子（举棹），遥被人知半日羞（年少）。

【题解】

这首词通过写少女采莲时的动作神态反映出少女萌动的初恋情愫。词牌是《采莲子》，可是作者没有描写采莲子的过程，也没有描写采莲女的容貌服饰，而是通过采莲女的眼神、动作和一系列内心独白，表现她热烈追求爱情的勇气和初恋少女的羞涩心情。整首词清新爽朗，音调和谐，既有文人词含蓄委婉、细腻华美的特点，又有民歌里那种大胆直率的朴实风格，自然天成，别有情趣。

【注释】

①滟滟：形容水波闪动的样子。
②词中括号内的"举棹"、"年少"是歌唱时众人的和声。
③信：随意。

谒金门

唐·薛昭蕴

春满院，叠损①罗衣金线。睡觉水精帘未卷，帘前双语燕。

斜掩金铺一扇，满地落花千片。早是相思肠欲断，忍教频梦见。

【题解】

这首词写闺中女子春日午后的闲情幽思。词篇首先塑造了一个慵懒的女子形象。"春满院"点明时间，"叠损罗衣金线"是说女子午睡和衣而卧，衣服都没有脱换，可见其慵懒。睡前帘子也没有卷，帘前有一对燕子正在啼叫。窗外落花纷纷，用花落暗喻自己也是容颜易老。最末两句是词篇的点睛之笔，用女子的撒娇抱怨道破原来这一切都是因为相思二字。全词句句写醒后相思，却又句句衬梦里相见。词篇描写幽微细致，委婉深切，女子的情态和思绪生动可见，意境情韵悠长。结句"早是相思肠欲断，忍教频梦见"常被深陷相思之苦中的人们所引用。

【注释】

① 叠损：写女子和衣而卧，罗衣叠压在一起失去了原来的样子。

浣溪沙

唐·薛昭蕴

红蓼①渡头秋正雨，印沙鸥迹自成行，整鬟②飘袖野风香。
不语含嚬深浦里③，几回愁煞棹船郎④，燕归帆尽水茫茫。

【题解】

这首词概写水乡秋色风情，先勾画了渡头秋雨、红蓼一片，水边沙上鸥迹成行的水乡秋景；之后写一个少女停舟于深浦之中，不语含嚬，清风拂袖，整鬟飘香，而愁煞棹船郎。词的上片三句给读者在听觉、视觉、嗅觉方面营造了渡头苍凉寂寞的环境。下片点明了怀人的主题，暗示了佳人的痴情和痛苦。结尾宕开一笔，抛开情而再写景，饶有余味，既合水乡秋景，又关人物心情，景情俱佳。

【注 释】

① 红蓼（liǎo）：开红花的水蓼。蓼：一年生草本植物，多生于水中，味苦，可作药用。

② 整鬟：梳理发鬟。

③ 含嚬：愁眉不展。浦：水滨。

④ 愁煞（shà）：愁极了。棹（zhào）船郎：撑船人，即船夫。

浣溪沙

唐·韦庄

夜夜相思更漏残，伤心明月凭栏干，想君思我锦衾^①寒。咫尺画堂^②深似海，忆来唯把旧书看，几时携手入长安？

【题 解】

这是唐代词人韦庄的一首爱情词，写缠绵悱恻的相思。伊人去后，词人夜夜相思，感叹身在蜀地不能自由，不知何日再在长安相聚。全篇叙离别相思之情，含欲言不尽之意。据说韦庄的爱情诗词均有特定的指向。沈雄《古今词话》记载："韦庄为蜀王所羁。庄有爱姬，姿色艳美，兼工词翰。蜀王闻之，托言教授宫人，强夺之去。庄追念悒怏，作《荷叶杯》、《浣溪沙》诸词，情意凄怨。"俞陛云《唐五代两宋词选释》也认为："端己相蜀后，爱妾生离，故乡难返，所作词本此两意为多。此词冀其'携手入长安'，则两意兼有。端己哀感诸作，传播蜀宫，姬见之益恸，不食而卒。惜未见端己悼逝之篇也。"诗词中，韦庄对爱姬的爱之深切可见一斑。

【注 释】

①锦衾：丝绸被子。
②咫尺：比喻距离很近。画堂：泛指华丽的堂舍。

浣溪沙

唐·韦庄

清晓妆成寒食天^①，柳球斜袅间花钿^②，卷帘直出画堂前。
指点牡丹初绽朵，日高犹自凭朱栏，含嚬^③不语恨春残。

【题 解】

这首词写一位怀春女子的感春伤怀。上片写女子装扮。用"清晓妆成寒食天"点明了时间，"柳球斜袅间花钿"写女子的装束，除惯常的花钿之外，还插戴着清明时特有的头饰柳球，装扮入时，身段婀娜。"卷帘直出画堂前"写女子卷帘而出，一个"直"字可见她动作利落，爱春心切，迫不及待走出画堂。下片主要写女子的伤感。她欣赏过鲜花后，日到中午还独自一人凭栏不归，从表层理解是爱春情深，深一层则暗示女子满腹心事。"含嚬不语恨春残"写女子的神态,一改前面欢快的情绪,因春残而突然伤感。以此句收拢全章,言有尽而意无穷,引人无限遐想。

【注 释】

① 清晓:清晨。寒食:寒食节,节令名,一般在清明节前一天或两天。
② 柳球:妇女头上的一种装饰品,多在春天插戴。间:相隔,相间,动词。袅:摇曳状。花钿:嵌金之花状头饰。
③ 嚬:同"颦",皱眉。

浣溪沙

唐·韦庄

惆怅梦余山月斜,孤灯照壁背红纱,小楼高阁谢娘家①。
暗想玉容何所似?一枝春雪冻梅花,满身香雾簇②朝霞。

【题 解】

这首词倾诉词人对一位美人的倾慕和赞美。词人半梦半醒之间,看见山月斜照,孤灯荧荧,心感惆怅。纱帐外边伊人背对孤灯,看不清面目。伊人容貌怎样?"一枝春雪冻梅花,满身香雾簇朝霞"!这两句真乃神来之笔。借梅花而写女子。"一枝春雪冻梅花"写被雪覆盖的梅花高雅脱俗,春意微露。明人沈际飞评注曰:"'一枝'句,冷艳绝伦。""满身香雾簇朝霞",则显雪中赏红梅的蒙眬之美态,红梅艳艳,在蒙眬的雪舞之中,红白色彩对比,造就强烈的冲击力。

【注 释】

① 谢娘家：或称谢家，指唐代谢秋娘家，唐宋词中多指所恋女子的家。

② 簇：簇拥。

【名 句】

一枝春雪冻梅花，满身香雾簇朝霞。

菩萨蛮

唐·韦庄

红楼①别夜堪惆怅，香灯半卷流苏帐。残月出门时，美人和泪辞。琵琶金翠羽②，弦上黄莺语。劝我早归家，绿窗人似花。

【题 解】

这一首词当为韦庄为追怀爱姬所作，写他与爱姬离别时的情状。词的上片写离别之夜，爱人和泪送行的动人情景。"残月"、"和泪辞"营造了一种凄凉幽怨的氛围，二人难舍难分之状如在眼前。词的下片写客地思归，由听到琵琶声想到所爱之人正倚窗远望，等候自己归去。其中"绿窗人似花"句，短短五字，画就美人倚窗而思的剪影。纵观词篇，"似直而纡，似达而郁，最为词中胜境"的词评，真谓一语中的！

【注 释】

① 红楼：有钱人家装饰华美的楼宇。

② 金翠羽：用翡翠和羽毛制成的装饰品。

思帝乡

唐·韦庄

　　春日游，杏花吹满头。陌上谁家年少，足①风流？妾拟将身嫁与，一生休②。纵被无情弃，不能羞③。

【题解】

　　这是韦庄写的一首小令，抒写女子对婚姻的强烈渴望。作者以清新明朗的笔触，勾勒出了一位热烈追求爱情的女子形象。女子见春天杏花落而伤自身，发出大胆的宣言：哪位少年快来娶我吧，我愿意一辈子和你相守，即使被你抛弃了也不在乎。这种无条件的对爱的渴望，热烈奔放，感人至深。词篇语言质朴，带有浓郁的民歌风味，在花间词中实属异类。

【注释】

　　① 足：足够，十分。
　　② 一生休：这一辈子就算了。
　　③ 这两句是说即使被遗弃，也不在乎。

女冠子

唐·韦庄

四月十七，正是去年今日，别君时。忍泪佯低面①，含羞半敛眉②。不知魂已断，空有梦相随。除却天边月，没人知。

【题 解】

这首词在《草堂诗余别集》中题作《闺情》，写女子追忆与情人的相别以及别后相思，抒发了闺中少女的相思之情。词句质朴率真，哀婉动人，是历来广为传诵的名篇。词的上片回忆与心上人分别，通过白描手法，生动地再现了送别时女子细腻真实的心理活动。"四月十七，正是去年今日"，确切时间脱口而出，可见女子对此事记忆之深，也可推及她自心上人离开后数着日子煎熬。"忍泪佯低面，含羞半敛眉"，"佯"是掩饰，是怕心上人看见自己流泪而牵挂担心，所以假装低头不让他看到泪水；"含羞"是别时情到浓处却无可说起，难于启齿。下片抒写别后眷念。自别后，女子整日因相思魂不守舍，只有在梦中才能见到心上人。这样的心思无人可以倾诉，唯有对月抒怀，聊以安慰。一个受相思折磨的形象似乎就站在读者眼前。

【注 释】

① 佯低面：假装着低下头。
② 敛眉：皱眉头。敛：蹙。

【名 句】

不知魂已断，空有梦相随。

女冠子

唐·韦庄

昨夜夜半，枕上分明梦见。语多时，依旧桃花面，频低柳叶眉。半羞还半喜，欲去又依依。觉来知是梦，不胜悲。

【题 解】

这首词记述了一个男子在与恋人分别后与她在梦中相见，梦醒之后独自悲伤。在梦中，他与恋人诉说着相思离愁。"语多时"，说明相思之深。"依旧桃花面，频低柳叶眉"写梦中女子的情态，一副娇羞模样惹人爱恋。"半羞还半喜，欲去又依依"写女子若即若离的神态。词笔至此，突然笔锋一转，一个"觉来"，把前面一幅温馨相会的场面洒扫得无影无踪，这一巨大的落差让主人公不禁悲从中来。

唐圭璋《唐宋词简释》评价本词，"此首通篇记梦境，一气赶下。梦中言语，情态皆真切生动。着末一句翻腾，将梦境点明，凝重而沉痛"。此词不似多数花间词之浓艳，而是在清淡中意味深远，耐得咀嚼，这也正是韦庄词的特点。

菩萨蛮

唐·敦煌曲子词

枕前发尽千般愿，要休①且待青山烂。水面上秤锤浮，直待黄河彻底枯。

白日参辰②现，北斗③回南面。休即未能休，且待三更见日头。

【题 解】

这是敦煌曲子词中的一首早期民间名作，写的是一位恋人向其所爱者所作的爱情陈词，表达他对爱情的坚贞不渝。词中使用了一连串不可能出现的现象，以此来比喻他绝不会变心。这些爱情誓言通俗易懂，且坚定有力，很有艺术感染力。这一富于独创性的表现方式，使得这首小词在婚恋词中熠熠生辉。

【注 释】

① 休：罢休，双方断绝关系。
② 参辰：星宿名。参星在西方，辰星（即商星）在东方，晚间此出彼灭，不能并见；白天一同隐没，更难觅得。
③ 北斗：星座名，以位置在北、形状如斗而得名。

【名 句】

水面上秤锤浮，直待黄河彻底枯。

望江南

唐·敦煌曲子词

莫攀我，攀我大^①心偏。我是曲江临池柳，者^②人折折那人攀，恩爱一时间。

【题 解】

　　这是唐代的一首敦煌曲子词。此词以青楼女子的口吻，奉劝男子不必多情，并以柳树自喻，表明自己沦落风尘的悲凉处境。通篇采用第一人称写出。她诉说的对象，看来是一位属意于她的青楼过客。作品开门见山，开头直截了当地奉劝那位男子不必多情。后三句写出了女子这样决绝的原因。词中用比喻的手法代替直接的叙述，是民歌惯用的手法，既贴切、形象，又符合妓女的身份，富有民歌的色彩。这首小词内容可取，结构完美，读后让人感慨，果然"真诗在民间"。

【注 释】

　　① 大：应是"太"的讹误。
　　② 者：同"这"。

春　怨

唐·金昌绪

打起黄莺儿，莫教枝上啼。
啼时惊妾梦，不得到辽西。

【题 解】

　　这首诗抒发了一位妻子对戍边丈夫的思念之情。诗篇采用侧面描写的手法，通过刻画主人公怕惊了与丈夫团圆相会的好梦而打走啼叫的黄莺这一细节，衬托出主人公的相思之情。梦未做，而先打走鸟儿，为梦

中见到丈夫做好一切准备，看似无厘头的举动实则蕴含了无尽的深情。整首诗情意深沉，境界高妙，为难得的上乘佳作。

怀良人 ①

唐·葛鸦儿

蓬鬓荆钗世所稀 ②，布裙犹是嫁时衣。
胡麻好种 ③ 无人种，正是归时不见归？

【题解】

常见的闺怨诗中的思妇多为贵族妇女，她们于百无聊赖中思念着远行的丈夫，情绪往往空虚寂寞。这首诗也是闺怨诗，但其主人公是一位贫困的妇女。她鬓云散乱，头上别着自制的荆条发钗，身上穿着当年出嫁时所穿的布裙，足见其贫困寒俭之状。胡麻即芝麻，民间传说种时必夫妇两手同种，收成可以翻倍。诗人运用流行的民间传说来写"怀良人"之情，十分贴切而巧妙。这位贫妇思念丈夫却不明说，借种芝麻来暗寓丈夫迟迟不回来。整首诗可谓言在此而意在彼，言有尽而意无穷，幽微曲折地暗合"怀良人"的题旨。

【注释】

① 良人：古代妇女对自己丈夫的称呼。
② 蓬鬓：如蓬草一样散乱的头发，形容相思之苦。语出《诗经·卫风·伯兮》："自伯之东，首如飞蓬"。荆钗：用荆条做的饰品。世所稀：贫寒的家境世上少有。

③ 胡麻：芝麻，据说只有夫妇同种才能得到好的收成。好种：正是播种的好时候。

红叶题诗

唐·宣宗宫人

流水何太急，深宫尽日闲。
殷勤谢红叶，好去到人间。

【题 解】

红叶题诗用来比喻男女之间奇特的姻缘。据唐范摅《云溪友议》载：唐代中书舍人卢渥，赶考的那一年路过一条通往皇宫的沟渠，看到水里面漂着一片叶子，他便捡起来把玩。没想到这不是一片普通的树叶，因为叶子上题有绝句。卢渥觉得很有意思，就把这片叶子收藏了。后来皇帝准许一批宫女出宫，卢渥有幸娶到其中一名宫女。有一次，卢渥又拿出这片神奇的树叶向宫女讲述这片叶子的来历，宫女见后十分惊讶，原来这竟然是她多年前随手涂鸦的一片叶子，二人不禁唏嘘。真可谓一段美妙佳话，难怪这个故事被安在不同的文人身上大书特书，卢渥、顾况、李茵都曾经是这个故事的当事人。至于谁才是真正的有缘人，今人已无法考证了，不过红叶题诗的奇特姻缘却代代流传。宫女为排遣宫中无聊而发闲情，题诗于红叶，不曾想那个看到题叶诗的却是此生有缘人。真是一生姻缘早注定。

竹枝词

唐·佚名

青丝缨络^①结齐眉，可可年华十五时。
窥面已知侬未嫁，鬓边犹见发双垂^②。

【题 解】

这是一首恨嫁诗。头发是女子青春的见证，特定的发型还是年龄和婚姻状况的标签。古代女子到十五岁时，要举行笄礼，把头发盘成发髻再插上簪子，表示成年。《礼记·内则》："女子十有五年而笄。""青丝缨络结齐眉"即指十五岁束发行笄礼。一般成年也往往意味着结婚成家。古代十五待字闺中的女孩子鬓发双垂，一旦订婚她就会用缨络把鬓发束起。词的三四句即写抒情女主人公很介意自己鬓发双垂，希望自己早点嫁出去。

【注 释】

① 缨络：珠玉串成的装饰物，多作颈饰。
② 发双垂：两边鬓发自然下垂。

袍中诗

唐·开元宫人

沙场征戍客，寒苦若为眠。

战袍经手作，知落阿谁边。
蓄意多添线，含情更著棉。
今生已过也，结取后生缘。

【题 解】

  唐代有宫人为军人缝制衣袍的惯例。后宫佳丽三千，大多数普通的宫女都得不到皇帝宠幸，只能被囚禁在宫中老死一生。为战士赶制衣袍是宫女们接触外界的一个机会，唐代有很多关于宫女借制衣而得到姻缘的记载。这首诗就是开元年间一位宫女藏在所制衣袍中的诗。宫女在诗文中表达了对兵士的关心和对婚姻的渴望。幸运的是唐玄宗是个开明的皇帝，他成全了宫女和兵士的好姻缘。

金锁诗

唐·僖宗宫人

玉烛制袍夜，金刀呵手裁。
锁寄千里客，锁心终不开。

【题 解】

  这也是一首宫女藏在兵士衣服里的诗，诗中写女子夜晚赶制衣袍的情景，并把一枚金锁当作信物藏在衣袍里。"锁寄千里客，锁心终不开"，宫女并不知道谁会拿到这枚信物，就像她对自己的命运也无可奈何一样，她的行为也是没有什么目的的，不抱任何希望的。但是，锁芯开了。《唐诗纪事》卷七十八记载："唐僖宗自内出袍千领，赐塞外吏士。神策军

马真，于袍中得金锁一枚，诗一首云。真就市货锁，为人所告，主将得其诗，奏闻。僖宗令赴阙，以宫人妻真。"这个故事确有其人，宫女也靠一首无心小诗改变了自己的命运。

闻夫杜羔登第

唐·刘氏

长安此去无多地，郁郁葱葱佳气浮。
良人得意正年少，今夜醉眠何处楼。

【题 解】

人们经常说"旺夫相"，是说有的女人可以让男人进步，唐代人杜羔就有幸得了这样一位贤妻。不过他的妻子旺夫不是靠的命好，而是一首首写满了鞭策和睿智的诗文。相州洹水（今河北魏县西南）人杜羔，曾多次进京赶考均失败，逐渐心灰意冷。妻子刘氏给他寄去一首诗，半是激励半是讽刺："良人的的有奇才，何事年年被放回？如今妾面羞君面，君若来时近夜来。"（《夫下第》）杜羔走到半路上，见诗后羞愧难当，当即折返京城，发愤苦学，誓夺桂冠。贞元五年（789），杜羔终于考上了进士，刘氏是既高兴又有点担心，又寄诗给丈夫，即本诗。丈夫失意时能够及时鞭策，激励丈夫重新振作；丈夫得意时候，又能用诗文提醒丈夫，以防丈夫被成功冲昏头脑，提点都正当时，用语又机智得当，得妻若此，夫实无憾。

唐代铜官窑瓷器题诗

唐·佚名

君生我未生，我生君已老。
君恨我生迟，我恨君生早。

【题解】

此诗为唐代铜官窑瓷器题诗，1974—1978年间出土于湖南长沙铜官窑窑址，后被收录在《全唐诗补编》中。驰名中外的唐代长沙铜官窑，不仅首创釉下彩瓷新工艺，而且在文学方面也给后世留下了宝贵的文化遗产。在已发现的几百件器物上题写的各种诗句数十首，基本属于流行在市井巷里的歌谣，很好地反映了唐代潭州的民俗风情。这些诗歌可能是陶工自己的创作或当时流行的里巷歌谣，其中有一些是抒写离别与相思的。如："一别行千里，来时未有期，月中三十日，无夜不相思。"写在瓷器上这种别开生面的传播方式，让这些古代的爱情以奇妙的形式保存了下来。"君生我未生"四句是节选的其中四句，表达的是一对年龄差距较大的恋人因为年龄问题而恋爱有阻碍的遗憾和无奈之情。

述 怀

唐·崔氏女

不怨卢郎年纪大，不怨卢郎官职卑。
自恨妾身生较晚，不及卢郎年少时。

【题 解】

　　关于这首诗有一个有趣的轶事。唐代有位卢校书，晚年的时候娶了一位崔姓女子为妻。崔氏年轻貌美，又有才学。老夫少妻，卢校书对这位妻子十分疼爱。这位女子觉得丈夫老虽老，但是也不令人讨厌，对自己也不错。一天，卢校书夫妻俩在书房谈论诗词，丈夫就开玩笑让妻子来写一首诗抒写自己的情怀。于是，聪敏的崔氏女便写了这首小诗。从诗的内容可以看出，夫妻俩还是非常幸福美满的，以至于妻子对丈夫有些相见恨晚。或者也可以理解为，妻子对丈夫的年龄还是有一些小小的介意。这首诗作为闺房笑话，充满生活趣味。

后宫词

唐·佚名

泪湿罗巾梦不成，夜深前殿按歌声①。
红颜未老恩先断，斜倚熏笼②坐到明。

【题 解】

　　这首诗是唐代宫人所作的怨诗。诗以自然浑成之语，传层层深入之情，语言明快而感情深沉，一气贯通而绝不平直。诗的主人公是一位不幸的宫女，她一心盼望君王的临幸而终未盼得，辗转反侧难以入睡。前殿又传来阵阵笙歌，原来君王在寻欢作乐。想到自己红颜未老，皇帝的恩宠却无端断绝，宫女濒于绝望，无法排遣愁闷，斜倚熏笼坐到天明。全诗如剥茧抽丝，步步写来，幽怨似缕而不绝。短短四句，细腻地表现了一个失宠宫女复杂矛盾的内心世界。

【注释】

① 按歌声：依照歌声的韵律打拍子。
② 熏笼：覆罩香炉的竹笼。香炉用来熏衣被，为宫中用物。

生查子

五代·牛希济

春山烟①欲收，天淡星稀小。残月脸边明，别泪临清晓。
语已多，情未了，回首犹重道：记得绿罗裙，处处怜芳草②。

【题解】

这首词写恋人相别时的缠绵之情。上片写晨景，末句方点出"别泪"，为下片"语已多，情未了"张本，用清峻委婉的语言，描摹出一种深沉悱恻的情绪。下片言行人已去，犹回首叮咛，可见眷恋之殷。结句"记得绿罗裙，处处怜芳草"以一个联想丰富的叮嘱揭示出别后难忘之情，由处处芳草之绿，而联想到人的罗裙之绿，设想似痴，而情则极挚。

【注释】

① 烟：此处指春晨弥漫于山前的薄雾。
② 此句语出南朝江总妻《赋庭草》："雨过草芊芊，连云锁南陌。门前君试看，是妾罗裙色。"

生查子

五代·牛希济

新月曲如眉，未有团圞^①意。红豆不堪看，满眼相思泪。
终日劈桃瓤，仁儿在心里^②。两朵隔墙花，早晚成连理。

【题解】

这首词写相思之情。全词充分运用双关和比兴的修辞手法，上片以
新月起兴，用月圆喻团圆，用红豆喻相思，用"仁儿在心"比喻"心中
有人"，用连理花比喻夫妻，倾诉了主人公对心上人的爱意，以及二人
生活在一起的美好愿望。全词语言质朴生动，情感纯朴真挚，带有浓厚
的民歌色彩。

【注释】

① 团圞（luán）：指月圆，此处指团圆。
② 桃瓤：即桃核，又叫桃仁。仁：与"人"谐音，桃仁在桃核里，意
  中人在心里，两句双关谐音。

南乡子 八首选一

五代·欧阳炯

其　二

画舸停桡^①，槿花篱外竹横桥。水上游人沙上女，回顾，笑指

芭蕉林里住。

【题解】

　　这首词写云南、广东一带的风土人情，词风清新，把南国风光写得富有诗情画意，引人入胜。这组《南乡子》一共八首，这是第二首，写一对年轻人爱情的萌芽。全词写景如画，写情传神。"回顾，笑指芭蕉林里住"，一个巧妙的细节描写，将少女的真率、羞涩展现得淋漓尽致。这位情窦初开的少女，欲答，又羞于答，转身走了。走了，又不甘心，却又回头顾盼，"笑指芭蕉林里住"，结句的答话，使得整首词有了灵魂，鲜活生动起来。原来，"画舸停桡"是因为有爱情萌芽，"水上游人沙上女"才是这幅南国美景图的焦点。汤显祖《花间集评》中，曾对欧阳炯《南乡子》词八首作过这样评价："诸起句无一重复，而结语皆有余思。"

【注释】

　　① 画舸：彩色的小船。桡（ráo）：桨，楫。

摊破浣溪沙

南唐·李璟

　　手卷真珠①上玉钩，依前春恨锁重楼。风里落花谁是主？思悠悠。

　　青鸟不传云外信②，丁香空结雨中愁③。回首绿波三楚④暮，接天流。

【题解】

　　这首词借抒写闺中女子莫可名状的惆怅来表达作者的愁恨与感慨，可作为闺恋词来解读。词的上片写重楼春恨，落花无主，抒发闺中女子伤春感时、无依无靠的伤感。下片进一层写女子因得不到心上人的书信而愁肠百结、迷茫苍凉的心境。全词辞语雅洁，感慨深沉，意境深远。"青鸟不传云外信，丁香空结雨中愁"对仗工整，意境优美，堪称佳句。

　　据宋人马令《南唐书》卷二十五载："李璟即位，歌舞玩乐不辍，歌师王感化尝为之连唱'南朝天子爱风流'句至再三再四以刺之，李璟遂悟，作《浣溪沙》二阕并手书以赐感化。"其中就包括这一首。如此，词中的女子春恨正是李璟对南唐受周威胁时的危苦感慨。

【注释】

　①真珠：即珠帘。
　②青鸟：传说为西王母的使者，曾为西王母传递消息给武帝。这里指带信的人。云外：指遥远的地方。
　③丁香结：丁香的花蕾。此处诗人用以象征愁心。
　④三楚：指南楚、东楚、西楚。三楚地域，说法不一。

【名句】

青鸟不传云外信，丁香空结雨中愁。

摊破浣溪沙

南唐·李璟

菡萏^①香销翠叶残，西风愁起绿波间。还与韶光^②共憔悴，不堪看。

细雨梦回鸡塞远^③，小楼吹彻^④玉笙寒。多少泪珠何限恨，倚阑干。

【题 解】

这首词悲凉凄清，情调感伤，脍炙人口，堪称李璟词篇之冠。词的上片写景，描写了一派荷花衰败的景象，传达出主人公的悲哀伤感。下片怀远思人。思妇雨夜梦醒，意境迷离。起来独自吹笙来排遣孤独，吹了许久也难以排遣内心哀愁。"多少泪珠何限恨，倚阑干"，戛然结束全词，以至淡之语，写至深之情，含蕴不尽。宋朝马令《南唐书·冯延巳传》记载："（冯）延巳有'风乍起，吹皱一池春水'之句，元宗尝戏延巳曰：'吹皱一池春水，干卿何事？'延巳曰：未如陛下小楼吹彻玉笙寒'。元宗悦。"可见李璟自己对这首词也是相当满意。

【注 释】

① 菡萏（hàn dàn）：荷花的别名。
② 韶光：美好的时光。
③ 梦回：梦醒。鸡塞：即鸡鹿塞，汉时边塞名，故址在今内蒙古境内。
　　这里泛指边塞。
④ 吹彻：吹到最后一曲。彻：大曲中的最后一遍。

【名句】

细雨梦回鸡塞远，小楼吹彻玉笙寒。

谒金门

南唐·冯延巳

风乍①起，吹皱一池春水②。闲引鸳鸯芳径里，手挼红杏蕊。
斗鸭③阑干独倚，碧玉搔头斜坠。终日望君君不至，举头闻鹊喜。

【题 解】

　　这是一首思妇词。春风乍起，吹皱一池春水，也吹动了主人公的相
思。对情人的思念使得她对周边环境十分敏感，一个微小的声音或变动
都会刺激到她的神经。主人公百无聊赖，终日盼望的人还没有回来。"举
头闻鹊喜"是一个妙笔，俗话说：喜鹊叫，行人到。主人公听见喜鹊叫，
便高兴地抬起头来朝树上看，这一动作进一步刻画出她对爱人的思念之
切。把她转忧作喜的感情变化，不仅写得跃然纸上，如见其人，而且也
使作品更有余味了。韩偓有句"无凭谐鹊语，犹觉暂心宽"，和冯延巳
这首词有异曲同工之妙，对思妇的心态描写十分到位。

【注 释】

　　①乍：忽然。
　　②这句是说风吹动春水，波纹层起，看起来像春水长了皱纹。
　　③斗鸭：古代民间有以鸭相斗为戏，众人围而观之。

【名句】

闲引鸳鸯芳径里，手挼红杏蕊。

宫　词

后蜀·花蕊夫人

三月樱桃乍熟时，内人相引看红枝。
回头索取黄金弹，绕树藏身打雀儿。

【题解】

　　这首诗是后蜀花蕊夫人所作宫词中较为朴实清新的作品。花蕊夫人，后蜀君主孟昶的妃子，五代十国女诗人，才貌双绝。少时即能文，尤长于宫词，得幸孟昶后，因容貌美艳绝伦，"花不足以拟其色，蕊差堪状其容"，所以被赐号为"花蕊夫人"。后蜀灭亡后，她又得宋太祖赵匡胤宠爱，但始终无法忘记旧主孟昶。花蕊夫人是难得的才女，留下宫词近百首。这些宫词内容上极为丰富，用语以浓艳为主，多写宫中之事，但情调不同于唐代的宫词，因为作者生活在宫中要风得风要雨得雨，备受宠爱，所以词中不见哀怨，而只有奢靡享乐。

长相思

南唐·李煜

一重山，两重山，山远天高烟水寒，相思枫叶丹。

菊花开，菊花残，塞雁高飞人未还，一帘风月闲。

【题解】

　　这首词写相思，重重山即层层恨。登高远眺，只见重山而不见离人。越望不见，相思就越深，就像这山上的红叶一样热烈深情。菊花开菊花残，秋天来又去，花开花落，大雁回归南方而离人仍然没有回来。思妇回屋独坐，眼前只有帘子随风吹动，帘外月亮高挂，这幽寂的夜晚还要继续，一腔柔情无处寄托。

采桑子

南唐·李煜

　　亭前春逐红英尽①，舞态徘徊。细雨霏微②，不放双眉时暂开。绿窗冷静芳音断，香印成灰③，可奈④情怀，欲睡朦胧入梦来。

【题解】

　　这是李煜早期的一首词作，描写少妇伤春怀人、愁思难遣的情怀。词的上片写女主人公感伤春尽、触景生愁。"红英尽"而感红颜迟暮，"舞态徘徊"写少妇思绪纷纷。词的下片写少妇独守空房寂寞寥落的情状。全词景情交相辉映，陈廷焯《别调集》中评价其词为"幽怨"，甚得精髓。

【注释】

　　① 此句意思是，春光随着红花的飘落而完结。

②霏（fēi）微：雨雪细小，迷迷蒙蒙的样子。

③香印成灰：指香烧成了灰烬。香印：即印香，打上印的香，用多种香料捣成末调和均匀制成的一种香。

④可奈：《花草粹编》中作"可赖"，即无可奈何。

河传·秋雨

五代·阎选

秋雨，秋雨，无昼无夜，滴滴霏霏①。暗灯凉簟②怨分离，妖姬③，不胜悲。

西风稍④急喧窗竹⑤，停又续，腻脸悬双玉⑥。几回邀约雁来时，违期，雁归，人不归。

【题解】

这首词写女子的秋雨闺怨。上片写秋雨连绵的环境，三句重叠，笔势劲急，透出怨情。"妖姬"二字，点出主人公之美和她无限悲怨的心理。过片则用西风渐急，摇窗喧竹，断断续续的凄厉声，加强了悲凉的音调。下片"腻脸悬双玉"顺理成章，直写粉脸垂泪的形象。最后，以随雁回来的旧约为念，而怨"雁归，人不归"，且已"几回"了，写出怨由，收束全章，结尾语气舒缓而情更急切。

【注释】

①霏：飘扬。

②簟（diàn）：竹席，席垫。

③ 妖姬：美丽的姑娘。姬：美女。《吴越春秋》卷三："于是庄王弃其秦姬越女，罢钟鼓之乐。"

④ 稍：逐渐，渐渐。

⑤ 喧窗竹：使窗前竹枝发响。

⑥ 腻脸：指敷着脂粉的脸。腻：光滑。双玉：两行泪。

诉衷情

五代·顾敻

永夜^①抛人何处去？绝来音^②。香阁掩，眉敛，月将沉。争忍不相寻？怨孤衾。换我心，为你心，始知相忆深。

【题 解】

这是一首闺怨词，通过女主人公口语式的内心独白，揭示了作为一个闺中弱女子因得不到情人音讯而产生的幽怨和相思。女主人公长夜相思，埋怨情人一去无影踪，埋怨他为何忍心不来找她，让她孤坐一夜，愁绪万千。后几句"换我心，为你心，始知相忆深"，深情真挚，写自己对情人的一往情深，怨中有爱，爱怨兼发，可见爱之深。作品在艺术构思与表现手法上甚见匠心，深得后代词评家的赏赏。

【注 释】

① 永夜：长夜。

② 音：音讯。

【名句】

换我心，为你心，始知相忆深。

长相思

北宋·林逋

吴山青，越山青。两岸青山相送迎，谁知离别情？
君泪盈，妾泪盈。罗带同心结未成，江头潮已平。

【题 解】

林逋是北宋初年著名的隐士。他独居杭州西湖边的孤山，二十年不入城市，种梅养鹤，终身未娶，人称"梅妻鹤子"。这位清心寡欲、几乎不食人间烟火的"和靖先生"竟然写出了一阕缠绵悱恻的《长相思》。该词以一女子的声吻，抒写她姻缘未定，与情人诀别的悲怀。艺术手法上，这首词反复咏叹，情深韵美，具有浓郁的民歌风味。《长相思》调一向被文人用作写男女情爱，以声助情，得其双美。林逋沿袭传统，充分发挥了此调独特的艺术效应，又用清新的语言唱出吴越青山绿水间的爱恨情愁。

蝶恋花

北宋·柳永

伫倚危楼^①风细细，望极^②春愁，黯黯生天际^③。草色烟光^④残照里，无言谁会凭栏意^⑤。

拟把疏狂^⑥图一醉，对酒当歌，强乐^⑦还无味。衣带渐宽^⑧终不悔，为伊消得^⑨人憔悴。

【题 解】

这首词写词人对爱情至死不悔的执著追求。上片写登高望远所引起的无尽离愁，以及无人能领会的此时此刻的相思之苦。下片写主人公为消释离愁决意痛饮狂歌，但强颜为欢终觉无味，最后以健笔写柔情，自誓甘愿为思念伊人而日渐消瘦憔悴。这个"伊人"也可以推而广之代指其他值得追求的事物，因此王国维把这种执著定义为想成就大事业、大学问者所必经的第二种境界。"衣带渐宽终不悔，为伊消得人憔悴"遂成千古绝唱。

【注 释】

① 伫（zhù）倚危楼：长时间倚靠在高楼的栏杆上。伫：久立。危楼：高楼。

② 望极：极目远望。

③ 黯黯：心情沮丧忧愁。生天际：从遥远无边的天际升起。

④ 烟光：飘忽缭绕的云霭雾气。

⑤ 会：理解。阑：同"栏"。

⑥ 拟把：打算。疏狂：狂放不羁。

⑦ 强（qiǎng）乐：勉强欢笑。

⑧ 衣带渐宽：指人逐渐消瘦。

⑨ 消得：值得，能忍受得了。

【名句】

衣带渐宽终不悔，为伊消得人憔悴。

雨霖铃

北宋·柳永

寒蝉凄切①，对长亭晚，骤雨②初歇。都门帐饮无绪③，留恋处，兰舟④催发。执手相看泪眼，竟无语凝噎⑤。念去去⑥，千里烟波，暮霭沈沈⑦楚天阔。

多情自古伤离别，更那堪冷落清秋节！今宵酒醒何处？杨柳岸，晓风残月。此去经年⑧，应是良辰好景虚设。便纵有千种风情⑨，更与何人说？

【题解】

这首词是柳永羁恋词最成功的作品之一。词篇描写冷落的清秋时节，一对青年恋人即将分别时难舍难分的情状，极尽缠绵悱恻。上片细腻刻画了情人诀别的场景，抒发离情别绪；过片处用加倍重笔抒发多情者在清秋时节离别的分外忧伤，吟诵出"多情自古伤离别"的千古警句。下片着重摹写想象别后的凄楚情状，那种离别后再无知己倾诉的孤寂感已经在即将分别之际油然而生。全词遣词造句不着痕迹，绘景直白自然，场面栩栩如生，起承转合优雅从容，情景交融，蕴藉深沉，将情人惜别

时的真情实感表达得缠绵悱恻，凄婉动人。诵读全词，只觉它写尽了世间儿女的离愁别绪，也写尽了世间儿女的柔情蜜意，堪称抒写别情的千古名篇。

【注 释】

① 凄切：凄凉急促。

② 骤雨：急猛的阵雨。

③ 都门：指汴京。帐饮：设帐置酒宴送行。无绪：没有情绪。

④ 兰舟：船的美称。

⑤ 凝噎：喉咙哽塞，欲语不出的样子。

⑥ 去去：重复言之，表路途之远。

⑦ 暮霭：傍晚的云气。沈沈：即"沉沉"。

⑧ 经年：经过一年又一年。

⑨ 纵：即使。风情：男女相爱之情，深情蜜意。

【名 句】

多情自古伤离别，更那堪冷落清秋节！

斗百花

北宋·柳永

煦色韶光①明媚，轻霭低笼芳树②。池塘浅蘸烟芜③，帘幕闲垂飞絮④。春困厌厌⑤，抛掷斗草⑥工夫，冷落踏青心绪。终日扃⑦朱户。

远恨绵绵⑧，淑景迟迟⑨难度。年少傅粉⑩，依前醉眠⑪何处。深院无人，黄昏乍⑫拆秋千，空锁⑬满庭花雨。

【题解】

这是柳永早年写的一首词，描写一名被抛弃的年轻女子思念她的情人而不得见的怅怨心情。上片写她面对大好春色而深感寂寞、百无聊赖的情景；下片写她想念情人而愁肠百结孤寂幽怨。词篇词意曲折含蓄，叙事委婉有序，章法绵密谨严，音律和谐悦耳，是柳永词的代表作之一。

【注释】

① 煦色：美好的春色，春天阳光和煦，因此称煦色。韶光：本指美好的阳光，这里指青春年少的美好时光。

② 轻霭：薄雾。芳树：散发着花香的树丛。

③ 浅蘸：轻轻地挨碰。烟芜：如烟的雾气混合显得凌乱而荒芜。

④ 闲垂：没有必要的垂挂。帘幕本是用来遮掩夫妻亲昵之用的，由于丈夫不在家，帘幕也成为了一种没有必要的摆设。飞絮：风中之絮飘飘荡荡。

⑤ 厌厌：精神不振的样子。

⑥ 斗草：古代民间习俗，农历五月初五有斗草之戏，唐宋时称为"斗百草"。

⑦ 扃：门窗的插条，此处是关闭之意。

⑧ 远恨：因不知丈夫在何处眠花宿柳，恨又没有具体对象，因此称远恨。绵绵：连续不断，此处又有情意缠绵之意。

⑨ 淑景：美好的光阴，此处当指希冀丈夫爱抚的感受。迟迟：很缓慢。

⑩ 傅粉：南朝刘义庆《世说新语·容止》载："何平叔美姿仪，面至白，魏明帝疑其傅粉。"后用"傅粉何郎"指代美男子，此处指此年轻女子的丈夫。

⑪ 依前：和从前一样。醉眠：酒醉之后的睡眠，此处指眠花宿柳。

⑫ 乍：刚刚。

⑬ 空锁：关闭和锁住的是空的虚无的。

鹤冲天·清明天气

北宋·杜安世

清明天气，永日愁如醉。台榭绿阴浓，薰风细。燕子巢方就，盆池小、新荷蔽。恰是逍遥际。单夹衣裳，半笼软玉肌体。

石榴美艳，一撮红绡比。窗外数修篁①，寒相倚。有个关心处，难相见、空凝睇②。行坐深闺里。懒更妆梳，自知新来憔悴。

【题 解】

这首词是北宋前期词人杜安世的作品，词风与柳永相近，长铺叙，少粉饰，是一首典型的闺怨词。上片重点铺叙居住的环境和时序景致，也写出了环境中的人物。"清明天气，永日愁如醉"，点出人物在清明天气中的感受。接着，作者笔锋一转，描写闺人所居住的环境。"台榭绿阴浓"至"新荷蔽"数句，活画出一幅春末夏初的园林美景图。下片着重写闺人的幽怨情怀和憔悴情态。这首词前片着重写景，后片着重写人，但又紧紧围绕着一个中心，即闺怨。这样，词的气脉就一气贯串，不枝不蔓，人物形象也渐趋完满。

【注 释】

① 修篁：修竹，长竹。

② 凝睇：凝视，注视，注目斜视。

玉楼春

北宋·晏殊

绿杨芳草长亭路^①，年少抛人^②容易去。楼头残梦五更钟，花底离愁三月雨。

无情不似多情苦，一寸还成千万缕^③。天涯地角有穷时，只有相思无尽处。

【题 解】

这是一首写离别相思的词，是宋词中的名品。此词上片叙写因别离而相思的事；下片则专写离情之痛苦、相思之无穷。词中句句是对情人的柔婉哀怨，饱含着无限的爱意和思念。"绿杨"、"芳草"、"长亭"皆为离别景象。年少的恋人轻易地抛下情人远去。楼头五更钟声惊破残梦，花底三月霪雨引发离愁。无情人自然不像多情人那样多愁善感，天涯海角总有尽头，但是这相思却永远没有止歇。此词写闺怨，婉转流利不事藻饰，运用白描手法反映思妇难以言说的相思之情，真切自然，容易引发共鸣。

【注 释】

① 长亭路：送别的路。古代驿路上"十里一长亭，五里一短亭"。
② 年少抛人：人被年少所抛弃，言少年时光容易流逝，人很快就变老。或者也可以理解为少年时不懂得珍惜感情，轻易离别。

③ 一寸：指心。千万缕：指相思愁绪。

【名句】

天涯地角有穷时，只有相思无尽处。

寓　意

北宋·晏殊

油壁香车^①不再逢，峡云^②无迹任西东。
梨花院落溶溶^③月，柳絮池塘淡淡风。
几日寂寥伤酒^④后，一番萧索禁烟中^⑤。
鱼书^⑥欲寄何由达，水远山长处处同。

【题解】

　　这是一首抒写别后相思的恋情诗。首联点明和情人已经分别。伊人乘着油壁香车而去，从此再没有机会重逢，故引起作者深深的怀念。从油壁香车的典故可以推断作者所怀念的很可能是一位歌妓。颔联和颈联都写目前的情景，风吹柳絮，月照梨花是外在景物描写，如此美好的春光中，作者却在饮酒浇愁，突出其萧索寂寞。尾联借山高水长表达对所恋之人的相思无处寄托之情。这首《寓意》清新淡泊，雍容闲舒，风格、情调都与晏殊的词十分相似。颔联"梨花院落溶溶溶月，柳絮池塘淡淡风"写景如梦如幻，可谓"不着一字，尽得风流"。

【注释】

① 油壁香车：古代妇女所坐的车子，因车厢涂刷了油漆而得名。
② 峡云：巫山峡谷上的云彩。
③ 溶溶：月光似水一般地流动。
④ 伤酒：饮酒过量导致身体不舒服。
⑤ 萧索：缺乏生机。禁烟：指寒食节禁烟火。
⑥ 鱼书：指书信。

【名句】

梨花院落溶溶月，柳絮池塘淡淡风。

清平乐

北宋·晏殊

红笺①小字，说尽平生意②。鸿雁③在云鱼在水，惆怅此情难寄。斜阳独倚西楼，遥山恰对帘钩。人面不知何处，绿波依旧东流。

【题解】

这是一首念远怀人的相思词。上片写情书难寄；下片写情人已别，独对远山为伴的凄凉。结尾两句化用崔护《题都城南庄》诗句"人面不知何处去，桃花依旧笑东风"之意，略加变化，给人以有余不尽之感。此词用语平淡，写情委婉，以常见物象斜阳、遥山、绿水、红笺等营造出一个充满离愁别恨的意境，抒写词人内心的情感波澜。全词语淡情深，闲雅从容，充分体现了词人独特的艺术风格。

【注 释】

① 红笺（jiān）：质地精良的信笺。

② 平生意：这里指平生相慕相爱之意。

③ 鸿雁：在古代，传说鸿雁可以传递书信，所以常以此用作书信的代称。

蝶恋花

北宋·晏殊

槛菊^①愁烟兰泣露，罗幕^②轻寒，燕子双飞去。明月不谙^③离恨苦，斜光到晓穿朱户^④。

昨夜西风凋碧树^⑤，独上高楼，望尽天涯路。欲寄彩笺兼尺素^⑥，山高水长知何处。

【题 解】

这是一首颇负盛名的怀人词，也是宋词名篇之一。上片描摹周围景物，运用移情于景的手法，注入主人公的感情，借月亮点出离恨；下片承离恨而来，通过高楼独望生动地表现出主人公望眼欲穿的相思之情。全词情致深婉而又辽阔高远，是写离恨相思的佳作。下片"昨夜西风凋碧树，独上高楼，望尽天涯路"是本词广为传颂的名句。

【注 释】

① 槛菊：槛栏旁的菊花。槛：古建筑常于轩斋四面房基之上围以木栏，

　　上承屋角，下临阶砌，谓之槛。

②罗幕：丝罗的帷幕，富贵人家所用。

③不谙（ān）：不了解，没有经验。谙：熟悉，精通。

④朱户：犹言朱门，指大户人家。

⑤凋：衰落。碧树：绿树。

⑥彩笺：彩色的信笺。尺素：书信的代称。古人写信用素绢，通常长约一尺，故称尺素。语出《古诗十九首》："客从远方来，遗我双鲤鱼。呼儿烹鲤鱼，中有尺素书。"

【名句】

昨夜西风凋碧树，独上高楼，望尽天涯路。

蝶恋花

北宋·欧阳修

　　庭院深深深几许①，杨柳堆烟②，帘幕无重数。玉勒雕鞍游冶处③，楼高不见章台④路。

　　雨横⑤风狂三月暮，门掩黄昏，无计留春住。泪眼问花花不语，乱红⑥飞过秋千去。

【题解】

　　关于这首词的作者，有欧阳修和冯延巳两种说法，多从欧阳修作。此词描写闺中少妇的伤春怀人之情，词人以含蕴之笔描写了幽居深院的少妇伤春怀人的幽怨情思。上片写少妇深闺寂寞，深宅大院阻隔重重，

不得自由；意中人留恋在歌妓处不归，而不得见；下片写美人见暮春而念及自身，想到红颜易逝，幽恨怨愤之情自现。全词写景状物，虚实相融，辞意深婉，尤其对少妇心理的刻画写意传神，堪称欧词之典范。尤其是最后两句"泪眼问花花不语，乱红飞过秋千去"，向为词评家赞誉。

【注释】

① 几许：多少。许：估计数量之词。
② 堆烟：形容柳絮浓密，像堆起的烟雾。
③ 玉勒雕鞍：极言车马的豪华。玉勒：玉制的马衔。雕鞍：精雕的马鞍。游冶处：指歌楼妓院。
④ 章台：汉长安街名。唐许尧佐《章台柳传》，记妓女柳氏事，后因以章台为歌妓聚居之地。
⑤ 雨横：指急雨，骤雨。
⑥ 乱红：这里形容各种花片纷纷飘落的样子。

【名句】

泪眼问花花不语，乱红飞过秋千去。

玉楼春

北宋·欧阳修

尊前①拟②把归期说，欲语春容先惨咽。人生自是有情痴，此恨不关风与月。

离歌且莫翻新阕③，一曲能教肠寸结。直须看尽洛城花，始共春风容易别。

【题 解】

　　这首词是欧阳修离开洛阳时所写的惜别词，其原意和爱情本没有关系，但是在长期的流传中"人生自是有情痴，此恨不关风与月"作为脍炙人口的千古名句，逐渐演变成一句爱情警句，因此这首词也可作为闺恋词来解读。上片落笔即写离别的凄怆情怀。作者把酒宴的欢乐与离别的痛苦，春容与惨咽，几种事物对举，在这种对比中，使读者感受到对美好事物的追求和对人生无常的悲叹，把作者与友人之间深厚的友谊、彼此的依恋等复杂丰富的情感全部包容进去。然后，从人生哲理的高度来观照这种惜别的感情。离情别恨是人与生俱来的情感，与风花雪月无关。这种痛苦不是春花秋月这种外物能给人带来的感情变化，而是心灵的默契，是痴情的写照。不用再填写新的词曲来抒发离愁别恨了，一曲就可以叫人肝肠寸断。还是趁着大好时光去看看洛城的鲜花吧，这美好的事物也会和春风一样悠然而逝。这首词把"离恨"上升到人的本性，并劝解离人不要被离情别绪纠缠，且去珍惜眼前美景，对恋爱中的人倒是颇有开解之功。

【注 释】

　　① 尊前：宴席上。
　　② 拟：打算。
　　③ 翻新阕：谱写新词。

【名 句】

　　人生自是有情痴，此恨不关风与月。

西江月

北宋·司马光

宝髻①松松挽就，铅华②淡淡妆成，青烟翠雾罩轻盈，飞絮游丝无定③。

相见争如④不见，有情何似无情。笙歌散后酒初醒，深院月斜人静。

【题 解】

此词是一首艳情词，写抒情主人公对在宴会上所遇舞女的爱情。上片写宴会所遇舞女的美姿，下片写对她的恋情。这首词尺幅之内把惊艳、钟情到追念的全过程都反映出来，而又能含蓄不尽，给人们留下想象的余地，写法别致。下片的头两句"相见争如不见，有情何似无情"，反衬出这位姑娘色艺之可爱，惹人情思，是本词的佳句。

【注 释】

①宝髻：妇女头上带有珍贵饰品的发髻。

②铅华：铅粉，脂粉。

③此二句形容珠翠冠的盛饰，皆为妇女的头饰。轻盈：形容女子的仪态美。

④争如：倒不如。

浣溪沙

北宋·张先

楼倚①春江百尺高。烟中还未见归桡②。几时期信③似江潮。
花片片飞风弄蝶，柳阴阴下水平桥。日长才过又今宵。

【题 解】

这首《浣溪沙》为闺怨词。写闺妇登高远望，思念心切，但江上还不见丈夫乘船而归。失望之余，她埋怨起那远行之人来了，觉得他还不如江潮有信，表现了她幽怨与期待的复杂心理。季节的变化，更强化了她的殷切思念。她和丈夫分手时可能曾约定春日重聚，谁知春天又一次来了，却不见人影。"日长才过又今宵"的喟然长叹，把女子度日如年的离别之苦写得含蓄而又深沉。此词善于捕捉意象，创造意境，表现"心中事，眼中泪，意中人"的情境，收到了很好的艺术效果。

【注 释】

①倚：表示楼的位置。
②烟：在这里指江雾之类的水气。桡（ráo）：划船的桨，这里代指船。
③期信：遵守预先约定的时日。

菩萨蛮

北宋·张先

忆郎还上层楼曲。楼前芳草年年绿。绿似去时袍。回头风袖飘。

郎袍应已旧。颜色非长久。惜恐镜中春。不如花草新。

【题 解】

　　起首"忆郎还上层楼曲"一句通过闺中少妇登楼望远的视线，把她的一颗愁心送到远方游子的身边。谋篇方面句句相承、环环相扣。上片因"忆郎"而"上层楼"，因"上层楼"而见"楼前芳草"，因芳草之"绿"而回忆郎袍之"绿"，再因去时之"袍"而想到风飘之"袖"。首句与次句的两个"楼"字，紧相扣合；次句与第三句的两个"绿"字，上下勾连；第四句的"袖"字与第三句的"袍"字相应，句中的"回头"两字也暗与第三句的"去时"两字相承，针线绵密，过渡无痕。下片虽另起新意，却与上片藕断丝连。因三、四两句回忆起去时之袍，过片两句就进一步想象此时之袍；过片两句的上、下句间，则是因衣袍之"旧"而致慨于"颜色非长久"。接下来的两句，更因袍色之不长久而想到"镜中春"也不长久，再回溯上片"芳草年年绿"句，而有感于不如花草之年年常新。通篇脉络井然，层次分明。

一丛花

北宋・张先

　　伤高怀远几时穷？无物似情浓。离愁正引千丝①乱，更东陌②、飞絮蒙蒙。嘶骑③渐遥，征尘不断，何处认郎踪？

　　双鸳池沼水溶溶④，南北小桡⑤通。梯横画阁⑥黄昏后，又还是、斜月帘栊⑦。沉恨细思，不如桃杏，犹解嫁东风⑧。

【题解】

　　这是一首伤别念远的闺怨词。此词用白描手法表现抒情主人公的心理活动。上片直抒胸臆，突出思妇对离人的相思。"无物似情浓"这一比喻，将抽象的"浓情"强调到世间无物可比的程度，突出思妇的相思之深。下片集中写思妇的痴情。"双鸳"与"斜月"勾出无限的忧思。最妙的末一句"不如桃杏，犹解嫁东风"，桃李尚且知道随风而去，而自己却只能痴痴空等。思妇无处可排遣这腔怀念深情，竟至于羡慕随风飘摇的落花，可见其情之深。

【注释】

　①千丝：指很多柳条。丝：指杨柳的长条。
　②陌：田间小路。
　③嘶骑：嘶叫的马声。
　④溶溶：宽广的样子。
　⑤桡：划船的桨，这里指代船。
　⑥梯横：是说可搬动的梯子已被横放起来，即撤掉了。画阁：有彩绘装饰的楼阁。
　⑦帘栊：带帘子的窗户。
　⑧解：知道，能。嫁东风：原意是随东风飘去，即吹落。"嫁"在这里用其比喻义。李贺《南园十三首》诗之一："可怜日暮嫣香落，嫁与东风不用媒。"

千秋岁

北宋·张先

　　数声鶗鴂①，又报芳菲②歇。惜春更把残红折。雨轻风色暴，

梅子青时节。永丰柳③，无人尽日花飞雪④。

莫把幺弦⑤拨，怨极弦能说。天不老，情难绝。心似双丝网，中有千千结。夜过也，东窗未白凝残月⑥。

【题解】

　　这首词写惜春相思之情。张先擅长写悲欢离合之情，能曲尽其妙，此词深得其中之妙。此篇上片写暮春景象，暗示了爱情遭到破坏。下片直抒情感，写词人内心的悲愤。其中"心似双丝网，中有千千结"是本篇名句，比喻奇巧又贴切，所谓"立片言而居要，乃一篇之警策"，乃神来之笔！清陈廷焯说子野词里"有含蓄处，亦有发越处；但含蓄不似温韦，发越亦不似豪苏腻柳"（《白雨斋词话》），词的上片用暮春景来暗示感情遭遇阻碍，是为"含蓄"，下片咏出"心似双丝网，中有千千结"表达感情的坚韧不可毁，即为"发越"，可见陈廷焯所评切中要害。

【注释】

　　① 鶗鴂：即子规、杜鹃。
　　② 芳菲：花草，亦指春时光景。
　　③ 永丰柳：唐时洛阳永丰坊西南角荒园中有垂柳一株被冷落，白居易赋《杨柳枝词》："永丰东角荒园里，尽日无人属阿谁"，以喻家妓小蛮。后传入乐府，因以"永丰柳"泛指园柳，喻孤寂无依的女子。
　　④ 花飞雪：指柳絮。
　　⑤ 把：持，握。幺弦：琵琶的第四弦，各弦中最细，故称。亦泛指短弦、小弦。
　　⑥ 凝残月：一作"孤灯灭"。

【名句】

　　心似双丝网，中有千千结。

明妃曲 二首选一

北宋·王安石

其 一

明妃①初出汉宫时，泪湿春风②鬓脚垂。

低徊③顾影无颜色，尚得君王不自持④。

归来却怪丹青手⑤，入眼平生几曾有？

意态由来画不成，当时枉杀毛延寿。

一去心知更不归，可怜著尽汉宫衣⑥。

寄声欲问塞南⑦事，只有年年鸿雁飞。

家人万里传消息，好在毡城⑧莫相忆。

君不见咫尺长门闭阿娇⑨，人生失意无南北！

【题解】

这首诗大约作于1058年，王安石奏《上仁宗皇帝言事书》之后。当时王安石任三司度支判官，政治上不得志，上万言书之后政坛上却没有回音。作为拗相公的王安石，创作了这首《明妃曲》，此为其中第一首。这首诗前半部分通过写昭君和汉元帝的感情故事来表现昭君的美。后半部分写汉元帝很快将昭君忘记。这首诗有着作者幽微的政治寄托，用王昭君的经历暗寓自己怀才不遇，不得重用。其中，"意态由来画不成，当时枉杀毛延寿"成为千古绝唱；"人生失意无南北"也经常被人引用。

【注释】

① 明妃：即王昭君。

② 春风：比喻面容之美。

③ 低徊：徘徊不前。

④ 不自持：不能控制自己的感情。

⑤ 丹青手：此处指画师毛延寿。

⑥ 著尽汉宫衣：指昭君仍全身穿着汉服。

⑦ 塞南：此处指汉王朝。

⑧ 毡城：此处指匈奴王宫。

⑨ 长门闭阿娇：西汉武帝曾将陈皇后幽禁长门宫。阿娇：陈皇后小名。

【名句】

意态由来画不成，当时枉杀毛延寿。

蝶恋花

北宋·晏几道

醉别西楼①醒不记，春梦秋云②，聚散真容易。斜月半窗还少睡，画屏闲展吴山③翠。

衣上酒痕诗里字，点点行行，总是凄凉意。红烛自怜无好计，夜寒空替人垂泪④。

【题 解】

这首词是一首伤别的恋情之作，写别后的凄凉情景。对美好情事无法重温的无穷惆怅实在是人生的一大痛苦，小晏词中有很多作品描写这种人生的怅触。词篇通过一组意象反复诉说离愁的无处不在和无时不有。上片写醉梦醒来，感慨人生如梦如云，醉别西楼，醒后却浑然不记的怅然，给人以如幻如电之感，接着又发出人生聚散太容易的感慨。下片写聚时的酒痕诗文，现在睹物生情，无不感到哀伤，最后两句写燃烧的红烛也好像悄悄替人流泪，真是"物物皆着我之色彩"。

【注 释】

① 西楼：小晏词中经常出现"西楼"意象，当泛指心上人所住的地方。
② 春梦秋云：比喻美好而又虚幻短暂、聚散无常的事物。白居易《花非花》诗："来如春梦不多时，云似秋云无觅处。"
③ 吴山：画屏上的江南山水。
④ 此句化用唐代杜牧《赠别二首》之二："蜡烛有心还惜别，替人垂泪到天明。"

【名 句】

红烛自怜无好计，夜寒空替人垂泪。

鹧鸪天

北宋·晏几道

彩袖殷勤捧玉钟①，当年拚却②醉颜红。舞低杨柳楼心月，歌尽桃花扇底风③。

从别后，忆相逢，几回魂梦与君同④。今宵剩把银釭照⑤，犹恐相逢是梦中。

【题 解】

　　这首词写词人与一个女子的久别重逢。久别重逢是人间一大乐事，但重逢的同时又可能预示着新的离别，尤其对聚少离多的情人来说，重逢往往呈现出悲喜交加的感情。这首词写的就是这种悲喜交叠的心态。上片回忆当年佳会，用重笔渲染，见初会时情重；过片写别后思念，忆相逢实则盼重逢，相逢难再，结想成梦，见离别后情深；结尾写久别重逢，竟然将真疑梦，足见重逢时情厚。这首词句句可圈可点，最可称道的是上片的"舞低杨柳楼心月，歌尽桃花扇底风"。而整个下片通过别后常梦和重逢疑梦的对比将人物的内心喜不自胜描摹得淋漓尽致。全词情思委婉缠绵，辞句清空如话，细细品味又余味无穷，曲折窅眇。

【注 释】

　　① 彩袖：指代穿彩衣的歌女。玉钟：珍贵的酒杯。
　　② 拚（pàn）却：甘愿，不顾惜。却：语气助词。
　　③ 此二句写歌女舞姿曼妙，直舞到挂在杨柳树梢照到楼心的一轮明月低沉下去；歌女清歌婉转，直唱到扇底的风消歇（累了停下来），极言歌舞时间之久。桃花扇：歌舞时用作道具的扇子，扇面上绘有桃花。歌扇风尽，形容不停地挥舞歌扇。这两句是《小山词》中的名句。
　　④ 同：聚在一起。
　　⑤ 此二句化用杜甫《羌村》诗"夜阑更秉烛，相对如梦寐"。剩：通"尽"，只管。把：持，握。釭（gāng）：灯。

【名 句】

　　舞低杨柳楼心月，歌尽桃花扇底风。

阮郎归

北宋·晏几道

旧香残粉似当初，人情恨不如。一春犹有数行书，秋来书更疏。衾凤①冷，枕鸳②孤。愁肠待酒舒③。梦魂纵有也成虚，那堪和梦无？

【题 解】

这首词运用层层开剥的手法，写一位深情女子对于情郎的相思怨情。首两句用对比手法写女子不改初衷和情郎的见异思迁。后两句陈述情郎情义淡薄的证据，即书信越来越少。写到此处，往事涌上心头，她不禁环顾昔日同床共枕的寝具，只觉更加冷清孤独，只好借酒浇愁，希望醉后能在梦里重觅他的踪影，没想到更加伤痛的是今晚连梦都没做一个。这种层层跌宕、层层翻进的写法，把女子波澜起伏的心情写得曲折层深，将人物面对的情感矛盾逐步推上尖端，推向绝境，从而展示了人生中一种不可解脱的痛苦。

【注 释】

①衾凤：即凤衾，就是被子。
②枕鸳：即鸳枕，就是枕头。
③舒：舒展，开解。

河满子

北宋·晏几道

绿绮琴^①中心事，齐纨扇^②上时光。五陵年少^③浑薄幸，轻如曲水飘香。夜夜魂消梦峡，年年泪尽啼湘。

归雁行边远字，惊鸾舞^④处离肠。蕙楼^⑤多少铅华，从来错倚红妆。可羡邻姬十五，金钗早嫁王昌^⑥。

【题 解】

这首词是歌妓对自己命运的倾诉和感慨。词中塑造了歌妓沦落风尘的憔悴悲苦形象，叙写了她强颜欢笑中耗尽青春却得不到好姻缘的悲愤无奈。上片起首两句通过绿绮琴、齐纨扇传达出女子的幽怨。三四两句，指斥了那些薄幸少年轻薄浮浪，逢场作戏，同时也透露出女子终身无靠的苦闷。五六句化用巫山神女和湘妃竹的典故，借以写出歌妓对爱情的渴望。过片"归雁"句，写歌妓怅望长空，怀念家乡。后面四句将自己的身世和其他歌妓作比，自己红颜老去，独处神伤，而另一个歌妓却早早嫁给了意中人，以此作为衬托，使本词女主角沦落风尘的憔悴形象显得更为突出。词篇以歌妓之口倾诉自身愁苦，用凄冷哀婉的笔调叙写了歌妓容颜易老，孤寂无依的命运，读来令人叹惋、哀伤。

【注 释】

① 绿绮琴：古琴名。传说汉司马相如作《玉如意赋》，梁王悦之，赐以绿绮琴，后即以此代指琴。
② 齐纨扇：多指女子所用的扇子。
③ 五陵年少：本指汉代长安的长陵、安陵、阳陵、茂陵、平陵一带豪富聚居之地，此处是借指富家子弟。

④ 惊鸾舞：指大雁飞行乱舞的样子。鸾：指大雁。

⑤ 蕙楼：春楼，妓院。

⑥ 金钗：这里指少女。嫁王昌：这里是化用莫愁姑娘的传说。莫愁是"五胡乱华"时由洛阳迁居至建业（今南京）的官宦世家的后代，身不由己，嫁进了世家巨族的卢家，但是她并不幸福，依然恋着娘家东邻少年王昌。后来人们常用此典故指暗恋情人。

鹧鸪天

北宋·晏几道

醉拍春衫惜旧香①，天将离恨恼疏狂。年年陌上生秋草，日日楼中到夕阳。

云渺渺，水茫茫，征人归路许多长。相思本是无凭②语，莫向花笺费泪行。

【题 解】

这首词写词人对情人的相思之情，应该是词人的亲身经历。起首两句由衣服上的旧痕引起离恨，"疏狂"二字在作者词中经常出现，是作者个性及生活情态的自我写照。性格洒脱的人也被离愁所恼，日复一日、年复一年郁积于心，无法排遣。路上秋草年年生，实写征人久久不归；日日楼中朝暮独坐，实写为离恨折磨之苦。过片将视野扩展，从云水渺茫、征人归路难寻中，突出相见无期。末句"相思本是无凭语，莫向花笺费泪行"更是千古警句，写无可奈何的自慰，措辞无多，虽是决绝之辞，却是情至之语。全词在对往事的追忆中流露出相思之情难诉说的慨叹，意境深阔，具有较强的艺术魅力。

【注 释】

① 旧香：旧时香气，这里指情人遗留在衣物上的痕迹。
② 无凭：没有缘由，莫名其妙。

【名 句】

相思本是无凭语，莫向花笺费泪行。

临江仙

北宋·晏几道

梦后楼台高锁，酒醒帘幕低垂。去年春恨却来时，落花人独立，微雨燕双飞^①。

记得小蘋^②初见，两重心字罗衣^③。琵琶弦上说相思，当时明月在，曾照彩云^④归。

【题 解】

这首词是晏几道的代表作。他追忆了自己和小蘋的一段情事，并书写今日人去楼空的万般惆怅。虽属艳体，却写得文雅蕴藉、品格自高。上片起首两句，写午夜梦回。"梦后"、"酒醒"二句互文，写眼前的实景，对偶极工，意境浑融。"楼台"，当是昔时朋友欢游宴饮之所，而今已人去楼空。词人独处一室，在寂静的阑夜感到格外的孤独与空虚。燕子双飞，反衬愁人独立，从而引起了绵长的春恨，以至在梦后酒醒时回忆起来，仍令人惆怅不已。这种韵外之致，缠绵悱恻，令人流连忘返。"落花"二句，妙手天成，构成一个凄艳绝伦的意境。小苹初见时，由于羞涩，对词人的爱慕之意欲诉无从，唯有借助琵琶美妙的乐声，"人生若只如初见"，初见之景令词人无法忘记。结尾两句因明月兴感，与首句"梦后"相应。如今之明月，犹当时之明月，可是，如今的人事情怀已大异于当时了。梦后酒醒，明月依然，彩云安在？物是人非的对比渲染出了悲凉的相思之情。

【注 释】

①此二句源出五代翁宏《春残》诗："又是春残也，如何出翠帏？落花人独立，微雨燕双飞。"

②小苹：歌女名。作者在《小山词自跋》中说："始时沈十二廉叔，陈十君宠家，有莲、鸿、苹、云，品清讴娱客。每得一解，即以草授诸儿。"

③两重心字罗衣：罗衣上绣有重叠的心字图案。"两重心字"，含有"心心相印"之意。

④彩云：喻指小苹。李白《宫中行乐词》："只愁歌舞散，化作彩云飞"；又白居易《简简吟》："大都好物不坚牢，彩云易散琉璃脆"。因以彩云喻指美丽而薄命的女子。

【名 句】

落花人独立，微雨燕双飞。

江城子·乙卯正月二十日夜记梦

北宋·苏轼

十年①生死两茫茫。不思量②，自难忘。千里孤坟③，无处话凄凉。纵使相逢应不识，尘满面，鬓如霜。

夜来幽梦④忽还乡。小轩⑤窗，正梳妆。相顾无言，惟有泪千行。料得⑥年年断肠处，明月夜，短松冈。

【题 解】

这是宋代大文学家苏轼为悼念原配妻子王弗而写的一首悼亡词，抒发了他对妻子无限的哀思以及沉痛的身世之感。此词情意缠绵，字字血泪。上片写词人对亡妻的深沉的思念，"千里孤坟"一句，倍感荒凉；下片记述梦中相见，抒写了词人对亡妻执著不舍的深情。该词用白描手法，出语如话家常，却字字从肺腑镂出，自然而又深刻，平淡中寄寓着真淳，将十年来政治生涯中的不幸遭遇和无限感慨融入到对亡妻的思念之中，加重了思念的分量，个中的孤独与憔悴哀婉感人。本词作为脍炙人口的名作，与贺铸的《半死桐》一起被称为悼亡词双璧。

【注 释】

①十年：指结发妻子王弗去世已十年。

②思量：想念。

③千里：王弗葬地四川眉山与苏轼任所山东密州相隔遥远，故称"千里"。孤坟：语出孟启《本事诗·徵异第五》载张姓妻孔氏赠夫诗："欲知肠断处，明月照孤坟。"

④幽梦：梦境隐约，故云幽梦。

⑤小轩：有窗槛的小屋。

⑥料得：料想，想来。

【名句】

十年生死两茫茫。不思量，自难忘。

蝶恋花·春景

北宋·苏轼

花褪①残红青杏小。燕子飞时，绿水人家绕。枝上柳绵②吹又少，天涯何处无芳草！

墙里秋千墙外道。墙外行人，墙里佳人笑。笑渐不闻声渐悄，多情却被无情恼。

【题解】

《蝶恋花·春景》，本是苏轼所写的一首咏春小词。在词中，作者通过对残红褪尽、春意阑珊的暮春景色的描写和远行途中的失意心境的描绘，借惜春伤情之名，表达对韶光流逝的惋惜、宦海沉浮的悲叹和浮生颠沛的无可奈何。不过，在长期的流传过程中，其中一句"天涯何处无芳草"却成了失恋者最通俗又最有说服力的安慰剂。曹树铭《苏东坡词》中倒是记载了苏轼和其妾朝云关于这首词的一段故事。苏轼让朝云演奏这首咏春词，朝云想到苏轼的宦海沉浮，不禁悲从中来，流泪而不能言。苏轼大笑曰："是吾正悲秋，而汝又伤春矣。"于是就放弃了。不久后，朝云去世，自此苏轼不再听任何人演奏该词。这段记载可见苏轼和朝云的相惜至情，于此而来，这首咏春小词却也算是一首闺恋词了。

【注 释】

① 褪：脱去。
② 柳绵：即柳絮。

【名 句】

枝上柳绵吹又少，天涯何处无芳草！

西江月

北宋·苏轼

玉骨那愁瘴雾^①，冰姿自有仙风。海仙时遣探芳丛^②，倒挂绿毛幺凤^③。

素面常嫌粉涴，洗妆不褪唇红^④。高情已逐晓云空，不与梨花同梦^⑤。

【题 解】

这是一首悼亡词，是苏轼为悼亡侍妾王朝云所作。词处处写梅花，实处处赞朝云。词中所描写的惠州梅花，实为朝云美丽姿容和高洁人品的化身。上片歌赞朝云不惧"瘴雾"而与词人一道来到岭南瘴疠之地。下片写朝云天生丽质，不敷粉脸自白，不搽胭脂嘴唇自红。后两句升华主题，写朝云对自己一往而深，二人互为知己的情谊。全词立意超拔脱俗，意象蒙眬虚幻，寓意扑朔迷离。格调哀婉，情韵悠长，为苏轼婉约词中的佳作。

【注 释】

① 瘴雾：南方山林中的湿热之气。

② 芳丛：丛生的繁花。此句写梅花的美丽惊动了神仙，不时派遣使者来探望。这个使者就是下句所说的绿毛幺凤。

③ 绿毛幺凤：即桐花凤，岭南的一种珍禽，似鹦鹉。

④ 涴（wò）：沾污、弄脏。唇红：喻红色的梅花。

⑤ 此句苏轼自注："诗人王昌龄，梦中作梅花诗。"

菩萨蛮

北宋·苏轼

柳庭风静人眠昼，昼眠人静风庭柳。香汗薄衫凉，凉衫薄汗香。手红冰碗藕，藕碗冰红手。郎笑藕丝长，长丝藕笑郎。

【题 解】

这首回文词是作者"四时闺怨"中的"夏闺怨"。上片写昼眠情景，下片写醒后怨思。用意虽不甚深，词语自清美可诵。这首词在格律、内容感情、意境等方面都符合回文词的要求，同时又不失作者的大家气派，实为难得。

浣溪沙

北宋·苏轼

轻汗微微透碧纨①，明朝端午浴芳兰②。流香涨腻③满晴川。
彩线轻缠红玉臂④，小符斜挂绿云鬟⑤。佳人相见一千年。

【题解】

这首词是苏轼为朝云而戏作，基调明快活泼，再加上端午节的习俗为背景，充满了生活气息。因为朝云比较丰满，端午时节天气已经开始热了，所以她微微出汗。苏轼就调侃她，明日端午兰汤沐浴，河中又该满是你洗浴的脂膏了。下片写朝云的打扮，白皙的胳膊上缠绕着辟邪用的五彩丝缕，节日特有的艾虎等小符斜斜地插在发鬟上，别有一番情致。最后一句是这首词的宗旨，也是亮点，"佳人相见一千年"，是苏轼和朝云的千年之约，愿意生生世世在一起。全词明快又浪漫，诙谐活泼，带有苏轼特有的幽默，是苏轼比较少见的直笔写闺恋的作品，也是古代闺恋诗词中卓有特色的一首。

【注释】

① 碧纨：绿色薄绸。
② 芳兰：芳香的兰花，这里指妇女。
③ 流香涨腻：指女子梳洗时，用剩下的香粉胭脂随水流入河中。这里说的是端午节沐兰汤的习俗。所用佩兰，有香气，传说煎水沐浴可辟邪。《荆楚岁时记》："五月五日，谓之浴兰节。"
④ 此句是说端午节有系五彩丝线辟邪的习俗。
⑤ 这句讲妇女们发鬟上挂着祛邪驱鬼、保佑平安的符箓。宋陈元规《岁时广记》引《岁时杂记》："端午以艾为虎形，至有如黑豆大者，或剪彩为小虎，粘艾叶以戴之。"

卜算子

北宋·李之仪

我住长江头，君住长江尾。日日思君不见君，共饮长江水。

此水几时休①？此恨何时已②？只愿君心似我心，定③不负相思意。

【题 解】

这首《卜算子》深得民歌的神情风味，明白晓畅，复叠回环，同时又构思新巧，具有文人词蕴藉的特点。词篇设定有情人同住长江边，同饮长江水，却因相隔两地而不能相见，并自然而然地把江水和不能见的相思之恨联系在一起，让人觉得此情如水长流不息，此恨绵绵无绝期。末句隔空喊话，遥祝君心永似我心，彼此不负相思情意。语极平常，感情却深沉真挚。在词中，长江水既是阻隔双方相见的障碍，又是二人互通的桥梁，既是悠悠相思、无穷别恨的触发物与象征，又是双方永恒友谊与期待的见证，可见词人构思之精巧，笔墨之外别具一段深情妙理。

【注 释】

①休：停止。
②已：完结，停止。
③定：此处为衬字。

【名 句】

只愿君心似我心，定不负相思意。

减字木兰花[1]

北宋·秦观

天涯旧恨，独自凄凉人不问。欲见回肠，断尽金炉小篆香[2]。
黛蛾[3]长敛，任是春风吹不展。困倚危楼，过尽飞鸿字字愁[4]。

【题 解】

这是一首闺怨词，抒写闺中女子怅怨之情，沉痛而伤感。首句即点明闺阁人伤别念远的忧郁愁情。上片开头写怀远之愁怨和孤寂，此种孤独由外而内，到了极端忧愁和凄凉的地步。接着把哀愁回肠比喻成铜香炉里一寸寸烧断的小篆香。下片写能够给万物带来生机的春风吹不展紧锁的眉头，借"愁"字来表达伊人被愁苦纠缠无法开解的心灵创伤。全词含蓄蕴藉，清俊超逸，形神兼备。尤其是"过尽飞鸿字字愁"一句，言尽而情未尽。

【注 释】

① 减字木兰花：此调将《偷声木兰花》上下片起句各减三字，故名。
② 篆（zhuàn）香：比喻盘香和缭绕的香烟。
③ 黛蛾：指眼眉。
④ 此句讲大雁南飞，成"人"字或者"一"字，徒然增人愁绪。

浣溪沙

北宋·秦观

漠漠轻寒①上小楼，晓阴无赖似穷秋②。淡烟流水画屏幽③。
自在④飞花轻似梦，无边丝雨细如愁。宝帘闲挂⑤小银钩。

【题 解】

　　秦观的这首词，曾被誉为《淮海词》中小令的压卷之作。此词描摹一位思妇的哀怨心态，用语细腻委婉。女主人公在春寒料峭的天气里独自登上小楼，早上的天阴沉且有些冷，让她感觉似乎是深秋。百无聊赖地四周顾望，看到屋内画屏上轻烟淡淡，流水潺潺。看看窗外吧，天上自由自在飘飞的花瓣轻得好像夜里的美梦，天空中飘洒的雨丝细得好像心中的忧愁。室内，帘子用小银钩松松地挂着。词的起调很轻，很淡，而于轻淡中带着作者极为纤细锐敏的一种心灵上的感受。这首词中的闺怨更接近于一种闲情，选取的景物似乎都是主人公毫无目标地左瞟一眼右看一眼所及之处，叙述也没有章法，一会儿窗外一会儿室内，而正是这种看似没有章法的叙述恰好点出了思妇的百无聊赖，因为思念而显得莫名失落，毫无头绪。

【注 释】

　　①漠漠：密密匝匝或寂静无声。轻寒：阴天，有些冷。
　　②晓阴：早晨天阴着。无赖：无聊，无可开解。穷秋：秋天走到了尽头。
　　③淡烟流水：画屏上所画的景致。幽：意境悠远。
　　④自在：自由自在。
　　⑤宝帘：缀着珠宝的帘子。闲挂：很随意地挂着。

鹊桥仙

北宋·秦观

纤云弄巧^①，飞星传恨^②，银汉迢迢暗度^③。金风玉露^④一相逢，便胜却人间无数。

柔情似水，佳期如梦，忍顾^⑤鹊桥归路。两情若是久长时，又岂在朝朝暮暮^⑥。

【题解】

这首词是一曲纯情的爱情颂歌，上片写牛郎织女聚会，下片写他们的离别。全词哀乐交织，熔抒情与议论于一炉，融天上人间为一体，优美的形象与深沉的感情结合起来，起伏跌宕中讴歌了美好的爱情。尤其是末二句"两情若是久长时，又岂在朝朝暮暮"将爱情境界拔高，这两句既指牛郎、织女的爱情模式的特点，又表述了作者的爱情观，是高度凝练的名言佳句。正是因为这两句，这首词具有了跨时代、跨国度的审美价值和艺术品位。

【注释】

① 纤云：轻盈的云彩。弄巧：指云彩在空中幻化成各种巧妙的花样。

② 飞星：流星。一说指牵牛、织女二星。恨：指的是牵牛织女的分离之恨。

③ 银汉：银河。迢迢：遥远的样子。暗度：悄悄渡过。

④ 金风玉露：指秋风白露。

⑤ 忍顾：怎忍回视。

⑥ 朝朝暮暮：指朝夕相聚。语出宋玉《高唐赋》。

【名句】

金风玉露一相逢，便胜却人间无数。

两情若是久长时，又岂在朝朝暮暮。

八六子

北宋·秦观

倚危①亭，恨如芳草，萋萋划②尽还生。念柳外青骢别后，水边红袂分时，怆然暗惊。

无端天与娉婷。夜月一帘幽梦，春风十里柔情。怎奈向③，欢娱渐随流水，素弦声断，翠绡香减，那堪片片飞花弄晚，濛濛残雨笼晴。正销凝④，黄鹂又啼数声。

【题 解】

这是秦观写于元丰三年（1080）的一首怀人之作。词篇表达的是词人对一位歌妓的离别相思之情。当时秦观三十二岁，正处于而立之年，却仍未能登得进士第，无一官半职。对佳人的思念融入身世的迷茫感，让整首词的意境分外缠绵悱恻，柔婉含蓄。全词由情切入，突兀而起，其间绘景叙事，或回溯别前之欢，或追忆离后之苦，或感叹现实之悲，委婉曲折，道尽心中一个"恨"字。词篇语言清新自然，情辞相称，当得"辞情相称者，惟少游而已"的评价。其中"夜月一帘幽梦，春风十里柔情"对仗工整，意境优美，写尽了风花雪月的美妙，尤为人称道。

【注 释】

① 危：高。
② 刬（chǎn）：通"铲"。
③ 怎奈向：表示无可奈何之意。"向"是语气助词。
④ 销凝："销魂凝魄"的简称。即黯然神伤、茫然出神之意。

【名 句】

夜月一帘幽梦，春风十里柔情。

秋蕊香

北宋·张耒

帘幕疏疏风透，一线香飘金兽。朱栏倚遍黄昏后，廊上月华如昼。
别离滋味浓如酒，著人瘦。此情不及墙东柳，春色年年依旧。

【题 解】

据南宋吴曾《能改斋漫录》记载张耒在徐州为官时，很喜欢官妓刘淑奴，这首词就是宋神宗元丰七年（1084）张耒离许州任时，为刘淑奴而作。词的上片描画了一幅月下伫立图，"朱栏倚遍"道出词人情思难舍的心情。下片直抒胸臆，以柳树春色如旧来感慨自己的离愁。"此情不及墙东柳，春色年年依旧"是词篇的亮点，用年年柳色如故对比人的各自天涯，新奇贴切，极为深切地道出了词人内心深处的惆怅之情和缠绵悱恻之意。这首词写景纯用白描，清新流丽，而情寓其中；写情则直抒胸臆，不加矫饰之情，乃真情之笔也。

菩萨蛮

北宋·赵令畤

轻鸥欲下寒塘浴，双双飞破春烟绿。两岸野蔷薇，翠笼熏①绿衣。凭船闲弄水，中有相思意。忆得去年时，水边初别离。

【题 解】

这是一首明媚的相思之歌。古诗词中的相思往往借"伤春"和"悲秋"来表现，伤感是主基调，赵令畤这首《菩萨蛮》同样是春天写相思，却一扫沉闷气氛，充满了盎然生机和爱的喜悦。明媚的春光使大地万物复苏，到处生机勃勃。轻鸥成双而飞，相依相恋。抒情主人公在船中闲适地拨弄着河水，思念着心中的人。这相思的韵律中也带上了绿色的生机和春的明媚。在情景处理上，上片写景，营造了春天生机盎然的气氛，下片写主人公的动作，只在结尾处淡淡一句"忆得去年时，水边初别离"这种引而不发的笔法，颇耐人寻味。全词清丽不染尘俗，尺水兴波，深婉灵动，在闺恋情词作中堪称精品。

【注 释】

①熏：此处比喻两岸植物葱茏，好像都要把衣服染绿了。

半死桐①

北宋·贺铸

重过阊门②万事非。同来何事不同归？梧桐半死清霜后，头白

鸳鸯失伴飞。

　　原上草，露初晞^③。旧栖新垅^④两依依。空床卧听南窗雨，谁复挑灯夜补衣！

【题 解】

　　这首词表达了作者对亡妻赵氏的深挚追怀之情。贺铸中年以后曾多次路过或客居苏州，当时是与妻子赵氏一起来的，如今却已经是孤身一人。重过苏州城时，词人不禁百感交集，对亡妻的思念之情汹涌而来。这首词就是他们夫妻深情的款款流露。词中通过旧地重游抒发感情，追念了作者与亡妻的深厚爱情。全词出语沉痛，情真意切，哀怨凄婉。贺铸的《半死桐》与苏轼的《江城子》一向并称为宋代悼亡词的"双璧"，两者都以挚情而著称，然而在表现手法上，两者则各有千秋。苏轼的《江城子》是将现实与梦境、悼亡与伤时结合起来写，而贺铸的《半死桐》写的则是游览故地，面对物是人非产生的感想。词篇末句"空床卧听南窗雨，谁复挑灯夜补衣"既是抒情的最高潮，也是全词中最感人的两句。这两句在平实的细节与意象中表现妻子的贤惠与勤劳，以及伉俪间的相濡以沫，一往情深，读来令人哀婉凄绝，感慨万千。

【注 释】

①半死桐：又名《鹧鸪天》、《思越人》。贺铸的《半死桐》，题名取自唐代李峤的《天官崔侍郎夫人吴氏挽歌》中的"琴哀半死桐"。

②阊（chāng）门：本为苏州西门，这里指代苏州。

③原上草，露初晞：比喻死亡。晞：干掉。

④旧栖：旧居。新垅：新坟。

【名句】

空床卧听南窗雨，谁复挑灯夜补衣！

子夜歌

北宋·贺铸

三更月，中庭^①恰照梨花雪。梨花雪，不胜凄断，杜鹃啼血。
王孙^②何许音尘绝，柔桑陌上吞声别。吞声别，陇头^③流水，
替人呜咽。

【题 解】

　　这首词表达了一个闺中少妇与恋人分别后，饱受相思熬煎的极度痛
苦之情。上片重在写景，情由景出，营造凄清悲凉的氛围。"三更月，
中庭恰照梨花雪"，开头即直写三更之月，对应词题。三更月照在雪白
的梨花上，何等凄清苍白。后三句思妇见梨花雪而更感凄凉，此时恰有
杜鹃啼叫，杜鹃的叫声引起不归之思。下片重在写情，化情入景，回忆
分别时的情景。"吞声别，陇头流水，替人呜咽"，词人运用融情入景
的笔法，使无情之物带有情色彩，进一步加深全词的哀怨气氛。本词在
情与景的运用上，颇浑融完整。语言方面，句短韵密，韵脚以短促有力
的入声字为主，声迫气促，与全词所抒发的极度悲怆之情十分相合，不
失为一篇声情摇曳的上乘之作。

【注释】

① 中庭：院子。
② 王孙：泛指贵族子孙，古时也用来尊称一般青年男子。
③ 陇头：即陇山，借指边塞。

青玉案

北宋·贺铸

凌波①不过横塘路，但目送，芳尘去②。锦瑟华年谁与度？月桥花榭③，琐窗朱户，只有春知处。

飞云冉冉蘅皋④暮，彩笔⑤新题断肠句。试问闲愁都几许⑥？一川烟草，满城风絮，梅子黄时雨⑦。

【题解】

这首词是北宋著名词家贺铸的代表作。它一问世，就被人誉为"绝唱"。严格来讲，这首词并不能算作一首闺恋词，表面写路遇一美丽女子所引发的惆怅闲愁，实际上抒发的是词人对于自身锦瑟年华已白白虚度的伤感，有很强烈的身世感。贺铸虽是宋代帝王的后裔，又曾娶宗室女为妻，但他秉性耿直，政治上长期抑郁不得志，后愤而退隐苏州。这首词就是写于作者晚年苏州退隐时期。他对自己一生沉寂下僚充满了不甘和无奈，这首词乃是借怀恋美人以抒发自己幽居穷处的苦闷。由于该词对爱情中经常出现的爱而不得或爱而不见的怅惘迷茫的愁闷心境刻画得非常到位又具有美感，故恋爱中的人可以引起共鸣。全词立意新奇，意境蕴藉优美，是历代传诵的名篇。

【注 释】

① 凌波：形容女子步态轻盈。语出曹植《洛神赋》："凌波微步，
罗袜生尘。"

② 芳尘去：指美人已去。

③ 月桥：赏月的平台。花榭：花木环绕的房子。

④ 蘅皋：长着香草的水边高地。

⑤ 彩笔：比喻有写作的才华。

⑥ 都几许：有多少。试问：一说"若问"。闲愁：一说"闲情"。

⑦ 梅子黄时雨：江南地区每逢春夏之交、梅子黄熟之时，阴雨绵绵，
俗称"黄梅雨"。

【名 句】

试问闲愁都几许？一川烟草，满城风絮，梅子黄时雨。

忆王孙

北宋·李重元

萋萋芳草忆王孙①，柳外楼高空断魂，杜宇②声声不忍闻。欲黄昏，
雨打梨花深闭门。

【题 解】

这首小令很有唐诗的味道，形象优美而富有情韵。从内容而言，这
是一首闺怨词，写思妇在春天怀念远游的丈夫。词篇最妙之处在于组合

了一系列非常美丽和哀婉的意象而又把情思巧妙嵌进意象之中，使得全词意境深美闳约、耐人寻味。整首词在给人感官美感的同时，又给人无尽的遐思联想，正是一篇"言有尽而意无穷"的佳作。

【注释】

① 此句语出淮南小山《招隐士》："王孙游兮不归，春草生兮萋萋。"
② 杜宇：即杜鹃。

一落索

北宋·周邦彦

眉共春山争秀，可怜长皱。莫将清泪滴花枝，恐花也、如人瘦。
清润玉箫闲久，知音稀有。欲知日日倚栏愁，但问取、亭前柳。

【题解】

这是一首闺怨词。词中描述了一位闺中女子，眉眼俊秀，可与春天秀丽的青山相媲美，只可惜她美丽的眉毛一直皱着，为什么呢？因为她怕眉毛一展开，眼中的泪水就会流出来，打湿花枝。浸满哀愁的泪水会不会让花枝因为感知到女子的忧愁，也变得像她一样消瘦呢？玉箫已经好久不吹了，因为没有知音欣赏。你问她为什么天天依靠在栏杆上哀愁，只需要问亭前的垂柳，因为垂柳见过她日夜思念的那个人。这首小词想象丰富，曲折有致。相传这首词是周邦彦为李师师而作。

鹧鸪天

北宋·聂胜琼

玉惨花愁出凤城，莲花楼下柳青青。尊前一唱阳关曲，别个人人第五程。

寻好梦，梦难成。有谁知我此时情，枕前泪共阶前雨，隔个窗儿滴到明。

【题解】

聂胜琼，生卒年不详，原为宋代都城汴京的名妓，因与李之问一见钟情，作《鹧鸪天》词相赠。李之问离京返家后，他的妻子发现了这首词，由于欣赏对方的才华，并被词中的真挚感情所感染，后来主动帮助李之问将聂胜琼迎娶回来做妾，一家人生活得和睦美满。这是一首根据离别时的感受而作的词。词的上片写离别，下片既写临别之情，又写别后思念之情，实与虚写结合，现实与想象融合为一。她在京都送别心上人时，情意绵绵，愁思满怀，显示了她不忍分别的真挚情感。别后又希望在梦里依稀见到自己的心上人，令人悲哀的却是难以成梦。"枕前泪共阶前雨，隔个窗儿滴到明"两句，画面感人而意境凄静深沉，显示了词人独特的个性，也突现了该词独特的美。

采桑子

北宋·吕本中

恨君不似江楼月，南北东西。南北东西，只有相随无别离。恨君却似江楼月，暂满还亏。暂满还亏，待得团圆是几时？

【题 解】

　　这首词写词人对恋人的思念之情。词的上片借月亮逐人而走，抱怨恋人不能和她相随相守。表面说"恨君"，实则思君，看似抱怨，实则思念。下片借月的暂满还亏，比喻她跟恋人的暂聚又别。这首词用语朴实晓畅，明白如话，写情自然流露，借月写人，构思奇巧，重复歌唱的形式富有民歌风味。

采桑子

北宋·吕本中

　　乱红夭绿① 风吹尽，小市疏楼。细雨轻鸥。总向离人恨里收。
年年春好年年病，妾自西游。水自东流。不似残花一样愁。

【题 解】

　　这是一首伤春闺怨词。词人以细腻的笔法将闺中女子的相思点燃得自然真切，折射出思妇对春天易逝，容颜易老，游子不归，无人怜惜的愁闷。上片先通过一系列景物描写营造出凌乱凄凉的气氛。首句"乱红夭绿风吹尽"点名暮春时节，"小市疏楼"写女子的居住环境。细雨蒙蒙中，沙鸥飞来，见到自由自在的沙鸥，女子想到自己只能在这小楼上无奈等待，倍添离恨。下片直抒胸臆，感叹每年春光明媚，自己却每年都憔悴不堪。后面三句是反用"花自飘零水自流"，她不愿意像落花一样随水漂流，而希望能挽留住一些时光。

黄金缕

北宋·司马槱

妾本钱塘江上住，花落花开，不管流年度。燕子衔将春色去，纱窗几阵黄梅雨。

斜插犀梳云半吐^①，檀板轻敲，唱彻黄金缕^②。望断行云无觅处，梦回明月生南浦。

【题 解】

此词是一篇具有传奇色彩的曲子词。苏小小其人其事本来就常见于宋代词人的吟咏，司马槱梦苏小小唱词的故事，更因其传奇色彩而在宋代广为流行，屡见于宋人笔记小说。在故事流传的同时，这首词也在市井勾栏广为传唱。这首词以缠绵的抒情笔调，将一段浪漫而凄艳的梦中经历叙写得迷离恍惚，清丽凄恻，收到了很好的艺术效果。

【注 释】

① 犀梳：犀牛角做的梳子。云半吐：指犀梳在鬓发间露出一半。
② 黄金缕：古代曲调名，杜秋娘曾演唱过。

浪淘沙

北宋·幼卿

目送楚云^①空，前事无踪。漫留遗恨锁眉峰。自是荷花开较晚，孤负东风。

客馆叹飘蓬^②，聚散匆匆。扬鞭那忍骤花骢^③。望断斜阳人不见，满袖啼红。

【题 解】

这首词不同于一般文人词，因为它是闺阁女子的自抒衷曲，感情真挚，不事雕琢，哀婉而低沉的倾诉，唱出了一对有情人终于有缘无分各奔天涯的绝望。据《能改斋漫录》记载，宋徽宗宣和年间，有一对兄妹，女的叫幼卿，和表兄一起学习诗书，写得一手好诗。两个人在日常接触中互有好感。及笄之年，表兄就去提亲。但是幼卿的父母认为男的没有功名，不同意婚事。不久，父母做主把幼卿许配给了一个官职低微的武夫。第二年，表兄考中了进士，及第回家的路上恰好遇到幼卿随丈夫统兵，二人邂逅。表兄快鞭纵马，不愿意多看幼卿一眼，而幼卿则满腔心酸，望着表兄的背影哭湿了衣袖。哭罢，就在当时的驿站墙壁上题写了这首词。词中有幼卿的委屈，也有对表兄的思念和幽怨，那沾湿了衣袖的斑斑泪痕，就像幼卿当时的心曲一样委屈又苍凉。

【注 释】

① 楚云：楚天之云。《晋书》载："韩云如布，赵云如牛，楚云如日，宋云如车。"

② 飘蓬：比喻漂泊无定。

③ 骤：使马奔驰，纵马。花骢：唐玄宗所乘骏马名，泛指骏马。

点绛唇

南宋·李清照

蹴①罢秋千，起来慵整②纤纤手。露浓花瘦，薄汗轻衣透。
见有人来，刬袜③金钗溜。和羞走，倚门回首，却把青梅嗅。

【题 解】

　　"靖康之变"前，词人李清照的生活是幸福美满的。她这时期的词主要是抒写对爱情的强烈追求，对自由的渴望，风格明快清丽。这首词就是这一时期的作品。词的上片描绘了一个打秋千的少女天真活泼、憨态可掬的娇美形象。紧接着，词人转过笔锋，使静谧的词境风吹浪起，描摹了少女见有陌生人来一副狼狈惊慌的可爱模样。她匆忙中连鞋子也顾不上穿，光穿着袜子，害羞地朝屋里就跑，头上的金钗也滑落了。聊聊数字，把封建社会深闺少女遵守所谓"礼"的心理和行动，逼真地摹写出来。然而，高潮还在后面。她害羞地跑到门边，却没有照常理立刻躲进屋里去，而是"倚门回首，却把青梅嗅"，活脱脱写出了少女的情态。这个少女既娇美活泼又天真勇敢，让人又爱又喜。李清照的闺恋词和大多数文人词不同，大多数文人词多是男人作妇人语，所塑造的女子形象往往被烙上男子的主观印象。李清照的词却是女子写女子，更贴近生活，真实可感。

【注 释】

　　①蹴（cù）：踏。
　　②慵整：懒整。
　　③刬（chǎn）袜：指来不及穿鞋子，仅仅穿着袜子走路。

点绛唇

南宋·李清照

寂寞深闺，柔肠一寸愁千缕。惜春春去。几点催花雨。
倚遍阑干，只是无情绪。人何处^①。连天衰草，望断归来路^②。

【题 解】

这是一首借伤春写离恨的闺怨词。开篇直接点出"寂寞深闺"，奠定全篇基调。而后，用"一寸"和"千缕"形成对比，柔肠寸断，而愁绪千缕，使人产生了一种强烈的压抑感，仿佛她愁肠欲断，可见愁绪之不堪承受。心上人不在身边，那就怜惜这可怜惜的春天吧，然而春天竟然也要在一片花雨后萧瑟而去。无所事事地依靠在栏杆上，百无聊赖。那个人呀你到底在哪里呢？为何还不回来。全词情词并胜，神韵悠然，层层深入地揭示了抒情女主人公心中无限的愁情。

【注 释】

①人何处：所思念的人在哪里？此处的"人"喻指作者的丈夫赵明诚。
②此二句化用《楚辞·招隐士》中的"王孙游兮不归，春草生兮萋萋"。

一剪梅

南宋·李清照

红藕香残玉簟秋^①，轻解罗裳，独上兰舟^②。云中谁寄锦书来^③？

雁字④回时，月满西楼⑤。

　　花自飘零水自流，一种相思，两处闲愁。此情无计可消除，才下眉头，却上心头。

【题 解】

　　这首词是女词人在丈夫远行期间写就的一首相思词。首句"红藕香残玉簟秋"设色清丽，意象蕴藉，不仅刻画出四周景色，而且烘托出词人的情怀。荷花凋残既是写眼前景色，也是写心中意绪。枕席生凉，既是肌肤的触觉，也是凄凉独处的内心感受。这一兼写内外景物而景物中又暗寓情意的起句，一开头就显示了这首词的环境气氛和它的感情色彩。在这样清凉又寂寞的秋夜，女词人独自坐在小船上。一行大雁飞过，是谁又寄来了书信？雁过无影，只有月色洒满了西楼。下片是这首词的精彩之处，也是千古传诵的名句。"花自飘零水自流"写一种无可奈何的感觉。"一种相思，两处闲愁"在写自己的相思之苦、闲愁之深的同时，由己身推想到对方，一笔写两人，以见两人心心相印。此词脍炙人口，已经被谱成歌曲，广为传唱。

【注 释】

　　①红藕：红色的荷花。玉簟：光滑似玉的精美竹席。
　　②裳（cháng）：古人穿的下衣，也泛指衣服。兰舟：用木兰木造的舟，此处为船的雅称。
　　③云中：古地名，大约靠近蒙古一带，此处指代丈夫去的很远的地方。锦书：前秦苏惠曾织锦作《璇玑图》诗，寄其夫窦滔，计八百四十字，纵横反复，皆可诵读，文词凄婉。后人因称妻子寄给丈夫的信为锦字，或称锦书；亦泛为书信的美称。
　　④雁字：群雁飞行时常排成"一"字或"人"字，诗文中因以雁字称群飞的大雁。

⑤月满西楼：月光洒满了西楼。

【名 句】

此情无计可消除，才下眉头，却上心头。

醉花阴

南宋·李清照

薄雾浓云愁永昼，瑞脑消金兽①。佳节又重阳，玉枕纱厨②，半夜凉初透。

东篱③把酒黄昏后，有暗香盈袖。莫道不消魂，帘卷西风，人比黄花④瘦。

【题 解】

这首词是李清照前期的怀人之作。宋徽宗建中靖国元年（1101），十八岁的李清照嫁给太学生赵明诚，二人趣味相投，恩爱非常。但是婚后不久，丈夫便"负笈远游"，词人深深想念远行的丈夫。崇宁二年（1103）重阳节，每逢佳节倍思亲，她便写了这首词寄给赵明诚。这首词通过描述作者重阳节把酒赏菊的情景，烘托了一种凄凉寂寥、百无聊赖的氛围。上片咏节令，写别愁；下片写赏菊情景。作者将周围的自然景物和自己的感情相互交融，尤其是结尾三句，用黄花比喻人的憔悴，以瘦暗示相思之深，含蓄深沉，言有尽而意无穷，历来广为传诵。据说李清照将此词寄给赵明诚后，惹得赵明诚比试之心大起，三夜不睡，作词数阕，请朋友赏评，朋友指出这首《醉花阴》最为出色，赵明诚不得不佩服妻子的才华。

【注释】

① 瑞脑：一种薰香名，又称龙脑，即冰片。金兽：做成兽状的香炉。

② 纱厨：即装在床上的纱帐。

③ 东篱：陶渊明《饮酒诗》："采菊东篱下，悠然见南山"，为古今名句，故"东篱"成为诗人惯用的咏菊典故。

④ 黄花：指菊花。《礼记·月令》："鞠有黄华。"鞠，本用菊。唐代王绩《九月九日》："忽见黄花吐，方知素节回。"

【名句】

莫道不消魂，帘卷西风，人比黄花瘦。

凤凰台上忆吹箫

南宋·李清照

香冷金猊①，被翻红浪②，起来慵③自梳头。任宝奁④尘满，日上帘钩。生怕离怀别苦，多少事、欲说还休。新来瘦，非干⑤病酒，不是悲秋。

休休！这回去也，千万遍阳关⑥，也则⑦难留。念武陵⑧人远，烟锁秦楼⑨。惟有楼前流水，应念我、终日凝眸。凝眸处，从今又添，一段新愁。

【题解】

据《李清照诗词选注》，此词作于赵明诚赴莱州任职之际，时间约

为宣和三年（1121）。词篇抒写妻子在丈夫远离后的离愁别苦，以曲折含蓄的口吻，表达了女子思念丈夫的深婉细腻的感情。上片从描摹词中女主人公的举止神态写起，形象地表现了女主人公的复杂心境——想道出离愁，又不忍道出。下片进一步揭示了女主人公的刻骨思念，她独倚楼头，含情远眺，极有分量地抒写了伉俪情深和相思之苦。全词写得缠绵悱恻，委婉含蓄，余味无穷。明代李攀龙《草堂诗馀隽》评论说："非病酒，不悲秋，都为苦别瘦"，又"水无情于人，人却有情于水。写出一腔临别心神。而新瘦新愁，真如秦女楼头，声声有和鸣之奏"。

【注 释】

① 金猊（ní）：狮形铜香炉。

② 红浪：红色被子乱摊在床上，看上去像波浪。

③ 慵：懒。

④ 宝奁（lián）：华贵的梳妆盒。

⑤ 干：关涉。

⑥ 阳关：王维《送元二使安西》："渭城朝雨浥轻尘，客舍青青柳色新。劝君更尽一杯酒，西出阳关无故人。"后据此诗谱成《阳关三叠》，为唐宋时的送别之曲。此处泛指离歌。

⑦ 也则：依旧。

⑧ 武陵：在宋词、元曲中有两个含义：一是指陶渊明《桃花源记》中的桃花源；一是指刘义庆《幽明录》中的刘、阮邂逅仙女的地方。此处借指爱人去的远方。

⑨ 秦楼：即凤台，相传春秋时秦穆公女弄玉与其夫萧史乘凤飞升之前的住所。

声声慢

南宋·李清照

寻寻觅觅，冷冷清清，凄凄惨惨戚戚。乍暖还寒时候，最难将息。三杯两盏淡酒，怎敌他、晚来风急？雁过也，正伤心，却是旧时相识。

满地黄花堆积。憔悴损，如今有谁堪摘？守着窗儿，独自怎生得黑？梧桐更兼细雨，到黄昏、点点滴滴。这次第，怎一个愁字了得！

【题解】

此词是李清照后期的作品，具体写作时间待考。有人认为作于南渡以后。当时正值金兵入侵，北宋灭亡，丈夫去世，一连串的打击使她尝尽了国破家亡、颠沛流离的苦痛，亡国之恨，丧夫之哀，孀居之苦，凝集心头，无法排遣，于是写下了这首《声声慢》。

【名句】

这次第，怎一个愁字了得！

一剪梅

南宋·蔡伸

堆枕乌云堕翠翘。午梦惊回，满眼春娇。嬛嬛一袅楚宫腰①。那更春来，玉减香消。

柳下朱门傍小桥。几度红窗，误认鸣镳②。断肠风月可怜宵。忍使恹恹③，两处无聊。

【题 解】

　　蔡伸（1088—1156）字伸道，号友古居士，莆田（今属福建）人，蔡襄之孙。政和五年（1115）进士。伸少有文名，擅书法，得祖襄笔意。工词，与向子諲同官彭城漕属，屡有酬赠。有《友古居士词》一卷。本词描写闺中女子慵懒睡态及绝世美貌，却身处相思中的百无聊赖之情，抒发韶华正好，却独守空闺的惋惜之情。

【注 释】

　　① 嬛嬛（xuān）：轻柔美丽。《史记·司马相如列传》："柔桡嬛嬛，妩媚姌弱。"袅：指体态优美的样子；形容女子婀娜多姿。楚宫腰：出自"楚王好细腰"这一典故，此处用来形容女性细小的腰身。

　　② 鸣镳（biāo）：马衔铁。借指乘骑。

　　③ 恹恹（yān）：精神萎靡的样子。

【名 句】

　　① 嬛嬛一袅楚宫腰。那更春来，玉减香消。

念奴娇·书东流^①村壁

南宋·辛弃疾

　　野棠^②花落，又匆匆过了，清明时节。划地^③东风欺客梦，一枕云屏^④寒怯。曲岸持觞^⑤，垂杨系马，此地曾经别。楼空人去，旧游飞燕能说^⑥。

闻道绮陌⑦东头，行人曾见，帘底纤纤月⑧。旧恨春江流不断，新恨云山千叠。料得明朝，尊前重见，镜里花难折。也应惊问：近来多少华发？

【题解】

作为一代豪放词的代表人物，这首词是辛弃疾为数不多的写爱情的作品。但是，它虽写情事，却又不专为寄托男女爱情而作，作者的骨子里本来就浸透了报国无门的悲愤，此时触景生情，爱而不得的遗憾交织着报国无门的身世之感，使得这首爱情词自始至终透出一股悲愤情感。到后来，这两种感情水乳交融，亦此亦彼，浑然难分。对于男女之情，词人所表现的也不是缠绵无法摆脱，而是把其一往情深归之于无限的喟叹之中。整首词一改文人恋词低回凄婉的音调，击案拊节、一喷而出，真乃词中伟丈夫。

【注释】

①东流：东流县，旧地名。治所在今安徽东至县东流镇。
②野棠：野生的棠梨。
③划（chàn）地：宋时方言，相当于"无端地"，"只是"。
④云屏：云母镶制的屏风。
⑤觞：酒杯。
⑥此句化用苏轼《永遇乐》："燕子楼空，佳人何在？空锁楼中燕。"
⑦绮陌：多彩的大道，宋人多用以指花街柳巷。
⑧纤纤月：形容美人的脚纤细。

青玉案 · 元夕

南宋 · 辛弃疾

　　东风夜放花千树①，更吹落、星如雨②。宝马雕车③香满路。凤箫声动④，玉壶⑤光转，一夜鱼龙舞⑥。

　　蛾儿雪柳黄金缕⑦，笑语盈盈暗香⑧去。众里寻他千百度⑨，蓦然回首，那人却在，灯火阑珊⑩处。

【题解】

　　元宵节又称上元节、元夕，在古代是一个盛大的节日，写上元灯节的词，不计其数，稼轩的这一首，是个中翘楚。这首词上片写灯、月、焰火、笙笛、社舞交织成的欢腾场面，下片写一群群盛装的游女们，欢声笑语，人去衣香犹在暗中飘散。然而这些都不是词的宗旨，或者说这些热闹和欢乐似乎都不属于词人，词人犹如局外人，那么他到底在意什么呢？原来他在百千群芳中只寻找一个人，却怎么也找不到。忽然无意中一回头，眼前一亮，苦苦追寻的人儿就伫立在残灯将灭的地方。这一瞬间，兴奋、欢喜，那种不可名状的绝望之后的意外之喜真是可感可叹！

【注释】

　　① 此句形容元宵夜花灯繁多。花千树：花灯之多如千树开花。

　　② 星如雨：指焰火纷纷，乱落如雨。

　　③ 宝马雕车：豪华的马车。

　　④ 凤箫声动：指笙、箫等乐器演奏。凤箫：箫的美称。

　　⑤ 玉壶：比喻明月。亦可解释为做成壶状的灯。

　　⑥ 鱼龙舞：指舞动鱼形、龙形的彩灯。

　　⑦ 此句是形容宋代元夕时候妇女佩戴的节令装饰品。

　　⑧ 盈盈：声音充满耳朵，形容处处欢声笑语。暗香：本指花香，此处

指女性们身上散发出来的香气。

⑨ 他：泛指第三人称，古时也包括"她"。千百度：千百遍。

⑩ 阑珊：零落稀疏的样子。

【名句】

众里寻他千百度，蓦然回首，那人却在，灯火阑珊处。

摸鱼儿

南宋·辛弃疾

　　淳熙己亥，自湖北漕①移湖南，同官王正之②置酒小山亭，为赋。

　　更能消③几番风雨，匆匆春又归去。惜春长怕④花开早，何况落红⑤无数。春且住，见说道、天涯芳草无归路。怨春不语。算只有殷勤，画檐蛛网，尽日惹飞絮⑥。

　　长门事⑦，准拟佳期又误。蛾眉曾有人妒，千金纵买相如赋，脉脉⑧此情谁诉？君⑨莫舞，君不见、玉环飞燕⑩皆尘土！闲愁最苦！休去倚危栏，斜阳正在，烟柳断肠处。

【题解】

　　这首词借写闺中女子伤春而抒发忧时感世之情。上片描写春意阑珊，春景将残，抒情女主人公对春光无限留恋。下片引用"长门事"、"玉环"、"飞燕"等历史人物，进一步抒发其"蛾眉见妒"的感慨。全词情调婉转凄恻，柔中寓刚。词篇表层写的是美女伤春、蛾眉遭妒，实际

上是作者借此抒发自己壮志难酬的愤慨和对国家命运的关切之情。全词
托物起兴，借古伤今，熔身世之悲和家国之痛于一炉，沉郁顿挫，寄托
遥深，最终以景语作结，具有含蓄不尽的韵味。

【注 释】

① 漕：漕司的简称，指转运使。
② 同官王正之：作者调离湖北转运副使后，由王正之接任原来职务，
   故称"同官"。王正之：名正己，是作者旧交。
③ 消：经受。
④ 怕：一作"恨"。
⑤ 落红：落花。
⑥ 此句讲想来只有檐下蛛网还殷勤地沾惹飞絮，想留住春色。
⑦ 长门事：用汉武帝与陈皇后典故。司马相如《长门赋序》："孝武
   陈皇后，时得幸，颇妒。别在长门宫，愁闷悲思，闻蜀郡成都司马
   相如天下工为文，奉黄金百万，为相如、文君取酒，因以悲愁之辞，
   而相如为文以悟主上，陈皇后复得幸。"
⑧ 脉脉：绵长深厚貌。
⑨ 君：指善妒之人。
⑩ 玉环飞燕：指杨玉环、赵飞燕。

后庭花

南宋·许棐

一春不识西湖面①，翠羞红倦②。雨窗和泪摇湘管③，意长笺短。
知心惟有雕梁燕，自来相伴。东风不管琵琶怨，落花吹遍。

【题 解】

　　许棐，字忱夫，一字枕父，号梅屋。海盐（今属浙江）人。生卒年不详，约宋理宗宝庆初前后在世。嘉熙中（1239）隐于秦溪，筑小庄于溪北，植梅于屋之四檐，号曰梅屋。四壁储书数千卷，中悬白居易、苏轼二像事之。词中通过"西湖"、"湘管"、"梁燕"、"落花"四个意象场景的转换，多方位、多层面地展示了抒情主人公的内心世界，描画出一条具有个性特征和特定情境的人物情感律动线。

【注 释】

　　① 一春不识西湖面：指整个春天自己都独居房中，未去欣赏西湖春景。
　　② 翠羞红倦：湖面上叶密花谢，春意阑珊。
　　③ 湘管：用湘竹做的毛笔。

生查子

南宋·朱淑真

年年玉镜台^①，梅蕊宫妆困。今岁未还家，怕见江南信。
酒从别后疏，泪向愁中尽。遥想楚云^②深，人远天涯近。

【题 解】

　　这是一首思妇词，写思妇怠于打扮是因无人欣赏，怕见家乡书信是因不能归，饮酒减少是因泪已流尽，由此可见思妇所思之情深。末句"遥想楚云深，人远天涯近"，将游人和天涯作比，天涯尚且有尽头，而分离不知何时而止，所思之人不知何日可见，在思妇看来，还是天涯相隔

较近，真乃绝望之语！这首词语言浅显，明白如话，表达的感情深致可感，成功塑造了一位被相思折磨得绝望憔悴的思妇形象。

【注 释】

① 玉镜台：玉制的镜台。
② 楚云：楚天之云。

菩萨蛮

南宋·朱淑真

山亭水榭^①秋方半，凤帏^②寂寞无人伴。愁闷一番新，双蛾^③只旧颦^④。

起来临绣户，时有疏萤度。我谢月相怜，今宵不忍圆。

【题 解】

朱淑真本人的爱情生活极为不幸，作为一位女词人，她多情而敏感。词中写女主人公从缺月获得安慰，不啻是一种含泪的笑颜。无怪魏仲恭在《断肠集序》中评价其词为"清新婉丽，蓄思含情，能道人意中事，同岂泛泛者所能及"。

【注 释】

① 榭：建于高台或水面（或临水）之上的木屋。
② 凤帏：闺中的帷帐。

③ 娥：眉毛。
④ 颦：作动词为皱眉，作形容词为忧愁。

【名句】

我谢月相怜，今宵不忍圆。

减字木兰花

南宋·朱淑真

独行独坐，独倡①独酬还独卧。伫立伤神，无奈轻寒著摸②人。
此情谁见，泪洗残妆无一半。愁病相仍③，剔④尽寒灯梦不成。

【题 解】

　　朱淑真的丈夫不是她喜欢的人，她与丈夫情趣不和，婚后郁郁寡欢。最终，难以忍受同床异梦的生活，朱淑真选择与丈夫决裂，长期居住在娘家，过着孤独的生活。本篇就是这种生活的写照。"独行独坐，独倡独酬还独卧"两句，连用五个"独"字，笔调凝重，充分渲染出她的万般孤寂。"独"字贯穿在她的一切活动中，每时每刻举手投足都是形影相吊。"伫立伤神"一句，紧承上句，不仅写她孤独，而且描绘出她的伤心失神。特别是"无奈轻寒著摸人"一句，写出了女词人对季节的敏感。全词无一语及春，唯从"轻寒"二字透露出春天的信息。下片进一步抒写女词人的愁怨。"此情谁见"承接上片的孤独伤情，"泪洗残妆无一半"写出了女词人以泪洗面的愁苦。结尾处的两句，描绘词人因愁而病，因病添愁，愁病相因，以至夜不成眠。在古代，对于一个女子来

说，婚姻的失败几乎可以等同于人生的失败，尤其是朱淑真这么敏感的词人，这样的打击和痛苦怎能不让她觉得悲怆绝望呢？此词正是她当时生活和情绪的真实写照。

【注 释】

① 倡：同"唱"。
② 著摸：宋代俗语，指沾惹或撩惹。
③ 相仍：相随。
④ 剔：挑。

生查子·元夕

南宋·朱淑真

去年元夜①时，花市②灯如昼，月上柳梢头，人约黄昏后。
今年元夜时，月与灯依旧。不见去年人，泪湿春衫袖。

【题 解】

关于这首词的作者历来有争议，一般认为是朱淑真所作，也有人认为是欧阳修所作，均无确凿证据。这是首相思词，写去年与情人相会的甜蜜与今日不见情人的失落和伤心，全词明白如话，饶有韵味。词的上片写回忆，写"去年元夜"与情人幽会。"月上柳梢头，人约黄昏后"二句言有尽而意无穷。下片写眼前。"今年元夜时，月与灯依旧"，但旧情难续，物是人非，今昔对比的凄凉使得美景也变为伤感之景，一句"泪湿春衫袖"将抒情主人公的感伤表现得淋漓尽致。

【注释】

① 元夜：指上元节之夜，宋代上元节是一个盛大的节日，有赏灯的习俗。

② 花市：指元夜花灯照耀的灯市。

【名句】

月上柳梢头，人约黄昏后。

愁 怀

南宋·朱淑真

鸥鹭^①鸳鸯作一池，须知羽翼不相宜^②。

东君^③不与花为主，何似休生连理枝。

【题解】

这首诗是女词人朱淑真对自己不幸婚姻的控诉。魏仲恭在《断肠集序》中说朱淑真"早岁不幸，父母失审，不能择伉俪，乃嫁市井民为妻"。朱淑真所嫁非人，夫妻二人志趣不同。诗的前两句把自己和丈夫的结合比作鸳鸯和鸥鹭同处一池，二人都很难彼此适应，难于沟通。后两句是责问这不合适的姻缘，春天的神若是不为花儿做主，还不如不要让其生长出那连理枝。与其婚后二人痛苦，不如当初不要结为夫妻。朱淑真这首诗是对唐代女诗人李冶《八至》诗的最好注脚，"至亲至疏夫妻"，夫妻若是心灵无法沟通，实在是最远的距离。

【注 释】

① 鸥鹭：一种水鸟，鹭鸶的一种。

② 相宜：适合，般配。

③ 东君：指东风，古人通常认为东风吹来百花才会盛开。

乌夜啼

金·刘迎

离恨远萦杨柳，梦魂长绕梨花。青衫记得章台月^①，归路玉鞭斜。翠镜啼痕印袖，红墙醉墨笼纱^②。相逢不尽平生事，春思入琵琶。

【题 解】

这首词写主人公和一位歌妓彼此的怀念和追忆，以及有情人终于重又相聚百感交集的过程。其中浓浓深意，款款情曲，颇有感染力。上片写男主人公对一位歌妓的怀念和对于往昔冶游生活的回忆。离别之恨和相思之苦交织在一起，足见情意绵绵无尽。下片写旧地重游，两人重聚。两人重聚，百感交集，浓浓爱意无法用言语表达，伊人把满腔情思注入琵琶之中。此词结构跌宕，情思缠绵，颇受好评。徐釚《词苑丛谈》引《词筌》云："元遗山集金人词为《中州乐府》，颇多深衷大马之风。惟刘迎《乌夜啼》最佳。"

【注 释】

① 青衫：唐时九品小官的服饰。章台：本为战国秦之宫殿，唐时许尧

佐有《章台柳传》流传，后人便以章台为歌妓聚居之处。

②此句用王播的典故。《古今诗话》记载，王播少时孤贫，寄住在寺院中，遭受寺院僧侣的排挤和厌恶，后王发达之后旧地重游，发现昔日自己写在寺院墙壁上的诗被碧纱笼遮护，不禁百感交集，题诗曰："二十年前此院游，木兰花发院新修。而今再到经行处，树老无花僧白头。上堂已了各西东，惭愧阇黎饭后钟。二十年来尘扑面，如今始得碧纱笼。"

倦寻芳

南宋·卢祖皋

香泥垒燕，密叶巢莺，春晦寒浅。花径风柔，著地舞茵红软。斗草①烟欺罗袂薄，秋千影落春游倦。醉归来，记宝帐歌慵②，锦屏香暖。

别来怅、光阴容易③，还又酝酿④，牡丹开遍。妒恨疏狂⑤，那更柳花迎面。鸿羽⑥难凭芳信短，长安犹近归期远。倚危楼，但镇日、绣帘高卷。

【题 解】

这首词写闺中女子春日的哀愁，是一首典型的春闺怨词。全篇对春日景色和春闺女子形象都进行工笔细描，风格艳丽，含蓄蕴藉，完全是一派清新词风。上片开头五句，以工细的画笔描绘春景。"斗草"二句，由写景转入写人，反映闺中人的倦游情绪。"醉归来"三句，回忆当初男女双方春日相聚的欢乐与温馨。下片写分别之后女方对男方的愁怨相望之情。前半六句，写春末几种花的开放让女主人公痛感光阴之易逝，更加怀念意中人。后半五句，写二人天各一方，音信难通，越发使人整日惆怅，难以为怀。末二句以景结情，更显出女主人公愁怀浩茫。

【注 释】

① 斗草：古代民间的一种游戏。
② 慵：懒洋洋的样子。
③ 光阴容易：指时光容易流逝。
④ 酴醾：植物名，蔷薇科。
⑤ 疏狂：狂放不羁。
⑥ 鸿羽：鸿毛，此指传信的大雁。

鹧鸪天

金·刘著

雪照山城玉指寒，一声羌管^①怨楼间。江南几度梅花发，人在天涯鬓已斑。

星点点，月团团。倒流河汉入杯盘^②。翰林风月三千首^③，寄与吴姬^④忍泪看。

【题 解】

刘著原是北宋人，后由宋仕金，久居北国。这首词以词意看，是作者客居北地时怀念吴地的一名女子而作。上片写离别滋味，追怀往日那难舍难分的场面。下片由回忆写眼前，写自己对对方的满腹相思无法借酒消除,唯有以"翰林风月三千首"来表达,并想象对方含泪读信的情景。身处异地的家国之思,年龄衰老的迟暮之感,融入对异地情人的无限相思,一首短短的小令,包含无限深情。词人将缠绵悱恻之情运于豪宕之笔,正如周颐《蕙风词话》所言:"金源人词作爽清疏,自成格调。"

【注释】

① 羌管:即羌笛。西北羌族之乐器。
② 此句夸张地写月下畅饮,酒如天河倒流入杯。
③ 此句用欧阳修《赠王安石》"翰林风月三千首"句,此处词人是以李白自况。
④ 吴姬:泛指江南美女。

钗头凤

南宋·陆游

红酥手,黄縢酒,满城春色宫墙柳。东风恶,欢情薄,一怀愁绪,几年离索。错!错!错!

春如旧,人空瘦,泪痕红浥鲛绡透。桃花落,闲池阁,山盟虽在,锦书难托。莫!莫!莫!

【题解】

这首词写的是陆游自己的爱情悲剧。词的上片通过追忆往昔美满的爱情生活,感叹被迫离异的痛苦。词的下片由感慨往事回到现实,进一步抒写被迫离异的巨大哀痛。这首词始终围绕着沈园这一特定的空间来

安排笔墨，上片由追昔到抚今，而以"东风恶"转换；过片回到现实，以"春如旧"与上片"满城春色"句相呼应，以"桃花落，闲池阁"与上片"东风恶"句相照应，把同一空间不同时间的情事和场景历历如绘地叠映出来。全词多用对比的手法，如上片，越是把往昔夫妻共同生活时的美好情景写得逼切如现，就越使得他们被迫离异后的凄楚心境深切可感，也就越显出"东风"的无情和可憎，从而形成感情的强烈对比。全词节奏急促，声情凄紧，再加上"错，错，错"和"莫，莫，莫"先后两次感叹，荡气回肠，大有怆不忍言、怆不能言的情致。读来催人泪下。

钗头凤

南宋·唐琬

世情薄，人情恶，雨送黄昏花易落。晓风干，泪痕残。欲笺心事，独语斜阑。难！难！难！

人成各，今非昨，病魂常似秋千索。角声寒，夜阑珊。怕人寻问，咽泪装欢。瞒！瞒！瞒！

【题 解】

在陆游写了《钗头凤》之后，唐琬作此词以答。词中交织着十分复杂的感情。抒写了词人对于封建礼教支配下的世故人情的愤恨之情，以及自身所受到的身心上的摧残。

过垂虹①

南宋·姜夔

自作新词韵最娇，小红低唱我吹箫。
曲终过尽松陵②路，回首烟波十四桥。

【题 解】

姜夔与范成大交好时，经常到苏州范府做客。范成大有一歌妓叫小红，姜夔作的《暗香》、《疏影》两曲，由她演绎出来格外清婉美妙，范成大十分欣赏，于是便将小红赠予姜夔。姜夔偕小红坐船回杭州途中，路过垂虹桥时，姜夔吹起箫，小红便轻轻唱和着。在箫声与歌声中，小船载着他们驶过一生中最美的一段旅程。姜夔日后回忆起来，依然神往，于是写了这首诗。诗中所描绘的琴曲和鸣，其乐融融的情景实在是令文人向往。这就是所谓的知音之乐吧。

【注 释】

① 垂虹：即吴江垂虹桥。垂虹桥的建成，消除了苏杭驿道的最后一个险要大渡口。自此商贾云集，墨客聚会，吴江成为车船之都会。宋词中经常出现这一意象。
② 松陵：即今江苏吴江松陵镇。姜夔在苏州拜会范成大后回杭州，要经过吴江松陵。

鹧鸪天 · 元夕有所梦

南宋 · 姜夔

　　肥水①东流无尽期，当初不合种相思②。梦中未比丹青③见，暗里忽惊山鸟啼。

　　春未绿，鬓先丝，人间别久不成悲。谁教岁岁红莲夜④，两处沉吟各自知。

【题解】

　　本词是词人于宋宁宗庆元三年(1197)元夕为怀念合肥的恋人所作。词人曾几度客游合肥，并与一歌妓相爱。当时的美好让他一生无数次地回忆。词的上片写自己后悔动了情，产生了感情后彼此分离，思念就像肥水绵绵无尽期。只能在梦中见到伊人，但是梦境迷离，看不清她的模样，正在努力辨认，不想一声鸟叫又惊醒了美梦。言语中充满了怨恨，怨恨自己不该动情，怨恨梦境模糊，怨恨山鸟啼叫，所有的怨恨却都彰显了词人恋情之深炽。下片说别久伤悲以至愁白了鬓发，"春未绿"一句想象在元宵节放灯之夜，对方也定和自己一样沉浸在回忆中苦苦相思。又一个元夕到了，看着鬓上丝丝白发才发觉，已经过去那么久了，昔日恋情似乎已然淡漠，离别太久相思已经沉郁于心，由多愁善感变为隐忍节制，显出一种"不成悲"的淡漠与迟钝，实际是一种更深藏更沉郁的悲愁。最末一句"谁教岁岁红莲夜，两处沉吟各自知"是千古吟诵的名句，和"一种相思，两处离愁"实属异曲同工。

【注释】

　　①肥水：源出安徽合肥紫蓬山，东南流经将军岭，至施口入巢湖。
　　②种相思：留下相思之情，即动情，产生情愫。

③ 丹青：泛指图画，此处指画像。

④ 红莲夜：指元夕。红莲：指花灯。

【名句】

谁教岁岁红莲夜，两处沉吟各自知。

鹧鸪天·正月十一日观灯

南宋·姜夔

巷陌风光纵赏时，笼纱①未出马先嘶。白头居士无呵殿②，只有乘肩小女③随。

花满市，月侵衣，少年情事老来悲。沙河塘④上春寒浅，看了游人缓缓归。

【题解】

这首词作于宋宁宗庆元三年（1197）。此词的主旨不在于描绘灯节的繁华热闹景象和叙写节日的愉悦心情，而在于抒写漂泊江湖的身世之感和情人难见的相思之情。起首二句先描述临安元宵节前预赏花灯的盛况。"笼纱未出马先嘶"一句，写当时王孙公子赏灯的气派，意境高远。"白头"二句，笔势骤转，写自身寂寥落寞，与前两句形成鲜明对照。词人一生未入仕途，常年以清客身份寄居于名流公卿之家，过着寄人篱下、辗转漂泊的生活。写此词时，词人已四十三岁，移家临安，依附于张鉴门下。"少年情事老来悲"是千古传诵名句，词人见满市花灯，当空皓月，回忆起少年时元夕同游之乐事，而今情事已非，反成老来之悲。为谁而伤悲呢？词人想起了合肥的旧情人。"花满市，月侵衣"，写别人的乐景，"少年"句则是冷笔写自己的哀情。以乐景写哀，则倍增其哀，以冷笔处理热情，其冷情心境固已自明矣。结尾二句写夜深灯散游人归去，与起首二句形成强烈对比，来时巷陌马嘶，何等热闹；去时游人缓归，又何等冷清。这种"大宴之后，泪流满面"的冷清寂寞确实有一种说不出的失落感。

【注释】

① 笼纱：即纱笼，灯笼。

② 呵殿：即前呵后殿，指身边随从。

③ 乘肩小女：此处用黄庭坚《陈留市隐》诗序，其中写道"陈留市上有刀镊工，惟一女年七岁，日以刀镊所得钱与女醉饱，则簪花吹长笛，肩女而归"，暗指穷中作乐。

④ 沙河塘：在钱塘县（今浙江杭州）南五里。这里指繁华市区。

【名句】

花满市，月侵衣，少年情事老来悲。

踏莎行

南宋·姜夔

自沔东①来，丁未元日②至金陵，江上感梦而作。

燕燕轻盈，莺莺娇软③，分明又向华胥④见。夜长争得薄情知？

春初早被相思染。

别后书辞，别时针线，离魂暗逐郎行⑤远。淮南皓月冷千山，冥冥归去无人管。

【题解】

这是一首"江上感梦"所作的相思词。此词作于淳熙十四年（1187），姜夔从沔州（今汉阳）东去湖州，途经金陵时梦见远别的恋人而写。姜夔年轻时往来于江淮间，曾在合肥有一位情人，二十年后亦不能忘情，词集中为此女作近二十篇，此为其中之一。词人在梦中与远方的恋人细诉相思。梦醒之后，相思之情倍加。词人还幻想恋人"离魂"千里，相伴身旁，甚至担心魂儿独自归去"淮南皓月冷千山，冥冥归去无人管"。结尾二句化用杜甫《梦李白》："魂来枫林青，魂返关塞黑"句，王国维赞叹："白石之词，余所最爱者，亦仅二语"。此词虽短小，却迂回曲折，构思新奇，情致极深，写就了一位男子对情人的无限深情。

【注释】

①沔（miǎn）东：唐、宋州名，即今湖北汉阳（属武汉市），姜夔早岁流寓此地。

②丁未元日：即孝宗淳熙十四年（1187）元旦。

③燕燕、莺莺：借指伊人。苏轼《张子野八十五岁闻买妾述古令作诗》："诗人老去莺莺在，公子归来燕燕忙。"

④华胥：梦里。《列子·黄帝》："黄帝昼寝而梦，游于华胥氏之国。"

⑤郎行：情郎那边。

木兰花·戏林推

南宋·刘克庄

年年跃马长安^①市，客舍似家家似寄^②。青钱换酒日无何^③，红烛呼卢^④宵不寐。

易挑锦妇机中字^⑤，难得玉人^⑥心下事。男儿西北有神州，莫滴水西桥^⑦畔泪。

【题解】

这首词题目是《戏林推》，由词意大概可推出，林推应该是和刘克庄很熟的一位晚辈。在词中，刘克庄以长辈的身份否定了林推天天饮酒买乐的堕落行径，告诉他自己的妻子才是真正爱自己，和自己踏踏实实过日子的人，而妓女迎来送往没有定性，提醒他不要糊涂了心智。好男儿应该有报国的豁达胸怀，怎么能为逢场作戏的儿女情长哭哭啼啼呢？

【注释】

① 长安：借指南宋都城临安。

② 寄：客居。此句说客居的日子多于家居的日子。

③ 青钱：古代铜钱成色不同，分青钱、黄钱两种。无何：不过问其他的事情。

④ 红烛呼卢：晚上点烛赌博。呼卢：古时一种赌博游戏，又叫樗蒲，削木为子，共五个，一子两面，一面涂黑画牛犊，一面涂白画雉。五子都黑，叫卢，得头彩。掷子时，高声大喊，希望得到全黑，所以叫呼卢。

⑤ 机中字：织锦中的文字，用苏惠回文诗典故。晋窦滔妻苏惠字若兰，善属文。滔仕前秦苻坚为秦州刺史，被徙流沙。苏氏在家织锦为回文璇玑图诗，用以赠滔。诗长八百四十字，可以循环以读，词甚凄婉。

⑥玉人：美人，这里指妓女。这句是说妓女的心事是不易捉摸的。

⑦水西桥：据《丹徒县志·关津》载，水西桥在水西门。此处泛指妓女所居之处。

南乡子

南宋·花仲胤

顿首起情人。即日恭维问好音。接得彩笺词一首，堪惊。题起词名恨转生。

展转意多情。寄与音书不志诚。不写伊川题尹字，无心。料想伊家不要人。

【题 解】

花仲胤在词史上并不出名，但是这一首《南乡子》却因其背后的本事而让他和妻子的伉俪情深被世人艳羡。花仲胤在河南安阳做官，长期不归，妻子思念他，便作了一首《伊川令》词寄给他，仲胤展开家书一看，只见"伊川"的"伊"字写成了"尹"字。他以为是妻子粗心大意，写了错别字，于是回赠了这首《南乡子》。他的妻子读了这首词后又回了他一首：奴启情人勿见罪，闲将小书作尹字。情人不解其中意，问伊间别几多时？身边少个人儿。仲胤看罢，方才明白妻子的一片苦心。这首词很浅显，称不上什么好作品，纯属夫妻间的文字游戏。但由于夫妻俩别出心裁，读起来又妙趣横生，可以看出夫妻之间恩爱甚厚，感情弥笃。

卜算子

南宋·严蕊

不是爱风尘^①，似被前缘误。花落花开自有时，总赖东君^②主。
去也终须^③去，住也如何住。待到山花插满头，莫问奴归处。

【题 解】

这是一首反抗不平、渴望自由的词篇，作者是一位勇敢和权势抗争的营妓严蕊。严蕊原姓周，字幼芳。出身低微，自小习乐礼诗书，后沦为台州营妓，改严蕊艺名。她写此词时正被当时地方官员朱熹以有伤风化的罪名关在牢里，宁死不屈。此事朝野议论，震动孝宗，后将朱熹调任，转由岳飞后人岳霖任提点刑狱，释放严蕊，问其归宿，严蕊作《卜算子》，岳霖判令从良，后被赵宋宗室纳为妾。

词的开头"不是爱风尘，似被前缘误"，这是词人对自己被道学家朱熹定为有伤风化罪的申诉。起笔便是一个"不是"极为坚决有力地肯定了自己无罪。"似被前缘误"中，一个"似"写出了词人对自己命运的无法把握，她已觉察到自己不能负堕落的责任。"花落花开自有时，总赖东君主"，"花落花开"是自喻，"花落"比喻自己落难，身陷囹圄。"花开"比喻自己摆脱灾难，获得释放。这是向岳霖倾诉，我是死是活，都要依赖大人了。下片承上，表明要彻底摆脱营妓生活。"去"指彻底摆脱营妓生活。"终须"是最终应该的意思，表达了作者一定要脱离牢狱和原来生活的决心。"住也如何住"中的"住"指在牢狱之中，也可理解为继续为妓。"如何"含有质问之意。这是向岳霖申诉，我本属无辜，我的命运也不是自己掌握，我为什么还要在这牢狱中呢？为什么还要继续做这营妓的营生？如果我获得释放，离开风尘苦海，我愿意过田野村妇的生活，从此隐名埋姓。

【注 释】

① 风尘：古代称妓女为堕落风尘。

② 东君：司春之神，此处借指主管妓女的地方官吏。

③ 终须：是最终应该的意思。

长相思·游西湖

南宋·康与之

南高峰，北高峰，一片湖光烟霭中。春来愁杀侬。
郎意浓，妾意浓。油壁车^①轻郎马骢，相逢九里松^②。

【题 解】

康与之留存作品不多，但是情韵深长的作品不少，他尤擅长写少妇离情。这首《长相思》就是比较突出的一首。词题作游西湖，但重点不在写景，而是触景怀人。词篇一开始便用湖光烟波营造了一幅雾霭沉沉的阴暗氛围，然后下句直接点明"春来愁杀侬"，春天来了这位思妇却愁绪满满。下片解释思妇愁闷的缘由，回忆了一段美好的相遇。下片的成功之处在于借用苏小小和阮郁的典故，把一场艳遇写得蕴藉有致，异常唯美。

【注 释】

① 油壁车：古人乘坐的一种车子，因车壁涂油而得名。这句诗隐括了《玉台新咏》中的《钱塘苏小小歌》："妾乘油壁车，郎骑青骢马。何处结同心，西陵松柏下。"

②九里松：浙江杭州市灵隐路边之夹道松，自洪春桥至下天竺，长九里，故名。

满庭芳

南宋·徐君宝妻

汉上繁华，江南人物，尚余宣政①风流。绿窗朱户，十里烂银钩。一旦刀兵齐举，旌旗拥、百万貔貅②。长驱入，歌楼舞榭，风卷落花愁。

清平三百载，典章文物，扫地俱休。幸此身未北，犹客南州。破鉴徐郎③何在？空惆怅，相见无由。从今后，梦魂千里，夜夜岳阳楼。

【题 解】

据陶宗仪《辍耕录》载：在南宋亡国时，徐君宝妻被元军虏至杭州，"其主数欲犯之，而终以计脱"。后被迫投池自尽，临死前题《满庭芳》一词于壁上，寄托自己的悲痛和愤恨。这是一首绝笔词，全词笔调凄婉，用典贴切，感情深沉悲凉。作者以自己的亲身遭遇反映了南宋亡国前后的悲惨历史，表达了一位普通女子对故国、亲人的无限怀念之情，表现了词人宁死不屈的高贵品格。

【注 释】

① 宣政：指宋徽宗宣和、政和时期。
② 貔貅：中国古书和民间传说中的一种凶猛的瑞兽。诗中指代蒙古兵。

③ 破鉴徐郎：用南朝陈驸马徐德言破镜重圆的典故。南朝灭亡前，驸马徐德言与妻子昌乐公主将铜镜一分为二，双方各持一半。后陈灭亡，二人辗转迁徙，终于在长安团聚。

莺啼序

南宋·吴文英

残寒正欺病酒，掩沈香①绣户。燕来晚、飞入西城，似说春事迟暮。画船载、清明过却，晴烟冉冉②吴宫树。念羁情③游荡，随风化为轻絮。

十载西湖，傍柳系马，趁娇尘软雾。溯红渐、招入仙溪④，锦儿偷寄幽素⑤。倚银屏、春宽梦窄，断红湿、歌纨金缕。暝堤空，轻把斜阳，总还鸥鹭。

幽兰旋老，杜若⑥还生，水乡尚寄旅。别后访、六桥⑦无信，事往花委，瘗⑧玉埋香，几番风雨。长波妒盼，遥山羞黛，渔灯分影春江宿，记当时、短楫桃根渡⑨。青楼仿佛，临分败壁题诗，泪墨惨淡尘土。

危亭望极，草色天涯，叹鬓侵半苎⑩。暗点检、离痕欢唾，尚染鲛绡⑪，㪍⑫凤迷归，破鸾慵舞。殷勤待写，书中长恨，蓝霞辽海沈过雁，漫相思、弹入哀筝柱。伤心千里江南⑬，怨曲重招，断魂在否？

【题 解】

这首《莺啼序》是悼亡诗词中篇幅最长、最完整记录恋情历程的一篇力作。它回顾了与亡妾邂逅相遇及生离死别的经过，感情真挚，笔触

细腻，寄慨遥深，非寻常悼亡诗词之可比。据夏承焘《吴梦窗系年》载："梦窗在苏州曾纳一妾，后遭遣去。在杭州亦纳一妾，后则亡殁。集中怀人诸作，其时夏秋，其地苏州者，殆皆忆苏州遣妾；其时春，其地杭州者，则悼杭州亡妾。"全词四片，前两片写生离，后两片写死别。首片描绘清明时节春寒袭人柳絮飘飞的凄清画面，引起伤春恨别思绪。二片追忆客游西湖十载间与情侣的美好生活。三片写别后重访西湖，含蓄点明爱妾遭不测风雨而亡逝的悲剧。四片以古曲招魂哀悼情侣离魂。全词层层深入，情感隐微深密，是悼亡诗词中的佳作。

【注 释】

① 沈香："沈"同"沉"，亦名"水沉香"，为熏香料。置水则沉，故名沉水，亦曰水沉。

② 冉冉：柔媚美好貌。

③ 羁情：离情。

④ 仙溪：用刘晨、阮肇溪边遇仙女的典故。

⑤ 锦儿：指侍女。幽素：幽情。

⑥ 杜若：即燕子花，多年生草本植物。

⑦ 六桥：指西湖外湖堤桥。外湖六桥，乃苏轼所建，名昭波、锁澜、望山、压堤、东浦、跨虹。

⑧ 瘗（yì）：掩埋。

⑨ 桃根渡：今南京秦淮河与青溪合流处，因王献之在此迎送小妾桃叶之妹桃根而得名。

⑩ 苎：白色的麻。

⑪ 鲛绡：传说鲛人织绡，极薄，后以此泛指薄纱。

⑫ 嚲（duǒ）：下垂。

⑬ 千里江南：《楚辞·招魂》有"目极千里兮伤春心，魂兮归来哀江南"。

我侬词

元·管道升

你侬我侬，忒煞^①情多，情多处，热如火。把一块泥，捻一个你，塑一个我。将咱两个，一齐打破，用水调和。再捻一个你，再塑一个我。我泥中有你，你泥中有我。与你生同一个衾^②，死同一个椁^③。

【题解】

此词出自元初的书画大家赵孟頫的妻子管道升。管道升也是一位才女，能诗词，善书法，字迹酷似赵孟頫。赵孟頫五十岁时想效仿当时的名士纳妾，被管道升知道，写下了这首词。赵孟頫在看了《我侬词》之后，不由得被深深地打动了，从此再没有提过纳妾之事。《我侬词》用喻新警，用做泥人比喻夫妻关系，让人拍案惊奇。从两个泥人的制作过程：捏塑、打破、调和、再塑，写夫妻之间相互磨合，最终难分彼此，无法离弃的状态。末句"与你生同一个衾，死同一个椁"，表达了词人对爱情排他性的誓死坚持。

【注 释】

① 忒煞：副词，非常，极。
② 衾：被子。
③ 椁（guǒ）：套在棺材外面的大棺材。

【名 句】

我泥中有你，你泥中有我。

西厢记唱词

元·王实甫

碧云天，黄花地，西风紧，北雁南飞。晓来谁染霜林醉①？总是离人泪。

【题 解】

这是王实甫《西厢记》里的一段唱词。《西厢记》是根据元稹《莺莺传》改编而成，写张生和崔莺莺的爱情故事，改变《莺莺传》中张生始乱终弃的悲剧结局，而改为二人喜结连理，表现"天下有情人终成眷属"的美好愿望。这一段唱词是崔莺莺送张生赶考时二人分别时所唱。前面"碧云天，黄花地，西风紧，北雁南飞"描绘了一幅秋来萧瑟冷清的图画，点出分别的时间。"晓来谁染霜林醉？总是离人泪"，此句最为后人称道，唱词不说红叶是经霜而红，而是说红叶醉酒。红叶何以醉酒？原来是离人分别的眼泪和离愁让红叶沉醉。秋之肃杀配以离人的伤心泪，烘托出离别之际的悲伤，抒发了莺莺心中的离愁别绪。唱词华艳优美，富于诗的意境。

【注 释】

① 霜林：秋天经霜的树林。醉：这里指秋天林叶经霜变红，看上去像喝醉了酒。

【名 句】

晓来谁染霜林醉？总是离人泪。

摸鱼儿·雁丘词

金·元好问

泰和五年乙丑岁，赴试并州，道逢捕雁者云："今日获一雁，杀之矣。其脱网者悲鸣不能去，竟自投于地而死。"予因买得之，葬之汾水之上，累石而识，号曰雁丘。时同行者多为赋诗，予亦有《雁丘词》。旧所作无宫商，今改定之。

问世间、情是何物，直教生死相许？天南地北双飞客，老翅几回寒暑。欢乐趣，离别苦，就中更有痴儿女。君应有语，渺万里层云，千山暮雪，只影向谁去？

横汾路，寂寞当年箫鼓①，荒烟依旧平楚②。招魂楚些何嗟及，山鬼暗啼风雨③。天也妒，未信与，莺儿燕子俱黄土。千秋万古，为留待骚人，狂歌痛饮，来访雁丘处。

【题 解】

词一开篇咏叹"问世间、情是何物，直教生死相许"已成千古名句。这两句是词人由雁及人发出的人生感叹，感慨世间无法言说的情感，竟至于让人生死追随。词的上片以大雁殉情咏人情，赞美大雁对爱情的专一执著。下片为大雁招魂，借凭吊雁丘而发黍离之悲，并为天下痴情儿女一哭。

【注 释】

① 箫鼓：箫与鼓，泛指乐奏。南朝江淹《别赋》："琴羽张兮箫鼓陈，燕赵歌兮伤美人。"
② 平楚：即平野，大地。

③ 此句化用了《楚辞·招魂》和《楚辞·山鬼》"杳冥冥兮羌昼晦，
  东风飘兮神灵雨"的典故。此处指的是为大雁招魂，为大雁哀悼。

【名句】

问世间、情是何物，直教生死相许？

迈陂塘

金·元好问

秦和中，大名民家小儿女，有以私情不遂赴清水者，官为踪迹
之，无见也。其后踏藕者得二尸水中，衣服仍可验，其事乃白。是岁，
此陂荷花开，无不并蒂者。沁水梁国用，时为录事判官，为李用章
内翰言如此。曲以乐府《双渠怨》命篇。咀五色之灵芝，香生九窍；
咽三危之瑞露，春动七情。韩偓《香奁集》中自叙语。

问莲根^①，有丝多少，莲心知为谁苦？双花脉脉^②娇相向，只
是旧家儿女。天已许，甚不教白头，生死鸳鸯浦。夕阳无语，算谢
客^③烟中，湘妃^④江上，未是断肠处。

香奁梦^⑤，好在灵芝瑞露，中间俯仰今古^⑥。海枯石烂情缘在，
幽恨不埋黄土。相思树^⑦，流年度，无端又被西风^⑧误。兰舟少^⑨住，
怕载酒重来，红衣^⑩半落，狼藉卧风雨。

【题解】

这首咏并蒂莲词是作者的咏情名作，题序中即已点明是为一对殉情

小儿女所作。词以莲藕起兴，莲藕有多少丝脉相连，世间就有多少爱侣相恋。在这无暇珍贵的爱情里，却也有莲子般的苦。就如这一双小儿女，为了自由和爱情，献出了自己朝华般的生命。天意既已让他们相恋，世人又为何让他们冤死在这荷花塘里！与他们相比，谢灵运遁迹烟波，湘妃自投湘水都不能算作断肠之痛。下片引用韩偓《香奁集》中的语句，盛赞爱情之美丽珍贵。词人又援引韩凭"相思树"的故事来表达自己对阻挠爱情之"西风"之流的谴责。逝者已逝，只可惜世间这种悲剧依然会发生，词人不愿意看到荷花败落，便匆匆离开，词也戛然结束，色调浓艳委婉，情思袅袅，引人深思。词人咏情而不拘泥于一情，立足于古今至情着笔，立意高远，使得读者对时有发生的爱情悲剧和世俗偏见也不免产生遗憾与喟叹。

【注 释】

① 莲根：即莲藕。莲根与"连根"谐音，莲藕与"怜偶"谐音，喻男女爱情。

② 脉脉：含情欲吐的样子。

③ 谢客：即谢灵运。小字客儿，故世称谢客。

④ 湘妃：尧的两个女儿娥皇、女英嫁与舜为妻。舜南巡死于苍梧山，二女追寻不见投水而死，化为水神，称湘夫人，也称湘妃。

⑤ 香奁梦：指闺房之乐。

⑥ 俯仰今古：转眼间成为古人。

⑦ 相思树：《搜神记》载，战国时宋康王的舍人韩凭娶妻何氏，貌美，为康王所夺，韩凭自杀，何氏也坠楼而死，遗书求二人合葬，康王大怒不许，将何氏葬韩凭墓的对面，不久两坟长出大树，树根相连树叶相并上栖鸳鸯，交颈悲鸣，此树称"相思树"。

⑧ 西风：此处喻阻挠民家儿女结合的势力。

⑨ 少：稍。

⑩ 红衣：荷花。

忆秦娥

元·王蒙

花如雪。东风夜扫苏堤月。苏堤月。香销南国，几回圆缺。

钱唐江上潮声歇。江边杨柳谁攀折。谁攀折。西陵渡口^①，古今离别。

【题 解】

这首小令为月下怀人之作。上片写夜游苏堤，月光之下回忆起心里的一段情事。当年花如雪，人如花，只可惜如今已经香销南国，这西湖畔再也不见伊人倩影。下片写钱塘江潮已歇，江边是谁在折柳送别？回忆昔日一起观潮往事。这首小令将眼前景和往日情相互交织，故所思之人和所写之情都扑朔迷离，有一种缥缈蒙眬的美感。蒙眬的情感衬以西湖夜景，倍增一种婉约之美。

【注 释】

① 西陵渡口：此处指西湖边的西泠桥。

蝶恋花

明·施耐庵

一别家山音信杳，百种相思，肠断何时了。燕子不来花又老，一春瘦的腰儿小。

薄幸①郎君何日到，想自当初，莫要相逢好。好梦欲成还又觉②，绿窗③但觉莺啼晓。

【题解】

这首词是《水浒传》第八十一回《燕青月夜遇道君，戴宗定计出乐和》中，浪子燕青在李师师处为宋徽宗所唱的一首词。这首词的上片五句，描述的是一位远离家乡，天涯漂泊、沦落风尘的女子。她自从离开家以后，便从此与家里的亲戚友人断了联系，这种种的相思涌上心头令人伤心肠断。因为春天逝去而伤感，看见花朵凋谢不禁落泪。又过了一个春天，她越发的显得憔悴瘦损了。词的下片五句，同样也是描述了一位女子。她所遇到的又是一个负心的郎君，轻易地就将她抛弃，给她留下的是无穷、无尽的悔恨，后悔当初不该与他相识相爱。"好梦欲成还又觉，绿窗但觉莺啼晓"，结句曲折含蓄，余韵悠长。

【注释】

① 薄幸：薄情，负心。杜牧《遣怀》："十年一觉扬州梦，赢得青楼薄幸名。"
② 觉：睡醒。
③ 绿窗：绿纱窗。

西江月·题情

明·高濂

有恨不随流水，闲愁惯逐飞花。梦魂无日不天涯，醒处孤灯残夜。

思在难忘销骨，情含空自酸牙。重重叠叠剩还他，都在淋漓罗帕。

【题 解】

　　这首词是一首闺怨词，写思妇的刻骨相思。开篇直言"有恨不随流水"，就是说让恨留在身边困扰自己，思恋之极致，无法摆脱。见落叶又增闲愁，又想起所思之人。自从离别以来，每日都会梦到他，自己的心跟随他到天涯海角，可是醒来却发现依然是独自一人来打发这寂寞残夜。可见白日黑夜都在思念游子，真是无时无刻不被相思所累。下片更进一步写二人的感情，这刻骨铭心的爱情让主人公情恨交织，悲从中来只有大哭一场，这罗帕上的泪痕，其实就是爱恨交织的全部。这首小令写情一改蒙眬含蓄，而是以决绝之语制胜，处处相思，处处恨，情真意切，自然流畅。

临江仙·戍云南江陵^①别内

明·杨慎

　　楚塞巴山^②横渡口，行人莫上江楼。征骖去棹两悠悠^③。相看临远水，独自上孤舟。

　　却羡多情沙上鸟，双飞双宿河洲。今宵明月为谁留？团团清影好，偏照别离愁。

【题 解】

　　明嘉靖三年（1524）秋，杨慎因触怒明世宗朱厚熜而被谪戍云南永昌卫。不久他即离京远赴贬所。妻子黄娥伴送，在江陵相别，此首词即作于夫妻在江陵告别时。与爱妻挥泪告别，其心中充满了难言的悲伤。词人登陆继续南下，妻子溯江西，夫妻各自登程后频频回首相望。"相看"两句语浅意深，写一个丈夫又怜又愧又无可奈何的心情，辞尽情长，令人叹惋。词的下片宕开一笔，移情于景，"河洲"二字化用名句"关关雎鸠，在河之洲"，以鸟的出双入对来反衬自己和妻子天各一方，再用空中满月反衬自己与家人长期分离的惨淡现实，鸟多情的"双飞双宿"，月无情的"偏照别离愁"，情怀之孤寂和凄清自不待言。全词感情真挚，情景交融，词人心曲令人心酸。

【注 释】

① 江陵：今湖北荆州。
② 楚塞：指江陵西面的南津关，代指湖北西部。巴山：指高耸夹峙在巴东三峡之一的西陵峡两岸的巴蜀山峰。
③ 征骖：指杨慎自己将骑马南下云南。去棹：指杨慎的妻子黄娥将乘舟西上巴蜀。悠悠：遥远貌。

寄　外

明·黄娥

雁飞曾不到衡阳①，锦字②何由寄永昌？
三春花柳妾薄命，六诏③风烟君断肠。
曰归曰归愁岁暮，其雨其雨怨朝阳。
相闻空有刀环约④，何日金鸡下夜郎⑤？

【题 解】

　　黄娥，明代女文学家，字秀眉，四川省遂宁市人。杨慎之妻，世称黄安人、黄夫人。慎谪守云南长达三十年之久，她长期留居夫家新都县，管理家务。在天各一方的离别期间，作《寄外》诗以寄托相思。此外，黄娥擅作散曲，作品风格缠绵悲切，有"曲中李易安"之誉。嘉靖三年（1524）杨慎被谪戍云南昌卫。黄娥因丈夫被迫害，肝肠欲断，悲愤盈腔。行至江临，就要作别。他们有说不尽的离愁别恨，道不完的相思别苦。杨慎感情汹涌，随即作诗并吟唱《江陵别内》。黄娥回到新都，静居榴阁。她强压悲愤，含辛茹苦，孝敬公婆，教哺子侄，为远谪在外的杨慎操持家务，排难分忧。然而，她无时无刻不在思念那才华横溢而受尽人间痛苦的丈夫。思念之情化作笔底波澜，将远隔千山万水的云南和四川联系在了一起。流淌在字里行间的哀婉凄清，缠绵悱恻之情致，深深拨动读者之心弦。其艺术风格既不像温庭筠那样"香软绮靡，浓丽浮艳"，也不像柳永那样"纤巧细碎，缠绵悱恻"，她的风格是波涛跌宕，情深意长。

【注 释】

① 此句用衡阳雁的典故。湖南衡阳县南有回雁峰，相传雁至此不再南飞。诗中是指大雁不再南飞，书信无法传达。

② 锦字：书信。

③ 六诏：唐初分布在洱海地区的众多少数民族部落，诗中指丈夫被流放的地方。

④ 刀环约：《汉书》卷五十四记载："昭帝立，大将军霍光、左将军上官桀辅政，素与陵善，遣陵故人陇西任立政等三人俱至匈奴招陵。立政等至，单于置酒赐汉使者，李陵、卫律皆侍坐。立政等见陵，未得私语，即目视陵，而数数自循其刀环，握其足，阴谕之，言可还归汉也。"可知，"环"、"还"谐音，刀环约用以咏思乡之情，这首诗中当指黄娥和丈夫曾约定过早日回家。

⑤ 金鸡：古代颁布赦诏时所用的仪仗，用为大赦之典。夜郎：古县名，

唐朝夜郎县城遗址，黄娥丈夫杨慎著《丹铅录》记载："夜郎在桐梓驿西二十里，有夜郎城碑尚在。"此处，诗人化用了李商隐的"随风直到夜郎西"，此处指代丈夫流放的永昌。

蝶恋花

明·张倩倩

漠漠轻阴笼竹院，细雨无情，泪湿霜花面。试问寸肠何样断。残红碎绿西风片。

千遍相思才夜半，又听楼前，叫过伤心雁。不恨天涯人去远。三生缘薄吹箫伴。

【题 解】

张倩倩，是女词人沈宜修的表姐妹，才貌双全，丈夫沈君庸也是才情横溢。夫妇二人志趣相投，情感甚笃。丈夫远行，作为妻子的倩倩，自然是思念非常。词从黄昏着笔，用"轻阴"、"细雨"、"残红碎绿"营造了暗淡伤感的氛围，其实这正是词人心境的外现。下片直笔写相思，夜晚才过了一半，词人心中却已经把丈夫想了千遍。正是相思入骨，辗转难眠。好不容易睡着，又被大雁叫声惊醒，不禁喟叹为何和丈夫这般缘浅，要忍受这样的分离？为何不能像萧史弄玉一样同行同止，永不分离？这首词区别于文人闺怨词和思妇词，从第三者的体验视角，切实写自己的亲身感受，无华美之词，无浓艳之语，浅显平易，却因为发自肺腑而显得真切感人。

牡丹亭唱词 选一

明·汤显祖

原来姹紫嫣红开遍，似这般都付与断井颓垣。良辰美景奈何天，赏心乐事谁家院？朝飞暮卷，云霞翠轩，雨丝风片，烟波画船。锦屏人忒看的这韶光贱①！

【题解】

这是《牡丹亭》"游园惊梦"中的唱词《皂罗袍》。"游园惊梦"写杜丽娘在丫鬟春香的带领下到花园游春，见到满院子鲜花开的姹紫嫣红，才知道春色如许，不禁感叹自己以往是浪费了宝贵的春光。这段唱词写得十分优美。"原来姹紫嫣红开遍，似这般都付与断井颓垣。"写美好的春景却没有一个优雅的环境相配，白白辜负了春光。杜丽娘由此联想到自己青春正在悄然逝去，不由生出惜春的感叹："良辰美景奈何天，赏心乐事谁家院"，此语出谢灵运"天下良辰美景，赏心乐事四者难并"，表达了杜丽娘的无奈。后几句看似写江南风光，实则感叹自己耽误了春光。

【注释】

① 锦屏人：古代女子的房中一般都要有屏风遮挡，后来用锦屏人来代指闺中女郎。忒（tuī）：太的意思。韶光：指美丽的春光。贱：徒然荒废青春。

【名句】

良辰美景奈何天，赏心乐事谁家院？

牡丹亭唱词 选二

明·汤显祖

偶然间心似缱^①，梅树边，这般花花草草由人恋，生生死死随人愿，便酸酸楚楚无人怨。

【题解】

这几句唱词选自《牡丹亭》之《寻梦》。《牡丹亭》讲述了杜丽娘和柳梦梅生生死死的爱情故事。贫寒书生柳梦梅梦见一座花园里有一位佳人，不禁爱上了她。南安太守杜宝之女丽娘，由《诗经·关雎》章而伤春寻春，后梦见一书生持半枝垂柳求爱，两人在牡丹亭畔幽会。杜丽娘从此一病不起。她在弥留之际要求母亲把她葬在花园的梅树下，嘱咐丫环春香将其自画像藏在太湖石底。真是"这厢是梦梅恋上画中的仙，那厢是丽娘为爱消香殒碎"。杜宝升任淮阳安抚使，委托杜丽娘生前的老师陈最良葬女并修建"梅花庵观"。三年后，柳梦梅赴京应试，借宿梅花庵观中，在太湖石下拾得杜丽娘画像，发现杜丽娘就是他梦中见到的佳人。杜丽娘魂游后园，和柳梦梅再度幽会。柳梦梅掘墓开棺，杜丽娘起死回生，两人私定终身，一起前往临安应试。陈最良见杜丽娘坟墓被发掘，就告发柳梦梅盗墓之罪。柳梦梅在临安应试后，受杜丽娘之托，送家信传报还魂喜讯，结果被杜宝囚禁。发榜后，柳梦梅由阶下囚一变而为状元，但杜宝拒不承认女儿的婚事，最终由皇帝出面，杜柳二人终成眷属。

杜柳爱情惊天地泣鬼神，真应了《牡丹亭》的主旨"情不知所起，一往而深。生者可以死，死可以生。生而不可与死，死而不可复生者，皆非情之至也。"真正的爱情可以穿越生死。

【注释】

①缱（qiǎn）：情意缠绵。

浣溪沙·五更

明·陈子龙

半枕轻寒泪暗流，愁时如梦梦时愁，角声初到小红楼。
风动残灯摇绣幕，花笼微月淡帘钩，陡然旧恨上心头。

【题解】

这是一首闺情词，写闺中女子五更醒来的心思。五更时分，女主人公梦中哭醒，是梦中遇见悲伤的事，还是想起令她伤心的人？词中没有点明，只是说她无时无刻不愁，听着依稀传来的角声，感慨着自己无可名状的哀愁。桌上的灯火即将燃尽，风吹动帘幕，也惊得残灯闪闪烁烁。透过帘幕，看到庭院的花在淡淡的月光中，这宁静的夜却让她再也无法平静，伤心事陡然上了心头。这首词清媚婉转，含蓄蒙眬，措辞不多却让人读后平添一股无可名状的清愁。这也正是闺情的扑朔迷离之美。

浪淘沙·春恨

明·陈子龙

阁外晓云生，烟草初醒。一番风雨一番晴，几度销魂还未了，

又到清明。

偏是对娉婷，特地飘零。落花春梦两无凭，满眼离愁留不住，悔我多情。

【题 解】

这是一首闺怨词。词的上片写主人公在春天的早晨凭窗眺望，无限怅惘。下片借写花而感叹自己的命运。正因为爱惜自己如花的美貌和美好的资质，不愿意随便嫁人，却无法抗拒岁月和青春的流逝，落得现在无依无靠孤寂飘零。

长相思

明·俞彦

折花枝，恨花枝，准拟花开人共卮①，开时人去时。
怕相思，已相思，轮到相思没处辞，眉间露一丝。

【题 解】

这首小令从花枝写到人间的相思。上片写折花枝、恨花枝，因为花开之日，恰是人去之时，已见婉折。下片谓怕相思却已相思，但其情难言，唯露眉间，愈见缠绵。全词清新淡雅，流转自然，富有民歌风味。

【注 释】

① 准拟：打算，约定。卮：酒杯。

卜算子

明·夏完淳

秋色到空闺，夜扫梧桐叶。谁料同心结不成，翻就相思结。

十二玉阑干，风有灯明灭。立尽黄昏泪几行，一片鸦啼月。

【题 解】

夏完淳是明末抗清英雄，著名诗人，年仅十七岁而死，其词或慷慨悲壮，或凄婉哀怆。这篇闺怨词是借闺怨来寄托身世。独守空闺的女子往往对大自然的变化异常敏感，见春来而"悔教夫婿觅封侯"，春去而伤自身"泪眼问花花不语，乱红飞过秋千去"；而秋天草木摇落秋风萧瑟，空闺女子更是容易触动愁怀，倍增身世凄凉之感。由"夜扫梧桐叶"，联想到自己"同心结不成"，真是百愁揪心，愁苦莫名。心曲无人说，只能独自一人站在这黄昏中，风中灯火明灭，远处传来鸦啼，夜已经深了，清幽孤寂的环境更加衬托出空闺的悲凉凄清。抛开词人背后寄托的无限山河泪，这首词实在是一首情浓意重，凄凉哀婉的闺怨佳作，它传达出来的凄凉和孤寂比以前闺怨词都来的浓重和绝望。

圆圆曲（节选）

明·吴梅村

鼎湖①当日弃人间，破敌收京下玉关②。

恸哭六军俱缟素，冲冠一怒为红颜。

【题 解】

　　《圆圆曲》写作的历史背景是公元1644年的甲申之变，以吴三桂和陈圆圆的悲欢离合构成全诗的叙事情节。崇祯十七年（1644），李自成的农民起义军向北京发动攻击，朝廷在军情万分紧急的情况下，最后才决定将驻防于关外的宁远总兵吴三桂撤回保卫京师。当吴三桂军行抵达河北丰润时，得知北京被起义军攻下，崇祯帝自缢身亡。吴三桂驰返榆关，准备向起义军投诚。但是当他听到爱妾陈圆圆被李自成部下掠走后，一气之下，愤而投清，并引清兵入关。清军入关后，联合吴三桂，大败起义军，李自成被迫退出北京城。

　　《圆圆曲》把吴陈情事从初识、定情、分离、被掠到团圆的经过，在诗中作了生动地描绘与渲染，但在这当中对于吴三桂叛明投清所怀的愤激与讽刺这样一个严肃的主题始终贯穿于全诗。作为清诗中享有最高声誉的七言歌行，《圆圆曲》中"恸哭六军俱缟素，冲冠一怒为红颜"是广为传颂的名句。

【注 释】

　　①鼎湖：即荆山，是传说中轩辕黄帝铸鼎升天处，这里代指崇祯皇帝。
　　②玉关：原指位于今甘肃敦煌市的玉门关，这里代指山海关。

【名 句】

　　恸哭六军俱缟素，冲冠一怒为红颜。

琴河感旧 四首

明·吴梅村

其 一

白门杨柳好藏鸦，谁道扁舟荡桨斜。
金屋云深吾谷树，玉杯春暖尚湖花①。
见来学避低团扇，近处疑嗔响钿车。
却悔石城②吹笛夜，青骢容易别卢家。

其 二

油壁迎来是旧游，尊前不出背花愁。
缘知薄幸逢应恨，恰便多情唤却羞。
故向闲人偷玉箸，浪传好语到银钩。
五陵年少催归去。隔断红墙十二楼。

其 三

休将消息恨层城③，犹有罗敷未嫁情。
车过④卷帘徒怅望，梦来携袖费逢迎。
青山憔悴⑤卿怜我，红粉飘零我忆卿。
记得横塘秋夜好，玉钗恩重是前生。

其 四

长向东风问画兰，玉人微叹倚栏杆。
乍抛锦瑟描难就，小叠琼笺墨未干。
弱叶懒舒添午倦，嫩芽娇染怯春寒。
书成粉篷凭谁寄，多恐萧郎不忍看。

【题解】

　　《琴河感旧》四首和词《临江仙·逢旧》都是吴梅村为他与"秦淮八艳"之一的卞玉京一段未果的情缘所写。诗人吴梅村与秦淮名姝卞玉京是在苏州横塘的料峭春寒中邂逅的。可惜吴梅村是一个比较拘泥和保守的文人，加上出身贫寒，也没有足够的资产来迎娶卞玉京，吴梅村没有接受卞玉京的一番情意。就在他与卞玉京分手的第二年，也就是崇祯十七年（1644），明朝灭亡。作为明朝一代榜眼的吴梅村，痛不欲生，他想为国殉葬但被家人阻止。不久南明小朝廷建立，吴梅村再次来到南京，他重新见到了卞玉京。不久，吴梅村辞官归隐，他也再次与卞玉京失去了联系。当时，江南一带战火四起，南京更是经历了清军的烧杀抢掠。卞玉京独身一人逃到苏州虎丘山塘，为了避免追捕，她匆匆遁入空门。

　　顺治七年（1650）十月，已经是文坛领袖的吴梅村赴常熟拜访钱谦益，在酒宴上，吴梅村有意地提起卞玉京，卞玉京恰好来到了常熟。于是钱谦益决定成人之好，让这一对多难的情人重新会面。然而，卞玉京到了钱家却并未面见吴梅村，但约定三个月后会来找他。吴梅村心情复杂，从常熟回来之后，写下了有名的四首七言律诗《琴河感旧》。如梦的年华，美好的爱情，乱世的悲伤，尽在寥寥数行中表现得淋漓尽致。爱情融入时代的变迁和世道的沧桑，赋予了这组艳体诗非同一般的格调，钱谦益都深为叹服，并把这四首诗拿给了卞玉京。三个月以后，也就是顺治八年（1651）的初春，卞玉京在一名叫柔柔的侍女的陪同之下，果然乘船来到吴梅村的家中看望他。她身着黄色道袍，自号"玉京道人"。她给吴梅村讲述了自己这些年的遭遇，他抑制不住内心的激动，写下了不朽名作《听女道士卞玉京弹琴歌》。他把《琴河感旧》四首诗赠给了她，还写下了缱绻缠绵的《临江仙·逢旧》。如果说当初吴梅村与卞玉京情思缱绻，仍带有文人狎妓的味道，但是这次的相遇让他们的感情升华，成为真正的患难知己。《琴河感旧》和《临江仙·逢旧》用饱含真情之笔回顾了二人相识相恋相别又再次相知的过程，历经朝代更迭、半生沧桑的吴梅村表达了对卞玉京深沉的爱与愧疚，令人读来满纸是泪。

【注释】

① 玉杯：谢元晖诗有："渠梡送佳人，玉杯邀上客"。尚湖：常熟古称。
② 石城：南京旧称，即石头城。
③ 层城：李煜《感怀》中有："层城无复见娇姿"。
④ 车过：用韩翃遇故伎柳氏之事。
⑤ 青山憔悴：王安石《次韵答陈正叔》中有："青衫憔悴北归来"，
　 或认为以"青山"代指"青衫"。

临江仙·逢旧

明·吴梅村

落拓江湖常载酒，十年重见云英。依然绰约掌中轻①。灯前才一笑，偷解砑罗裙②。

薄幸萧郎③憔悴甚，此生终负卿卿。姑苏城外月黄昏。绿窗人去住④，红粉泪纵横。

【注释】

① "落拓"三句化用杜牧《遣怀》："落魄江湖载酒行，楚腰纤细掌中轻。十年一觉扬州梦，赢得青楼薄幸名。"云英：唐裴硎《传奇》记，秀才裴航至蓝桥，渴而求饮，遇仙女云英，遂求得玉杵臼以娶之。
② 砑（yà）罗裙：用砑光罗裁制的裙子。砑光：用石碾压布、帛、纸类使之光亮结实。
③ 薄幸：在爱情问题上薄情寡义。萧郎：化用唐崔郊《送去婢》："侯门一入深如海，从此萧郎是路人。"
④ 去住：去后。

绿窗偶成

清·董小宛

病眼看花愁思深，幽窗独坐抚瑶琴。
黄鹂亦似知人意，柳外时时弄好音。

【题 解】

这首诗描写出一个相思女子的愁容和病身。病中看花，花亦无甚好颜色，而诗中人无以为寄，拿出一把琴拨弄，可是没有知音在侧。窗外树上的黄鹂鸟似乎听到了琴声中的幽怨，呼应似的叽叽喳喳地喧闹歌唱，这才使得诗人聊表慰藉，可是心曲婉转，心上的人可否听得见？此诗细腻婉转，流畅晓然。

梦江南 四首选一

清·屈大均

其 二

悲落叶，叶落绝归期。纵使归来花满树，新枝不是旧时枝。且逐水流迟。

【题 解】

屈大均《梦江南》一共有四首，这是第二首，写得缠绵悱恻，凄婉

感人。这首词从词义能推断是悼念亡妻。屈大均一生数次丧偶，多次尝到丧妻之痛，特殊的经历让他对家室之哀比常人有更透彻的体悟。词人运用比兴手法，看到落叶而想到亡故之人。叶子落下来就昭示着这一季叶子彻底完结了。尽管来年依然会花开满树枝繁叶茂，却不是当年的那季叶子，那些枝条了。流水载着落叶缓缓流着，词人追逐着流水，试图再多看一眼这落叶。词中传达出的伉俪情深，让人叹息，真是一字一泪。况周颐评价曰："'且逐水流迟'五字，含有无限凄惋，令人不忍寻味，却又不容己于寻味。"

长相思 · 采花

清 · 丁澎

郎采花，妾采花，郎指阶前姊妹花，道侬强似它。
红薇花，白薇花，一树开来两样花，劝郎莫做他。

【题 解】

这首小令以蔷薇花比喻爱情，语言明白晓畅，类似民歌。词篇以女子的口吻写出，一对情人一起采花，一幅浓情蜜意的画面。男子指着蔷薇花称赞女子比花还要漂亮。女子也娇憨地指着蔷薇花说，希望男子不要像蔷薇花一样一个枝子开出双色花，不要见异思迁，要对两人的感情一心一意。同一株花，男子看到的是花的娇艳美丽并由此想到情人的如花容颜，而女子注意的是姊妹花的一枝双色，并由此联想到男人的朝三暮四。这正像爱情中的男女，男子更偏向于享受感官之美，而女子更容易身心沉浸其中，渴望感情的长长久久。

浣溪沙

清·陈维崧

绿剪堤边杨柳丝，红堆门外小桃枝。一春人在谢家^①池。

事去已荒前日梦，情多犹记少年时。江南红豆最相思。

【题 解】

陈维崧是著名文学家陈维崧的弟弟，不屑于俗世，以诗文自娱。这篇小词是他怀念少年恋人所作。上片首先回忆年少时候的江南美景，花红柳绿，晴天碧日，整个春天都和心上人在一起，真是人生一大美事。下片直接从回忆过渡到现状，叹惜那些美好都已经是多年前的旧梦了。末一句"江南红豆最相思"是全词的警句，使得词人的感情达到高峰，似乎是一下子喷发出来。词到此也戛然而止，余味袅袅。整首词情意率真，可谓怀人词中的刚健之作。

【注 释】

① 谢家：指谢秋娘家，唐代著名歌妓。

高阳台

清·朱彝尊

吴江叶元礼，少日过流虹桥，有女子在楼上，见而慕之，竟至病死。气方绝，适元礼复过其门，女之母以女临终之言告叶，叶入哭，

女日始暝。友人为作传,余记以词。

　　桥影流虹,湖光映雪,翠帘不卷春深。一寸横波^①,断肠人在楼阴。游丝不系羊车^②住,倩何人传语青禽^③?最难禁,倚遍雕阑,梦遍罗衾。

　　重来已是朝云散,怅明珠佩冷,紫玉烟沉^④。前度桃花^⑤开满江浔。钟情怕到相思路,盼长堤草尽红心^⑥。动愁吟,碧落黄泉,两处难寻。

【题 解】

　　词的题序记录了一个感人的爱情悲剧。词的上片描写了太湖之滨小桥流水佳人的江南美景,佳人因为无法言说的心事,独自一人躲在阴暗的楼阁里愁肠寸断。请人传语而不可得,只好陷入日夜的相思之中。下片写叶元礼重过女子家门,闻听此事,来悼念这个女子。他见女子为他而死,心情沉痛,内疚于心,只有期盼长堤上的芳草每年都长出红心,以此来答谢女子的深情。

【注 释】

　　① 一寸横波:指女子水汪汪的眼睛。
　　② 羊车:古代一种装饰精美的车子。《释名·释车》:"羊车。羊,祥也;祥,善也。善饰之车。"
　　③ 青禽:青鸟,神话传说中西王母的使者,多用作男女之间的信使。
　　④ 朝云散:指巫山神女朝雨暮云,隐身消散。明珠佩冷:用《列仙传》郑交甫的典故,"郑交甫至汉皋台下,见二女佩两珠,交甫求之,二女解佩。行数里,二女及佩珠亦失"。紫玉烟沉:用《搜神记》紫玉与韩重的典故。
　　⑤ 此句用崔护《题都城南庄》典故。

⑥草尽红心：用《异闻录》典故："王生梦侍吴王，闻葬西施，生应教为诗曰：满地红心草，三层碧玉阶。春风无所出，凄恨不胜怀。"

桂殿秋

清·朱彝尊

思往事，渡江干，青蛾低映越山看。共眠一舸听秋雨，小簟轻衾各自寒。

【题 解】

这首词被誉为清词之冠，是一代词宗朱彝尊回忆和妻妹冯寿常乘船渡江之作。朱彝尊提倡词要"醇雅"，他的词也一直实践着这一要义，以含蓄不尽为其特色。

文中"青蛾低映越山看"，"青蛾"比喻女子眉黛，代指女子，又可喻指青山。"低映"分明似说同船女子羞涩的神态。美丽的女子微颔首，这一个剪影还深刻印在词人心中。"共眠一舸听秋雨，小簟轻衾各自寒。"秋风秋雨的夜晚，两个人共宿一艘船，却只能是你感知你的凉寒，我感知我的凉寒。从"听"字可知二人都未睡着，两个有情人同在一艘船上听着同一场秋雨，看似温情脉脉，实则是咫尺天涯的极端幽怨。

虞美人

清·纳兰性德

银床淅沥青梧老，屧粉秋蛩扫①。采香行处蹙连钱，拾得翠翘何恨不能言②。

回廊③一寸相思地，落月成孤倚。背灯和月就花阴，已是十年踪迹十年心。

【题解】

这首词是词人回忆情人所作。"银床淅沥青梧老"化用"井梧花落尽，一半在银床"而出，遥应下片尾句所点及的"十年"，而"屧粉秋蛩扫"一句，写物是人非，往昔踪迹皆无影无踪。"采香行处蹙连钱，拾得翠翘何恨不能言。"从回忆中回到眼前，词人在情人曾经经过的地方拾到一只翠翘，而昔人已乘黄鹤去，胸中无限伤感却无可倾诉。下片写词人故地重游，独立于花阴月影之下，心潮起伏。末一句"已是十年踪迹十年心"蕴含了沧海桑田时世推移的苍凉感，精警感人。

【注释】

①银床：指井栏，一说为辘轳架。淅沥：风雨落叶等声音。屧（xiè）粉：借指所恋之女子。屧：鞋之木底，与粉字连缀即代指女子。秋蛩（qióng）：蟋蟀。

②采香：喻指曾与情人有过一段恋情。蹙连钱：指结满野草苔痕。翠翘：女子的首饰，指翡翠翘头。

③回廊：用春秋吴王"响屧廊"之典。宋范成大《吴郡志》载："响屧廊，在灵岩山寺。相传吴王令西施辈步屧，廊虚而响，故名。"其遗址在今江苏苏州市西灵岩山。此处借指与所爱之人曾有过恋情的地方。

浣溪沙

清·纳兰性德

谁念西风独自凉，萧萧黄叶闭疏窗，沉思往事立残阳。

被酒莫惊春睡重，赌书消得泼茶香①，当时只道是寻常。

【题解】

这是纳兰性德所作的一首悼亡词。词人在落叶纷飞的时节，独自伫立在窗前，黄昏的斜阳下回忆起曾经和妻子一起的美好。一起喝酒睡懒觉，一起打赌嬉闹。当时只觉得这是再平常不过的日子，而如今物是人非，再也不可能了。词的上片由以黄叶、疏窗、残阳等意象勾画出一幅萧瑟冷落的秋景，营造了孤寂凄清的氛围。在这种凄冷的季节，一个人独处，只好用回忆来温暖自己。下片写沉思中所忆起的寻常往事，借用李清照夫妻和谐美满的生活来说明自己与亡妻往日的美满恩爱。结句的"寻常"二字更道出了今日的酸苦，往日的寻常事今日求而不得，亡妻不可复生，美满不会再现。这其中有怀恋，有哀伤，有惆怅，有酸楚，真是触动人心。

【注释】

①赌书句：李清照《金石录后序》云："余性偶强记，每饭罢，坐归来堂，烹茶，指堆积书史，言某事在某书某卷第几页第几行，以中否决胜负，为饮茶先后。中即举杯大笑，至茶倾覆怀中，反不得饮而起，甘心老是乡矣！故虽处忧患困穷而志不屈。"此句以此典为喻说明词人与亡妻有着像李清照夫妇一样的美满的生活。

浣溪沙

清·纳兰性德

记绾长条欲别难，盈盈自此隔银湾①。便无风雪也摧残。

青雀几时裁锦字，玉虫连夜剪春幡②。不禁辛苦况相关。

【题解】

　　这首词用妇人语写离情。首两句意蕴丰富。杨柳依依而绾，一是说女子与恋人情深义重，二人心意相连，如同柳枝绾在一起。此外杨柳又是离别的象征，也可以看出二人依依惜别的画面。自从和恋人分别以后，女主人公因相思的离愁日渐憔悴。过片写女子时刻盼望恋人的书信，盼得十分辛苦。整首词用词清新，但意境又雍容华贵，真是行家人言。

【注释】

　　① 银湾：即银河。
　　② 青雀：即青鸟，神话传说中西王母之信使。锦字：信笺，代指书信。
　　玉虫：比喻灯火，用范成大诗"今朝合有家书到，昨夜灯花缀玉虫"。
　　春幡：旧俗于立春日，或挂幡（春旗）于树，或剪小幡戴于头上，以示迎春。

南乡子·为亡妇题照

清·纳兰性德

泪咽却无声。只向从前悔薄情，凭仗丹青重省识，盈盈，一片伤心画不成。

别语忒分明，午夜鹣鹣^①梦早醒。卿自早醒侬自梦，更更，泣尽风檐夜雨铃。

【题解】

纳兰性德与妻子卢氏相知相爱，伉俪情深。不幸的是婚后三年，卢氏因难产而死。痴情的纳兰，一生都难以从丧妻之痛中解脱，他创作的悼亡诗词情真意切，哀婉凄切，心酸之处令人不忍卒读。这首词是他为妻子画像时所作，一片挚情，跃然纸上。词篇起首打破词先写景后言情的常例，破空一句"泪咽却无声"，直接写出了词人的悲痛。词人后悔自己在妻子生前没有好好陪她，现在却只好通过画像来回忆，泪水一次次盈满双眼，画作难以继续，读来真是伤感无限。下片紧承上片，和妻子以前分离时说的话还历历在心，孰料竟然永别。恩爱夫妻匆匆生死相隔，永远无法沟通，只能静听夜雨敲窗，风铃摇曳，一更又一更悲不自禁。

【注释】

① 鹣鹣（jiān）：比翼鸟，古代传说中的一种鸟。《尔雅·释地》："南方有比翼鸟，不比不飞，名曰鹣鹣。"

南乡子·孤舟

清·纳兰性德

风暖霁难收，落尽繁花小院幽。摘得一双红豆子^①，低头。说

著分携泪暗流。

    人去似春休，厄酒曾将酹石尤^②。别自有人桃叶渡^③，扁舟。一种烟波各自愁^④。

【题 解】

    这首词抚今追昔，抒发的是闺中女子对远行恋人的怀念之情。上片追忆往日分携红豆之情景；下片写别后的幽情怨恨。她渴望自己能够效仿石氏女刮起逆风来阻止丈夫的远行，可见其情之深。其结句"一种烟波各自愁"化用李商隐"芭蕉不展丁香结，同向春风各自愁"句，道出自家之愁非同一般，似有更深的隐忧。意含深婉，耐人寻味。

【注 释】

    ① 红豆子：即相思树所结之子。果实成荚，微扁，子大如豌豆，色鲜红或半红半黑。古人以此作为爱情或相思的象征。唐王维《相思》："红豆生南国，春来发几枝。劝君多采撷，此物最相思。"

    ② 石尤：石尤风，即逆风或顶头风。传说古代石氏女嫁尤郎，尤为商远行，石氏阻之，不从。尤经久不归，石氏思而致病亡，终前曰："吾恨不能阻其行，以至于此。今凡有商旅远行，吾当作大风为天下妇人阻之。"故后人以之喻阻船之风。

    ③ 桃叶渡：渡口名。在今江苏南京市秦淮河畔，因晋王献之于此送其妾桃叶而得名。后人以此指代情人分别之地，或分别之意。

    ④ 此句是说同样的烟波渡口，同样的分别，但各自却有着各自的离愁。

相见欢

清·纳兰性德

落花如梦凄迷，麝烟①微，又是夕阳潜下小楼西。
愁无限，消瘦尽，有谁知？闲教玉笼鹦鹉念郎诗。

【题 解】

　　这首小词写楼上思妇的愁闷。本篇对环境氛围的渲染，女主人公动作的描绘，心理的刻画，都入木三分。在这里"一切景语皆情语"，思妇见落花而觉"如梦凄迷"，透露出她伤春的情绪，这种情绪来源于对容颜容易衰老的恐慌和夫君长久不回来的烦闷迷茫。燃起的麝香慢慢烧尽，一天又过去了。一天一天地数着日子，愁闷似乎越来越多，人也越发消瘦，可是这一切又有谁知道呢？"有谁知"一句问语，道尽思妇心中无限幽怨。艺术手法上，这首词尤其值得称道的是结句，通过描写人物的外部细微动作，刻画人物心理，细致表现主人公内心深处的微妙情绪。这一句是化用柳永"却傍金笼共鹦鹉，念粉郎言语"之句而来，却更逼真传神。

【注 释】

　　① 麝烟：焚烧麝香所散发的烟雾。

鹧鸪天

清·纳兰性德

背立盈盈故作羞，手接梅蕊打肩头。欲将离恨寻郎说，待得郎归恨却休。

云澹澹①，水悠悠，一声横笛锁空楼。何时共泛春溪月，断岸垂杨一叶舟。

【题 解】

这是一首写夫妻团聚时刻的词。上片写出远门的丈夫回到家中，妻子半嗔半喜的娇羞模样。丈夫出门时间太久，她心中怨恨；但他终于回来了，她又喜不自禁，一时不知道怎么表达自己的情绪，一肚子怨气也消失得无影无踪，但是还是要装出生气不理睬的姿态，手搓梅蕊打他的肩膀，这种似怒非怒又羞又爱的模样和动作被作者刻画得入木三分。下片却一改上片的温馨欢喜，突然变至清冷寂寞。水云悠悠，小楼又剩下思妇一个人，她孤独地吹着笛子，却没有知音聆听。什么时候丈夫能回来，两人一起同舟共游，看一看这月色？

【注 释】

① 澹澹：水波迂缓的样子。

木兰花

清·纳兰性德

人生若只如初见，何事秋风悲画扇。等闲变却故人心，却道故人心易变。

骊山语罢清宵半，泪雨霖铃终不怨。何如薄幸锦衣郎，比翼连枝当日愿。

【题解】

词题说这是一首拟古之作，是以女子的口吻控诉男子的薄情，从而表态与之决绝。这首拟作是借用汉唐典故而抒发"闺怨"之情。以一个女子的口吻，抒写了被丈夫抛弃的幽怨之情。词情哀怨凄婉，屈曲缠绵。"闺怨"的背后，似乎更有着深层的痛楚，"闺怨"只是一种假托。故有人认为此篇别有隐情，词人是用男女间的爱情为喻，说明与朋友也应该始终如一，生死不渝。

【名句】

人生若只如初见，何事秋风悲画扇。

桃花行

清·曹雪芹

桃花帘外东风软，桃花帘内晨妆懒。
帘外桃花帘内人，人与桃花隔不远。

东风有意揭帘栊，花欲窥人帘不卷。

桃花帘外开仍旧，帘中人比桃花瘦。

花解怜人花亦愁，隔帘消息风吹透。

风透帘栊花落庭，庭前春色倍伤情。

闲苔院落门空掩，斜日栏杆人自凭。

凭栏人向东风泣，茜裙偷傍桃花立。

桃花桃叶乱纷纷，花绽新红叶凝碧。

树树烟封一万株，烘楼照壁^①红模糊。

天机烧破鸳鸯锦^②，春酣欲醒移珊枕。

侍女金盘进水来，香泉影蘸胭脂冷^③。

胭脂鲜艳何相类，花之颜色人之泪。

若将人泪比桃花，泪自长流花自媚。

泪眼观花泪易干，泪干春尽花憔悴。

憔悴花遮憔悴人，花飞人倦易黄昏。

一声杜宇春归尽，寂寞帘栊空月痕！

【题 解】

　　这首《桃花行》出自曹雪芹《红楼梦》第七十回"林黛玉重建桃花社史湘云偶填柳絮词"，为林黛玉所作的自怜诗。诗写帘外春风软吹，桃花盛开，帘内却是人比花瘦，有着无限的愁苦。在花与人的强烈对比中，一个孤独伤感的观花人形象跃然纸上。帘内人希望向花寻求慰藉和解脱，这种希望最终落空。《桃花行》是一首触景生情的诗歌，全诗构思奇巧，情景交融，感情浓郁，读来如行云流水，却又柔肠百转，感人至深。

【注 释】

　　① 烘楼照壁：指桃花鲜红如火，所以用"烘"、"照"。

　　② 天机：天上织女的织机。鸳鸯锦：带有鸳鸯图案的丝织物。传说天

上有仙女以天机织云锦。这句是说桃花如红色云锦烧破落于地面。

③此句是说手隐没在有香味的泉水中，觉得有些冷。香泉影蘸：指面庞影映在清凉的泉水中。影蘸：指洗脸。

薄幸·咏疟

清·贺双卿

依依孤影，浑似梦、凭谁唤醒！受多少、蝶嗔蜂怒，有药难医花症。最忙时，那得工夫，凄凉自整红炉等。总诉尽浓愁，滴干清泪，冤煞娥眉不省。

去过西来先午，偏放却、更深宵永。正千回万转，欲眠仍起，断鸿叫破残阳冷。晚山如镜，小柴扉烟锁，佳人翠袖恹恹病。春归望早，只恐东风未肯。

【题 解】

这首词是清代女词人贺双卿为自己而写。贺双卿是我国历史上最有天赋、最具才华的女词人之一，后人尊其为"清代第一女词人"，又称"清代李清照"。只可怜贺双卿所嫁非人，嫁给了一名不懂文墨的庄稼汉，受尽了丈夫和婆婆的打骂侮辱。在这首词中，作者把自己比作花，把压制她的人比作蝶和蜂。"有药难医花症"，是因为"受多少、蝶嗔蜂怒"。丈夫和婆婆终日无端的"嗔"和"怒"，即使有药可以医治好她身体上的疾病，也难以医治她心灵上的伤痛。这首词写得很巧妙，借写自己的病，来写自己的内心伤痛，含蓄地表达了自己对婚姻悲剧的控诉和对自己命运的痛苦和绝望。贺双卿诗才冠绝当时，只可惜自古红颜多薄命。贺双卿悲惨的人生遭际使她的词感情凄怨愁苦，缠绵悱恻，格

调含蓄细腻，意旨幽深，风格哀婉凄恻，尤其是她自伤其悲惨命运的作品，读来让人动容。

马　嵬^①

清·袁枚

莫唱当年长恨歌^②，人间亦自有银河。
石壕村^③里夫妻别，泪比长生殿上多。

【题解】

这首诗是基于杨贵妃被处死事件而作。唐玄宗为避"安史之乱"逃亡四川，途经马嵬驿，部队不肯西行，最后迫使唐玄宗处死了杨国忠和杨贵妃。诗中写了三对夫妻，一是唐玄宗和杨贵妃，一是牛郎和织女，一是《石壕吏》中的老夫妻，将三对夫妻对比后，指出人间的悲欢离合实在太多了，不止李杨二人。本诗从题到文，处处有典故，但是读起来通俗易懂，却又引人沉思，值得回味。

【注释】

①　马嵬：即马嵬驿，今陕西兴平县西，是唐玄宗被逼处死杨贵妃的地方。
②　长恨歌：白居易的作品《长恨歌》。该诗描写了唐玄宗与杨贵妃的爱情故事。
③　石壕村：杜甫《石壕吏》中所描写的村子。

图书在版编目（CIP）数据

古代闺恋诗词三百首 / 马俊芬编著.—北京：中国国际广播出版社，
2014.9（2019.6 重印）
（中华好诗词主题阅读丛书）
ISBN 978-7-5078-3729-2

Ⅰ.①古… Ⅱ.①马… Ⅲ.①古典诗歌－诗集－中国 Ⅳ.①I222

中国版本图书馆CIP数据核字（2014）第088120号

古代闺恋诗词三百首

编　著	马俊芬
责任编辑	廖小芳　张淑卫　张娟平
版式设计	国广设计室
责任校对	徐秀英

出版发行	中国国际广播出版社（83139469　83139489 [传真]）
社　址	北京市西城区天宁寺前街2号北院A座一层
	邮编：100055
网　址	www.chirp.com.cn
经　销	新华书店
印　刷	香河利华文化发展有限公司

开　本	640×940　1/16
字　数	200千字
印　张	22
版　次	2014 年 9 月 北京第一版
印　次	2019 年 6 月 第二次印刷
定　价	45.00元